PROJETO
NAMORO
FALSO

PROJETO NAMORO FALSO

Graciela Mayrink
AUTORA DE O SOM DE UM CORAÇÃO VAZIO

Libertà

Copyright dos textos Graciela Mayrink 2024
Direitos de publicação @ Editora Libertá, 2024
Editora executiva: Mari Felix
Capa, projeto gráfico e diagramação: Thainá Brandão
Revisão: Du Prazeres
Ilustração da capa: J'Neil Blough-Swingen (@alnair.jpg)

Dados Internacionais de Catalogação na Publicação (CIP)
Ficha catalográfica elaborada pela bibliotecária
Cibele Maria Dias - Bibliotecária - CRB-8/9427

Mayrink, Graciela
Projeto namoro falso / Graciela Mayrink. --
São Gonçalo, RJ : Libertà, 2024.

     ISBN 978-65-984337-0-3

1. Romance brasileiro 2. LGBTQIAPN+ - Siglas
I. Título.

24-221803   CDD-B869.3

ÍNDICE PARA CATÁLOGO SISTEMÁTICO

1. Romances : Literatura brasileira   B869.3

*Para minha irmã, Flávia,
a pessoa que está sempre ao meu lado,
que me incentiva e me dá forças.
A razão disto tudo existir.*

*Aos meus leitores,
Que vocês possam amar
liveremente quem quiserem,
e possam ser vocês mesmos,
sem pressão alguma.
Que possam simplesmente
viver um grande amor,
serem felizes e se
encontrem um no outro.
Amo vocês!*

CAPÍTULO 1

> Que beijo teu de lágrimas terei
> Para esquecer o que vivi lembrando
> E que farei da antiga mágoa quando
> Não puder te dizer por que chorei?
>
> **Soneto De Véspera, Vinicius de Moraes**

O celular estava aberto, mas a imagem que a tela mostrava se tornou um borrão, misturada às vozes ao fundo. Erick respirou forte várias vezes seguidas, para acalmar seu coração, enquanto a mãe e o irmão chamavam seu nome. Seus olhos piscavam em uma tentativa de desembaçar a vista, e ter a certeza de que vira certo.

Sim, a postagem nas redes sociais continuava a mesma.

— Aconteceu algo? — perguntou Thales.

Erick o encarou, alternando o olhar entre ele e a mãe. Deu um longo suspiro e virou o celular para que ambos olhassem. Eles ocupavam uma mesa em um restaurante badalado do Rio de Janeiro, e Stella estava sentada ao lado de Thales. Os dois se aproximaram um do outro, com o celular de Erick entre eles.

— Não vou mais viajar.

Stella tirou o celular da mão do filho e analisou melhor a postagem. Nela, Zeca beijava o rosto do atual namorado, ambos felizes, com a legenda *"Partiu Festival Literário de Fortaleza com meu amor"*.

— Você não está falando sério! — Thales ficou surpreso com a afirmação do irmão.

— Claro que estou!

— Pensei que estava empolgado com a viagem — questionou Stella.

— E estou. Ou estava, até ver isso aí — explicou Erick, indicando o celular. — Não vou para o Ceará ficar vendo o casalzinho feliz, esfregando o amor deles na minha cara.

— Vocês mal vão se ver lá — disse Stella.

— Vão ser cinco dias no mesmo hotel, impossível a gente não se esbarrar. E é bem provável que vamos nos ver no evento também.

— E tem um coquetel de abertura, na quarta-feira, e a festa de encerramento, no sábado — completou Thales, como se o irmão precisasse de mais uma justificativa.

Erick o encarou novamente e fez um gesto para a mãe, como se não restasse mais desculpas para não ir.

— Você não pode cancelar agora. O evento começa na quinta — explicou Stella.

— Sim, está em cima da hora. E os seus leitores? Eles estão muito empolgados com a sua presença — completou Thales.

— Eu amo muito os meus leitores, mas não sei se vou aguentar ficar lá vendo os dois sendo felizes — repetiu Erick. — Meu Deus, como virei este ser deprimente?

— Ignore eles — disse Thales.

— É fácil falar, não é você quem vai estar lá, vendo os dois sendo felizes.

— Pare de repetir isso — pediu Stella. — Eu entendo que é difícil, mas você não pode deixar de fazer as coisas por causa de um ex-namorado.

— Mamãe está certa, você não vai cancelar nada por causa dele. — Thales franziu a testa. Já havia percebido que, desde o fim do relacionamento, o irmão andava levemente rabugento, e havia perdido um pouco da alegria que tinha. — E, afinal de contas, por que você ainda o acompanha nas suas redes sociais?

— Sou civilizado. Não é porque terminamos que não vamos mais nos falar. Além disso, o meio literário é muito pequeno, sempre iremos nos encontrar em algum evento — explicou Erick, um pouco triste.

— Se vão se encontrar sempre, então é melhor acabar logo com isso e se encontrem de uma vez — disse Thales. — O livro novo mal saiu e já está no topo dos mais vendidos, antes mesmo do lançamento aqui no Rio. O Festival no Ceará vai ser seu primeiro evento de divulgação dele, não há motivo para cancelar.

— Bem que você podia ir comigo, assim não fico lá sozinho — suplicou Erick.

— Eu tenho trabalho a fazer aqui, não dá para ficar vários dias à toa em Fortaleza. Acredite, eu adoraria te acompanhar. — Thales sorriu para o irmão. — E a sua editora estará lá, ela te faz companhia.

— Ela não vai poder ficar o tempo todo comigo, vai estar ocupada com as palestras dela e dos outros autores da Papiro — lamentou Erick, pois adorava a companhia de Irene. Sua editora era uma mulher muito divertida e com uma visão peculiar da vida.

— Vamos pensar em algo — completou Stella.

Os três ficaram em silêncio, terminando de comer. Eles se reuniam todos os domingos para um almoço em família, que virava uma reunião de negócios. Stella sempre tinha algo da Maestria, a agência de talentos que gerenciava, para resolver com os filhos, e aproveitava o encontro para colocar os assuntos em dia.

— Vi que seus outros dois livros voltaram à lista dos mais vendidos. Isto é ótimo — comemorou Thales, quebrando o silêncio.

— Sim — resmungou Erick, ainda chateado com a viagem.

— Fique feliz e pare de deixar um ex-namorado estragar o seu dia — pediu Thales, e Erick sorriu com a voz do irmão, carregada de carinho.

— Vou tentar.

Depois da sobremesa, eles deixaram o restaurante e caminharam em silêncio até o carro. Stella estava calada há um bom tempo e Thales olhou Erick, que deu de ombros.

— Eu acho que tive uma ideia — comentou Stella, colocando o cinto de segurança.

— Sobre? — perguntou Thales, dando a partida no carro e seguindo rumo à casa da mãe.

— Sobre o problema do seu irmão. — Stella virou a cabeça para trás, para ver melhor o filho caçula. — O que acha de usar a ideia do seu primeiro livro?

Erick encarou a mãe.

— Você está me sugerindo contratar um namorado de mentira? — perguntou ele, assustado.

— Por que não? — questionou Stella, como se fosse algo comum.

— É sério isso? — Erick ainda estava espantado com a sugestão da mãe.

Seu primeiro livro, *Projeto Namoro Falso*, lançado quando ele tinha dezenove anos, fizera sucesso de imediato. A história, em que um garoto contratava um namorado falso para acompanhá-lo no casamento do ex, agradou os jovens, e o livro foi o mais vendido no país durante meses, levando o nome do autor estreante para o centro do mercado literário.

Agora, aos vinte e um anos e lançando seu terceiro livro, Erick só queria continuar vivendo seu sonho e terminar a faculdade de Produção Editorial, para se dedicar totalmente à escrita.

— Eu acho que pode ser uma boa ideia. — Thales sorriu com o canto da boca, observando o irmão pelo espelho retrovisor.

— Vocês dois ficaram loucos. Isso só dá certo na ficção — comentou Erick.

— Quem disse? Você conhece alguém que já usou um namorado falso? — brincou Thales, claramente se divertindo com a ideia da mãe.

— Óbvio que não, porque ninguém faz isso na vida real. E na ficção os dois namorados falsos sempre se apaixonam. Eu não quero isso para mim.

— E qual o problema em você se apaixonar pelo seu namorado falso? — questionou Stella.

— Além de ele possivelmente não se apaixonar por mim? — comentou Erick, incrédulo.

— Ele não quer esquecer o Zeca — explicou Thales, olhando rapidamente a mãe e depois voltando a encarar o irmão pelo retrovisor. — É bom que você esquece ele e segue em frente.

— Eu não quero seguir em frente... — balbuciou Erick, no banco de trás, cruzando os braços.

— Claro que quer, e deveria. Afinal, ele já te esqueceu.

— Thales, não diga isso para o seu irmão — repreendeu Stella.

— Preciso dizer, porque ele ainda tem esperanças de que o Zeca vai voltar.

— Não há nada de errado em ter esperanças. Ele ainda vai perceber que sou o cara ideal para ele — suspirou Erick.

— Você pode até ser o cara ideal para ele, mas ele não é para você — reclamou Thales. — E a ideia da mamãe é boa. Arrume um namorado falso e vá para o Ceará, esfregue na cara dele a sua felicidade e deixe-o ver o que perdeu.

— E, supondo que eu aceite essa loucura, onde vou arrumar um namorado falso em dois dias? — perguntou Erick, ainda espantado pela mãe querer aplicar a ideia de seu primeiro livro em sua vida. E por seu irmão apoiá-la.

— Na Maestria, oras. Há vários modelos interessantes lá — disse Stella.

— Você quer contratar um modelo da sua agência para fingir ser meu namorado? Imagina isso vazando para a imprensa! — Erick pareceu chocado.

— Um ator é o ideal, pois precisa ser alguém que saiba atuar e fingir muito bem. E é óbvio que eu vou redigir um contrato de confidencialidade para que nada vaze para a imprensa — disse Thales.

— Isso! — completou Stella. — Você consegue fazer isso sem o Francisco ficar sabendo? — perguntou ela, se referindo ao Diretor Jurídico da Maestria.

— Sim, não se preocupe. Não vai ser nada vinculado à agência, será um trabalho particular, eu serei o contratante — respondeu Thales.

— Ainda bem, porque não dará certo se muita gente ficar sabendo — explicou Stella.

— Só nós três. E o cara, claro. — Thales voltou a encarar o irmão pelo espelho retrovisor. — E não se preocupe, eu arrumo alguém hétero para ser seu namorado falso, assim não há perigo de nenhum dos dois se apaixonar.

— Você jura que um hétero vai aceitar fingir namorar um gay! — disse Erick.

— É um trabalho. E ele vai receber um bom pagamento por isso. Posso arrumar um loiro, eu sei que você não curte loiros, e o risco de você se apaixonar vai ser menor.

— Isso está cada vez melhor — ironizou Erick, fazendo uma careta. — Não acredito que terei um estranho grudado em mim por cinco dias.

— Você não precisa ficar o tempo todo com ele, só quando estiverem em público — completou Stella.

— Vocês dois estão malucos — comentou Erick, mas já pensando que, talvez, eles não fossem tão malucos assim.

Claro, a ideia toda era uma loucura, mas poderia dar certo. Tinha que dar certo. Ele não aguentaria ficar sozinho em um resort, no Ceará, vendo Zeca feliz com o novo namorado.

Após deixarem a mãe em casa, Thales e Erick seguiram caminho para o apartamento que dividiam, debatendo o plano de Stella.

— Como vamos chamar? Vamos usar o título do seu livro? Será "*Projeto Namoro Falso*"? — questionou Thales, empolgado.

— Não vamos chamar de nada. E pare de se mostrar muito animado com a ideia da mamãe, eu ainda não falei que aceito.

— Claro que aceita, maninho, você só não quer admitir que está tão animado quanto eu. — Thales encarou Erick rapidamente. — Ou até mais.

— Não estou animado em passar vários dias com um estranho ao meu lado.

— Posso arrumar um conhecido. — Thales piscou o olho, mas Erick não viu porque estava prestando atenção na rua.

— Eu não tenho coragem de propor essa insanidade para alguém que conheço. E ainda acho que é uma loucura, vou acabar me apaixonando pelo cara e sofrendo por um amor que nunca vai ser correspondido.

— Pelo menos você esquece o Zeca.

Erick bufou, em uma tentativa de parecer com raiva, mas sentiu que soou mais melancólico do que desejava.

— Não sei o que é pior, se é continuar apaixonado por ele ou me apaixonar por um hétero. Pelo menos, com o Zeca, ainda posso ter esperanças de ele voltar para mim.

— Pare com isso, esquece esse cara, Erick. Você é muito bom para ele, vai encontrar alguém melhor e que vai te fazer muito feliz.

— Ele me fazia feliz — sussurrou Erick.

— Sim, fazia, não vou negar, mas depois ele te largou sem mais nem menos. Vocês namoraram quase dois anos e, de uma hora para outra, ele decidiu que você não servia mais.

— Não foi bem assim e você sabe disso. Foi uma soma de fatores...

— Ok, maninho. Ele decidiu que algumas coisas o incomodavam e não quis mais o *"pacote Erick"*.

— Sim. — Erick suspirou, perdido nas lembranças do passado. — Ele decidiu que a parte boa de namorar comigo não compensava meus defeitos.

— Ele apenas não quis investir mais o tempo dele no relacionamento. — Thales estacionou o carro na garagem, desligou e encarou o irmão. — Sei que essas coisas acontecem, mas ninguém é perfeito e, se ele decidiu que os seus defeitos eram demais para ele, então o Zeca não é o cara certo para você. Um dia, vai aparecer alguém que não vai se importar com os defeitos que você tem. Até lá, eu continuo te aguentando, maninho. Eu não me importo com os seus defeitos.

— Meu Deus, este dia está ficando cada vez mais deprimente.

Embora tivesse três quartos, o apartamento dos irmãos Bacelar não era grande, mas aconchegante. Quando o primeiro livro de Erick foi publicado, eles resolveram deixar a casa da mãe e encontrar um canto só deles. Stella era legal, mas como quase toda mãe, era superprotetora e eles precisavam de um pouco de ar para respirar.

Assim que o livro de Erick fez sucesso, Thales, que estava no último ano da faculdade, sugeriu um lugar perto da Universidade da Guanabara, onde estudavam, para facilitar a vida de ambos. Os irmãos encontraram um apartamento no Recreio dos Bandeirantes que era a cara deles, e se mudaram em pouco tempo. Os dois se davam muito bem e passaram a ser mais unidos depois que deixaram a casa da mãe.

Naquele domingo, ao chegar em casa, Erick foi em direção ao quarto, mas Thales o segurou pelo braço.

— Por favor, não fique sofrendo aí dentro — pediu Thales, indicando a porta de Erick. — Ele não vale as suas lágrimas.

— Não vou sofrer, só vou ler um pouco.

— Leia algo alegre — pediu Thales, e Erick concordou com a cabeça.

Ficou olhando seu irmão caçula ir para o quarto e fechar a porta e esfregou o cabelo. Daria tudo para que Erick esquecesse o ex-namorado.

Thales entrou no terceiro quarto do apartamento, que os dois transformaram em um escritório compartilhado. Ele mal usava o cômodo, pois seu trabalho de assistente jurídico era praticamente todo feito na Maestria, mas ficava lá, às vezes, mexendo no computador enquanto Erick escrevia. Não era criativo como o irmão, mas gostava quando o caçula pedia sua opinião sobre que rumo certa cena deveria tomar, ou o que ele achava mais crível que o personagem deveria fazer em determinada situação. Gostava de participar, de certa forma, do processo de desenvolvimento das histórias fofas que Erick criava, e que faziam os adolescentes brasileiros suspirarem.

Colocou o notebook para ligar e pegou o celular. Começou a checar suas redes sociais para ver o perfil de alguns atores da Maestria, mas queria analisar também o portfólio deles através dos arquivos que estavam em seu computador.

A agência não trabalhava com muitos atores que regulavam idade com Erick, mas assim que se lembrou de Leonardo, Thales percebeu que este poderia ser um forte pretendente. Ele precisou esperar para checar no arquivo do garoto seu sobrenome, mas quando leu a ficha preenchida na Maestria, soube que Leonardo Fernandes era o candidato ideal para ser o falso namorado.

Leonardo tinha vinte anos, era loiro e estudava Artes Cênicas na mesma faculdade que Erick, o que dava um bom pretexto para eles terem se aproximado e começado a namorar. E ainda era hétero, pois Thales viu em suas redes sociais que ele havia estado em um relacionamento com uma garota alguns meses atrás.

Mas o motivo por Thales estar empolgado era o fato de Leonardo ter sido selecionado para interpretar um dos personagens do segundo livro de Erick, que seria adaptado para filme em breve.

CAPÍTULO 2

Onde ocultar minha dor
se os teus olhos estão dormindo?
Sonata do Amor Perdido, Vinicius de Moraes

Quando Erick chegou na cozinha, na segunda de manhã, Thales soube que o irmão não dormira direito. Ele estava com uma cara péssima, o cabelo castanho caía sobre os olhos, provavelmente para esconder a tristeza e a insônia.

— Bom dia, maninho. Animado para a viagem? — perguntou Thales, servindo uma xícara de café para Erick.

— Você quer realmente falar sobre isso? — Erick fez uma careta e colocou duas fatias de pão de forma na torradeira.

— Ok, então vamos mudar de assunto. Vai ficar na universidade o dia todo hoje?

— Não, só de manhã, preciso falar com meu orientador sobre o projeto final.

— O que acha de almoçarmos juntos?

— Só se for eu e você, por favor, não chame a mamãe. Não quero ela fazendo mil perguntas sobre o meu trabalho. Nossos almoços com ela costumam virar reuniões de negócios e, hoje, não estou no clima para isto. Ontem, pelo menos, ela ficou só conversando sobre o filme e a série.

Thales riu. O irmão era previsível. A agência de Stella abrangia diversas áreas artísticas, e a mãe passou a servir como uma agente/empresária de Erick desde que seu primeiro livro fora lançado.

— Mamãe só está cuidando da sua carreira.

— Eu sei. Mas ela costuma opinar muito, e vai querer dar palpites sobre a história do meu novo livro.

— É só falar que ainda não tem nada.

— Ela sabe que eu sempre começo a desenvolver um novo trabalho quando termino outro. Deixa a história estar pela metade, e aí eu lembro a ela que já estou escrevendo um novo livro. Ontem, felizmente, ela nem entrou neste assunto.

— Mamãe está empolgada com as adaptações. Nem sei o que ela quer ver primeiro na tela, se é a série de *Projeto Namoro Falso* ou o filme de *Encontro Às Escuras*.

— Então estou como ela. Mas provavelmente o filme vai sair antes — comentou Erick, pegando as torradas, que ficaram prontas.

— Sim. — Thales terminou de comer e se espreguiçou na cadeira. Ficou analisando o irmão e checou o celular. Ainda era cedo, mas sabia que precisava encontrar Leonardo naquele dia. Decidiu enviar logo uma mensagem ao garoto.

> **THALES**
> Bom dia, Leonardo,
> Você consegue passar na Maestria ainda hoje?
> Preciso falar com você com urgência.
> Talvez tenha um trabalho novo, mas ainda é segredo,
> então não comente com ninguém.
> Thales Bacelar

Não demorou muito para vir uma resposta, e Thales respirou aliviado.

> **LEONARDO**
> Passo lá de tarde.
> Preciso ligar para marcar um horário?

> **THALES**
> Não, já vou deixar avisado que estou te esperando

— O que você tanto digita aí? — perguntou Erick. — Algum encontro hoje?

— Nada disso, só trabalho — respondeu Thales, deixando o celular de lado.

— Não são nem oito da manhã e você já está trabalhando?

— Assim como você, eu não paro de trabalhar nunca, maninho.

— Acho que puxamos mesmo a mamãe.

No dia em que passou no teste para interpretar o amigo do protagonista do filme baseado em *Encontro Às Escuras*, segundo livro lançado por Erick Bacelar, Leonardo pensou que não podia ser mais feliz. Agora estava ali, de frente para Thales, após assinar um contrato de confidencialidade, e o irmão do escritor explicava que ele precisaria fingir ser o namorado de Erick. Parecia que era Natal e os presentes não paravam de aparecer.

Ao receber a mensagem de Thales, mais cedo, Leonardo ficou empolgado. Pensou que viria um teste para uma série ou novela, ou até um novo filme, e ele já imaginou sua carreira deslanchando e o sucesso vindo, finalmente. Mas jamais sonhou com o que estava sendo proposto.

Assim que chegou à agência, Leonardo foi rapidamente conduzido à sala de Thales, que lhe explicou que o novo trabalho era algo delicado.

— Antes de te contar o que é, preciso que assine este acordo de confidencialidade porque, caso você não aceite, não poderá contar a ninguém sobre o que será discutido aqui.

Leonardo leu o documento duas vezes e ficou receoso. Algo extremamente confidencial não era o que esperava, e sabia que qualquer coisa podia surgir após assinar o acordo. Mas Thales explicou várias vezes que ele poderia recusar o trabalho, e Leonardo estava curioso para saber do que se tratava.

E agora estavam os dois ali, sentados um de frente para o outro com a grande mesa de Thales entre eles, e este explicando que o trabalho consistia em fingir ser o namorado de seu irmão, Erick. Várias informações foram sendo dadas, mas Leonardo não conseguia registrar a metade. Sua cabeça estava a mil com a proposta, e ele só discerniu que precisava viajar naquela semana para o Ceará.

— Quando você precisa de uma resposta? — perguntou ele, mais para esticar a conversa e não se mostrar muito ansioso. Internamente, já havia aceitado.

— O mais rápido que você puder me dar, porque a viagem é depois de amanhã. E, se você não aceitar, preciso procurar outra pessoa. — Thales se encostou na cadeira. — Você foi o primeiro ator que me veio na cabeça.

— Por que eu?

— Vocês já se conhecem, estudam na mesma universidade, o que dá uma desculpa para serem próximos e terem se apaixonado. Além, claro, do fato de que você vai estar no filme do livro do Erick. Isso também vai dar uma boa repercussão quando o filme for lançado.

— Vai parecer que eu ganhei o papel porque sou namorado dele — comentou Leonardo, agora um pouco apreensivo com a ideia. Ele lutara muito para ter seu trabalho reconhecido, não queria que tudo fosse por água abaixo por causa de uma mentira.

— Não. — Thales balançou a cabeça, negando. — Para todos os efeitos, vocês começaram a namorar depois que você foi selecionado. Isso pode ser uma das desculpas para a aproximação: vocês estudam no mesmo lugar, se conheceram nos testes para o elenco e passaram a se ver com mais frequência depois disso. Daí surgiu o interesse entre os dois e o namoro. As pessoas vão amar esta história.

— Pensei que Erick era o criativo da família — comentou Leonardo, rindo, mas se arrependendo logo em seguida. Não queria soar atrevido.

Thales pareceu não se importar.

— Sim, mas eu tenho os meus momentos. — Ele encarou Leonardo. — Esqueci de perguntar quando foi a última vez que você beijou alguém, principalmente em público.

— Você quer saber quem foi a última pessoa que fiquei? — Leonardo se assustou com a pergunta invasiva.

— Não, só quando foi. — Thales deu de ombros. — Desculpa a intromissão, mas se você está namorando meu irmão, não dá para beijar outras pessoas por aí.

— Ah, entendi. Acho que um mês, mais ou menos. Não saí muito nas últimas semanas, por conta de provas e trabalhos. Também estou usando meu tempo para me preparar para o filme.

— Perfeito. — Thales sorriu. — Sobre a proposta, sei que é pedir muito, mas...

— Tudo bem, eu aceito.

— Sério? — perguntou Thales, surpreso.

— Sim. Como fazemos?

— Bom, não posso te entregar um contrato de trabalho para você assinar, não posso deixar nenhum rastro, arriscar que alguém descubra. Então vou te dar apenas um *"de acordo"* do termo de confidencialidade. Já está pronto, só vou preencher agora com os seus dados pessoais e bancários, mas preciso que assine, leve para reconhecer firma e me devolva, para que eu possa fazer o seu pagamento, conforme combinamos.

— Tudo bem.

— Vamos acertar todos os detalhes agora, mas antes vou já pedir que um dos assistentes aqui da agência compre a sua passagem para Fortaleza. Isto tem que ser feito logo por causa do curto prazo para a viagem. Também precisamos acertar com os organizadores do evento, temos que avisá-los de que o Erick irá acompanhado — explicou Thales, pegando o telefone. — Ah, e seria bom você ir amanhã lá para casa, já com a sua mala.

— Hã?

— Bem, precisamos que você e o Erick passem um tempo juntos antes de irem para o Ceará. Apenas um jantar em um restaurante é algo muito impessoal — respondeu Thales, voltando a sua atenção para o telefone.

Erick conheceu Zeca quando entrou para a faculdade de Produção Editorial. Ele era calouro e Zeca o veterano charmoso do mesmo curso, que andava pelo campus com confiança e determinação. A mãe trabalhava com política internacional na Colômbia, e o pai ocupava um alto cargo no país sul-americano. Quando se conheceram, fora amor à primeira vista, Zeca adorava contar a história. Alguns anos após o casamento, a mãe fora transferida para a embaixada colombiana no Brasil e, aqui, da união, nasceu o filho.

Zeca e seu corpo atlético de quase 1,90 metro de altura, cabelos pretos cacheados perfeitos e olhos sensuais. Ele conquistou o coração de Erick quando conversaram pela primeira vez. Era impossível tirar os olhos dele, e Erick só queria encontrá-lo todos os dias. Ficara hipnotizado; Zeca era puro carisma.

Seu primeiro romance, *Projeto Namoro Falso*, estava pronto e sendo encaminhado para algumas editoras, e Zeca já estagiava como assistente editorial na Casa do Livro, que recebera uma cópia do original. Ele participara da análise do livro na editora, e procurou por Erick na faculdade, quando soube que ele também estudava lá. Os dois passaram a conversar e a se ver com frequência, com Zeca sempre elogiando o trabalho do escritor.

Mas o livro saíra por outra editora, a Papiro, que fizera uma proposta melhor do que a Casa do Livro. Zeca ficou triste por não ter a chance de trabalhar com Erick, mas isso os aproximou ainda mais, pois agora não seria antiético eles saírem juntos. O relacionamento começou meses antes do lançamento de *Projeto Namoro Falso*, e os dois não se desgrudavam.

Quando Erick lançou seu segundo livro, *Encontro Às Escuras*, e este atingiu a lista dos mais vendidos imediatamente, eles fizeram uma viagem romântica para Fernando de Noronha. Erick sentia que a vida não podia ser melhor; estava nas nuvens e conseguira tudo o que sempre sonhou.

Só que, com a convivência e o passar do tempo, as coisas mudaram. Zeca queria que o namorado fosse menos tímido em público, e Erick simplesmente não conseguia fazer demonstrações de afeto com várias pessoas ao redor. Sempre fora alguém reservado, suas redes sociais ficavam dias sem atualização, e ele queria sumir quando precisava subir em um palco e falar na frente de uma multidão. Zeca não entendia, e isso passou a ser um tópico recorrente entre as brigas dos dois, que se tornaram constantes.

Outro motivo que Zeca sempre reclamava era o fato de Erick ser muito quieto e viver em sua cabeça. No começo, ele achava interessante e excitante quando Erick se perdia em seus pensamentos.

— O que está acontecendo hoje no *"Mundo de Erick"*? — brincava.

Zeca adorava a expressão *"Mundo de Erick"*, um lugar cheio de imaginação, histórias e personagens interessantes.

O escritor gostava do silêncio porque podia organizar melhor os pensamentos, e o que se passava em sua cabeça. Já Zeca não conseguia viver calado. Ele adorava falar e Erick amava o som da sua voz, melodiosa e aconchegante, o que o fazia "*viajar*" para longe. E cada vez que Zeca falava, ele se perdia ainda mais e isso começou a irritar o ex. Erick prometia que isso não se repetiria, jurava que ia se policiar para ficar atento a cada palavra que o namorado dizia, mas não conseguia se controlar. E Zeca não entendia os momentos de silêncio e distância do escritor e, então, o "*Mundo de Erick*" passou a ser um lugar sombrio e que Zeca detestava.

Até que chegou o momento em que o namorado comunicou que não aguentava mais, e precisava seguir seu caminho sozinho. Erick passou dias chorando.

— Você precisa sair dessa, maninho. A vida é mais que este cara — disse Thales, algumas semanas depois.

Thales gostava de Zeca porque ele fazia o irmão feliz, mas desde o término do namoro que torcia para que Erick encontrasse alguém que o fizesse esquecer o ex. Às vezes, durante a madrugada, acordava com o barulho ao longe de Erick digitando no computador, e Thales sabia que o motivo era que o irmão não conseguia dormir pensando em Zeca, então se levantava para criar histórias românticas que vendiam milhões.

— Não para mim...

— É sim. Agora, parece que nada faz sentido e que seu coração vai explodir de tristeza, mas a vida segue e, se ele não te quer mais, é porque não era para ser.

— Pare de filosofar. — Erick fez uma careta. — Eu ainda amo muito ele.

— Eu sei. — Thales suspirou e tirou o celular do bolso. — Mas parece que ele não te ama mais.

Thales entregou o celular ao irmão, e Erick sentiu como se o ar sumisse dos pulmões e o chão abrisse sob seus pés. Ali, na tela, havia uma foto de Zeca e um outro cara, os dois abraçados e felizes com o mar de Fernando de Noronha atrás. Na legenda, as palavras *"vivendo um grande amor"* terminaram de apunhalar Erick.

— Eu não acredito que ele fez isso — sussurrou Erick, sentindo mais lágrimas caindo dos olhos. Fazia menos de um mês que eles haviam terminado.

— Ele seguiu em frente, você precisa fazer o mesmo.

Isso acontecera há três meses e agora Erick estava ali, novamente com o irmão, na sala da sua casa, desta vez combinando um namoro falso para que ele conseguisse enfrentar Zeca e Vicente, seu novo *"grande amor"*.

Thales chegara empolgado naquela noite de segunda-feira, anunciando que conseguira um namorado falso perfeito.

— Você não vai mesmo me falar quem ele é? — perguntou Erick.

— Não, não quero arriscar você vetá-lo ou desistir de tudo.

— Eu ainda acho que devo desistir de tudo. — Erick balançou a cabeça. — Toda vez que penso nisso ou que falamos em voz alta, eu vejo o quanto é algo ridículo de se fazer.

— Você não achou ridículo quando colocou no seu livro.

— Porque era um livro! — Erick balançou a cabeça. — Meu Deus, não acredito que a minha vida está imitando a ficção por causa de um cara. Isso é tão patético.

— Ou é isso ou você vai sozinho para Fortaleza ficar cinco dias lá com o Zeca. E o outro cara.

— Ok, você já me convenceu. Vamos seguir em frente com esse plano idiota.

— Não é idiota se der certo.

— Espero que ninguém descubra.

— Ninguém vai descobrir. Ninguém sabe, só a gente, a mamãe e o seu falso namorado.

— As chances de alguém descobrir são altas. Como dizem: um segredo só é um segredo se apenas duas pessoas sabem e uma delas está morta — Erick balançou a cabeça novamente, ainda incerto sobre o plano da mãe.

— Vamos mudar o ditado para: um segredo é um segredo se quem sabe dele não tem o menor interesse que os outros descubram. Ah, e se existe um contrato de confidencialidade envolvido.

— Se eu colocar isso em um livro, ninguém vai acreditar.

— Você já colocou isso em um livro e foi um sucesso. — Thales se levantou. — Eu preciso dormir, maninho. Vê se tenta dormir também — disse ele, beijando o topo da cabeça de Erick e deixando o irmão na sala, perdido em seus pensamentos.

A primeira vez que Leonardo ouviu falar de Erick Bacelar foi uma tarde em que ele estava na Universidade da Guanabara com os amigos, todos calouros de Artes Cênicas. Um deles comentou sobre um aluno que lançara um livro onde um cara fingia ser o namorado de outro, e que vinha fazendo muito sucesso. Leonardo ficou curioso sobre a história e comprou um exemplar.

Ele leu o livro em um dia, simplesmente não conseguiu largar. A escrita de Erick era viciante, no estilo *"só mais um capítulo"* e, quando percebeu, Leonardo terminou o livro e queria mais. Ele precisava ler mais coisas de Erick. Mas como todos os outros leitores, teve que esperar um ano pelo novo lançamento.

E, em um sábado à tarde, lá estava ele, na enorme fila para que Erick autografasse seu exemplar de *Encontro Às Escuras*. De novo, Leonardo terminou o livro rápido e, de novo, ele queria mais. *Precisava de mais.* Perdera as contas de quantas vezes lera os dois romances, que já estavam com as capas gastas e folhas cheias de marcações e anotações.

Ao longo dos últimos três anos, ele vira Erick algumas vezes na Universidade da Guanabara, quase sempre acompanhado do namorado ou cercado de amigos. Erick estava um ano à sua frente e cursava Produção Editorial, mas os cursos de ambos ficavam no mesmo prédio, o de Comunicação Social, então não era difícil vê-lo pelo campus universitário. Apesar do leve interesse que sentia por Erick, Leonardo não conseguia discernir se isso vinha do fato de amar seus livros, personagens, estilo de escrita ou porque sentia uma atração por ele. Sabia que o namoro dele com Zeca era firme e os dois pareciam felizes, e nunca chegou a se aproximar do escritor. Leonardo também começou a curtir a vida universitária, tendo alguns relacionamentos pelo caminho, inclusive um namoro sério com uma garota, e o interesse por Erick ficou em segundo plano.

Foi por causa de sua fixação nos livros do escritor que Leonardo descobriu a Maestria. Alguém do curso já havia comentado sobre a agência assim que entrou para a faculdade, mas ele queria esperar mais um pouco antes de se vincular a algum lugar. Só que, ao descobrir que ela pertencia à família de Erick, o local passou a ser interessante e, quando estava no segundo ano do curso, Leonardo conseguiu que um dos professores o indicasse para Stella Bacelar. Ele fizera um teste e fora aceito entre os clientes da agência, que já havia conseguido uma pequena participação para ele em uma minissérie juvenil feita para a TV.

E fora graças a Maestria que ele conseguiu o papel no filme baseado em *Encontro Às Escuras*. Ele conheceu Erick rapidamente após a escalação do elenco, e os dois passaram a se cumprimentar desde então, quando se esbarravam na faculdade. As gravações iriam começar em breve, assim que o diretor encerrasse um trabalho já previamente agendado.

E agora ele teria uma chance que nunca pensara acontecer, mesmo já tendo fantasiado os dois juntos no passado: ficar sozinho com Erick.

Em uma viagem para Fortaleza.

CAPÍTULO 3

De manhã escureço
De dia tardo
De tarde anoiteço
De noite ardo.

Poética, Vinicius de Moraes

Desde que o interfone tocara, no começo da noite de terça-feira, anunciando a chegada de alguém, que Erick andava de um lado para o outro na sala. Ele estava nervoso, tentara várias vezes descobrir com Thales quem havia sido contratado para o *"cargo"* de namorado falso, mas o irmão se recusou a dar a informação.

E agora a pessoa estava ali, subindo no elevador, e em poucos segundos Erick saberia quem é. Seu estômago estava embrulhado, e ele pensou que poderia desmaiar a qualquer momento.

— Ainda dá tempo de desistir? — perguntou, olhando Thales, que estava sentado no sofá.

— Não, maninho. E se acalme, vai dar tudo certo.

— Tenho minhas dúvidas — comentou Erick, mas não conseguiu falar mais nada. A campainha tocou.

Ele encarou Thales, que tinha um sorriso divertido nos lábios, e sentiu vontade de jogar uma almofada na cara do irmão. Erick suspirou e foi até a porta. Olhou pelo olho mágico, mas não teve a certeza se viu direito quem era. Voltou a encarar Thales.

— Abre logo — pediu o irmão.

Erick abriu a porta e viu Leonardo Fernandes parado na sua

frente, com uma mala ao seu lado. O cabelo loiro estava um pouco bagunçado, como Erick já o vira usando na universidade, e era uma das características mais marcantes de Leonardo. Fora um dos motivos que Erick gostara dele para o papel que ia interpretar no filme baseado no seu livro: o personagem usava o cabelo do mesmo jeito.

— Oi, não consegui chegar mais cedo — disse Leonardo, e Erick pensou identificar um pouco de ansiedade em sua voz.

Que ótimo, ele também está nervoso, pensou em dizer a Thales, de modo irônico, mas se controlou. As chances de tudo dar errado estando os dois nervosos eram muito altas.

— É sério que você contratou o cara que vai participar do filme do meu livro? — questionou Erick, encarando Thales e ignorando Leonardo.

— Pare de ser mal educado. — Thales se levantou e foi em direção ao ator. — Entra aí — disse ele, puxando a mala de Leonardo e repreendendo Erick com o olhar.

— Desculpa, estou nervoso — pediu Erick, para Leonardo.

— Tudo bem. — Leonardo entrou e Erick fechou a porta.

Thales havia sumido com a mala e os dois rapazes ficaram se olhando.

— Então você é o doido que vai comigo para o Ceará — disse Erick. Não era uma pergunta, e Leonardo apenas balançou a cabeça. — Você deve me achar patético por querer mostrar ao meu ex que estou bem.

Ele indicou o sofá e Leonardo se sentou. Erick continuou de pé, ainda estava muito nervoso e temia ficar balançando a perna, caso se sentasse.

— Seu ex?

Erick olhou Leonardo, surpreso, e encarou Thales, que voltou para a sala.

— Você não contou a ele nada?

— Só acertei os detalhes legais do contrato, não expliquei direito sobre a viagem. Achei melhor vocês conversarem, assim já vão se conhecendo e criando um vínculo — explicou Thales. Ele se virou para Leonardo. — Por falar em contrato, trouxe o *"de acordo"* assinado?

— Não consegui reconhecer firma ainda — respondeu o ator.

— Ok, mas preciso que você me entregue isto sem falta na segunda-feira, após voltar de viagem — disse Thales, indicando o celular. — A pizza está quase chegando, vou lá embaixo buscar. Você gosta de pizza, Léo? — perguntou Thales, saindo do apartamento sem dar tempo de Leonardo responder.

Léo?, quis perguntar Erick. Na verdade, ele queria gritar, ou esganar Thales, mas se controlou.

— Ah, que ótimo, vamos lá. — Erick se sentou, mas se levantou quando começou a falar. — Basicamente meu ex está indo para o mesmo Festival que a gente, e levando o novo namorado junto. Ele terminou comigo alguns meses atrás e logo arrumou esse cara, e como eu não quero ficar cinco dias em Fortaleza vendo o casal feliz e se amando, minha mãe sugeriu usar a ideia do meu primeiro livro e aqui está você. Quem sabe ele me vendo acompanhado, percebe o que perdeu e volta para mim... — Ele olhou Leonardo, que balançava a cabeça afirmativamente e se sentou, colocando o rosto entre as mãos. — Meu Deus, cada vez que falo isso alto, percebo o quanto idiota é esta ideia toda, e o quanto patético eu sou.

— Não, tudo bem — disse Leonardo. — Eu só não sabia direito a razão de precisar fingir ser seu namorado.

Erick sentiu que Leonardo parecia compreensivo, e não ligar muito para os reais motivos de precisar de alguém ao seu lado, mas ele não soube se estava conseguindo interpretar direito as reações do garoto.

— E está tudo bem para você? Mesmo sabendo o motivo? — questionou Erick, olhando Leonardo.

— Sim, por mim, tudo bem.

— Ok.

Thales voltou e sorriu para os dois.

— Está tudo bem aqui? — perguntou ele, indo para a cozinha.

— Não repara no meu irmão, ele está muito empolgado com tudo isso. — Erick fez uma careta e percebeu que vinha fazendo isso muitas vezes, ultimamente. E criou coragem. — Fiquei surpreso por você não se importar em todo mundo pensar que está namorando um homem.

— Por que eu me importaria? — Leonardo pareceu confuso.

— Porque você é hétero.

— Eu não sou hétero, sou bi.

Erick arregalou os olhos e abriu a boca para falar algo, mas nada saiu. Ele sentiu um pânico, misturado com raiva, crescer dentro dele e se levantou e foi até a cozinha, deixando Leonardo sozinho na sala.

— Você me enganou, ele não é hétero — reclamou com Thales, que pegava pratos e copos nos armários.

— Ele é hétero.

— Ele é bi.

— Desde quando? — Thales parou o que estava fazendo e olhou o irmão.

— Como assim, desde quando? Que eu saiba, desde que nasceu.

— Quem te falou isso?

— Ele.

— Tem certeza?

Erick olhou para o irmão, incrédulo.

— Como foi ele próprio quem me disse que é bi, acho que posso ter muita certeza, sim.

— Algum problema em eu ser bi? — perguntou Leonardo, entrando na cozinha. Thales e Erick o encararam, surpresos com a presença dele ali.

— Nenhum problema — respondeu Thales, pegando os pratos e levando para a mesa da sala. — Vamos comer, traga as pizzas, maninho.

Erick foi atrás dele, sem as pizzas.

— Thales... — Erick segurou o braço do irmão, impedindo-o de se sentar.

Os dois ficaram alguns segundos se olhando e Thales balançou a cabeça.

— Sinto muito, maninho. Não dá tempo de arrumar outra pessoa.

— Ah, não... — Erick puxou uma cadeira e se sentou. Sua cabeça estava fervilhando e ele pensava em todos os cenários possíveis que aquela informação poderia acarretar, e em todas as saídas possíveis daquela confusão.

— É, bem... — Leonardo chegou na sala, carregando as caixas de pizza. — Eu não sabia que tinha problema ser bi.

— Tudo bem, você é loiro, o Erick nunca gostou de loiros, então, não tem problema.

— Meu Deus, Thales! — gritou Erick.

— Hum, tá... — Leonardo colocou as caixas de pizza em cima da mesa e se manteve em pé, ainda confuso.

— Foi mal, cara, meu irmão está fazendo um drama desnecessário. Eu achei que você era hétero, por isso te contratei. E também porque você vai participar do filme, e isso dará uma repercussão fantástica quando ele for lançado. — Thales olhou Erick. — Maninho, pense nisso. Imagina como ficará a internet quando todos souberem que vocês estão namorando? Você vai vender ainda mais e o filme será um sucesso, quando for lançado.

— Ok, não tenho escolha mesmo. — Erick encarou Leonardo. — Não tem problema você ser bi.

— Ele estava receoso de que poderia surgir um interesse romântico entre vocês, por isso queria um hétero — explicou Thales, e Erick quis voar no pescoço do irmão.

PROJETO NAMORO FALSO

— Caramba, pare de falar — pediu ele, olhando Thales.

— Tudo bem. — Leonardo riu, e Erick não conseguiu decifrar se ele rira de divertimento ou de nervosismo.

— Relaxa, maninho, vai dar tudo certo — disse Thales, se sentando de frente para Erick. Leonardo se sentou ao lado de Thales e todos pegaram uma fatia de pizza. — A história de começo de namoro é perfeita: vocês estudam na mesma faculdade, o Léo é da Maestria e passou no teste para o filme do seu livro, e tudo ajudou para se aproximarem. Não se esqueçam destes detalhes. E pensem em outros, para o caso de surgir uma situação onde precisam falar algo que não foi combinado.

— Eu consigo criar histórias rápidas. — Erick deu de ombros, olhando Leonardo. — Posso pensar em algo na hora, se não estiver muito nervoso.

— Eu tento te acompanhar. Sou ator, consigo me adaptar ao roteiro. — Ele sorriu e Erick retribuiu, percebendo que estava começando a ficar mais à vontade na presença de Leonardo.

— Beleza. Está tudo saindo perfeito — vibrou Thales.

— Você está empolgado porque está de fora — reclamou Erick.

— Pare de ser pessimista, maninho. — Thales olhou Leonardo ao seu lado. — Alguma dúvida sobre qualquer coisa?

Leonardo terminou de mastigar, enquanto pensava, e balançou a cabeça.

— Você já decidiu que tipo de namorado eu devo ser? — perguntou ele, olhando Erick.

— Ainda não. — Erick apertou os lábios, parecendo se decidir.

— Tente ser bem meloso e apaixonado, sem conseguir manter suas mãos longe do Erick — pediu Thales.

— Por favor, não — gemeu Erick. Ele encarou Leonardo, que sorriu. — Não gosto de demonstração de afeto em público, e este é um dos motivos pelos quais o Zeca terminou comigo.

GRACIELA MAYRINK

— Posso ser o namorado apaixonado, mas descolado, que não se importa em não demonstrar afeto publicamente — sugeriu Leonardo, e Erick percebeu que o garoto já estava mais relaxado.

— Sim, mas todo mundo tem que perceber que você ama o Erick.

— Ok, Thales, pare de opinar. Isso é entre o Leonardo e eu.

— Léo, chame-o de Léo. Leonardo é muito formal. Ou chame de Léozinho — pediu Thales. — Arrumem uma forma fofa de se chamarem, qualquer coisa, mas não Leonardo.

— Não sei do que vou chamá-lo, calma, Thales. Está tudo acontecendo muito rápido.

— Você é o escritor da família, acabou de falar que consegue pensar rápido, então pense, maninho.

— Que tal *"amor"*? Ou *"coração"*? — sugeriu Leonardo.

— Amor é muito comum. E coração... era como o Zeca me chamava — sussurrou Erick.

— Vou pensar em algo — disse Leonardo.

— Que tal *"gênio"*? — perguntou Thales.

— Ele tem que ser apaixonado por mim, não ficar me idolatrando. Ele está comigo porque me ama, não porque sou um escritor — disse Erick, tentando não olhar para Leonardo. Seu rosto ardia toda vez que falava que o garoto o amava.

— Que tal te chamar por nomes de escritores famosos? — perguntou Leonardo.

— Perfeito! — disse Thales.

— Isso continua parecendo que ele me idolatra — comentou Erick, ainda sem conseguir olhar para Leonardo.

— Quem se importa? Imagina a cara do Zeca quando ele te chamar de Hemingway? — comentou Thales, rindo alto.

— Vamos ver — respondeu Erick, sem confessar que gostou da sugestão. Conhecia Zeca o suficiente para saber que o ex ficaria abalado ao escutar isso.

— Podemos ter um nome só nosso. Tipo *"Lerick"*.

— Sim! — disse Thales, e Erick quase viu os olhos do irmão brilhando. — Eu te falei que encontrei o cara ideal para ser seu namorado.

Após a pizza, Leonardo ajudou Thales a lavar a louça, enquanto Erick arrumava a mesa da sala. Ele já estava se sentindo mais confortável na presença do escritor. Era uma preocupação sua, como seria seu autor favorito na privacidade. Ele notou que Erick era um pouco reservado, mas não tão tímido quanto supunha.

Já Thales era o oposto, e Leonardo se divertiu com ele. Descobriu que tinha vinte e cinco anos e trabalhava como assistente jurídico na Maestria desde que se formara em Direito, na Universidade da Guanabara. Leonardo gostou do modo protetor de Thales com o irmão, sempre preocupado em como ele estava. Percebeu que os dois se davam muito bem e eram inseparáveis.

— Onde você colocou a minha mala? — perguntou Leonardo, para Thales, quando eles deixaram a cozinha.

— No quarto do Erick, você dorme lá esta noite. Ele vai dormir comigo.

— Claro que não, posso dormir aqui no sofá — respondeu Leonardo, sem graça.

— Não tem problema, eu ainda vou escrever um pouco — disse Erick, levando Leonardo para seu quarto. — Só vou pegar meu travesseiro, mas tem outros aí para você escolher — completou ele, indicando alguns em cima da cama.

Leonardo olhou em volta. O quarto de Erick era bastante básico, apenas uma cama, uma mesinha de cabeceira com um livro em cima e um armário. Nada de televisão ou estantes cheias de livros.

Ele já vira algumas estantes na sala, e Thales comentara que haviam outras no escritório.

— Não quero incomodar — disse Leonardo, ainda sem graça.

— Não incomoda. Como falei, ainda vou escrever. Quando for para o quarto do Thales, ele já vai estar roncando e eu vou estar exausto.

— Eu não ronco! — gritou Thales, de algum lugar do apartamento que Leonardo não viu.

Erick riu do irmão e Leonardo o achou fofo. Eles ficaram se encarando e Leonardo sentiu o coração acelerar.

— Ok, fique à vontade. Se quiser tomar um banho, deixei uma toalha aí em cima da cama — disse Erick, saindo do quarto.

Quando tinha 14 anos, Leonardo se interessou por um garoto da escola. Até então, apenas as meninas haviam chamado a sua atenção, mas aquele carinha novo no colégio abalara seu coração. Ele confidenciou para sua irmã e os dois conversaram muito sobre bissexualidade. Na época, ela tinha uma namorada, mas já havia se relacionado com garotos também.

Aos 17, ele beijou pela primeira vez um rapaz e contou para os pais, que disseram que Leonardo podia seguir a vida como quisesse, desde que fosse feliz. Com o apoio da família, sabia que conseguiria contornar qualquer problema que cruzasse o seu caminho.

E agora ele estava ali, no apartamento de um carinha que havia mexido com ele na primeira vez que o viu. Na manhã seguinte, os dois iriam para outra cidade, passar alguns dias sozinhos. Juntos. Leonardo estava empolgado.

Após tomar banho, o ator vestiu um short confortável e colocou uma camiseta e deixou o banheiro. Ele foi até o quarto de Erick e, antes de entrar, viu uma luz vindo debaixo de uma porta de outro cômodo, que imaginou ser o escritório.

Ele entrou no quarto e ficou olhando tudo ao redor. Pensou se tentava dormir, mas ainda estava muito eufórico por estar na casa de Erick. No quarto de Erick.

Ao chegar ao apartamento, estava nervoso, mas foi relaxando conforme conversava com os irmãos Bacelar. Eles eram divertidos e, embora Erick também parecesse nervoso, os dois tentaram deixar Leonardo o mais à vontade possível.

Ele gostara muito deles e de passar um tempo na companhia dos dois. Sabia que estava se arriscando, porque sentia uma atração por Erick, e isto só tendia a piorar conforme passassem alguns dias juntos, mas era impossível resistir. Ele estava ali, no quarto de seu escritor favorito, alguém que mexia com ele. Era impensável ir embora.

Leonardo respirou fundo e deixou o cômodo, indo em direção à porta fechada. Deu dois toques e, quando ouviu a voz de Erick do outro lado, entrou no escritório.

— Eu já vou dormir — disse Leonardo, e se sentiu ridículo, como se precisasse avisar isso a Erick.

O escritor estava sentado em uma cadeira, de frente para um computador que ocupava uma bancada larga. Do lado, havia um notebook fechado e outra cadeira em frente a ele. Não havia armários no local, mas duas paredes eram cobertas por prateleiras cheias de livros, e em outra tinha um móvel com gavetas e uma impressora em cima.

— Ok, se precisar de algo, vou estar aqui mais um tempo.

— Tudo bem — comentou Leonardo, sem se mover.

Eles ficaram em silêncio, se encarando.

— Você...

— Eu...

Os dois falaram ao mesmo tempo e começaram a rir. Erick fez um gesto para que Leonardo falasse primeiro. Ele entrou no quarto e fechou a porta atrás de si, e na mesma hora se arrependeu por fazer isso.

— Sei que eu não era bem o que você tinha em mente, mas vamos tentar fazer dar certo.

— Ok.

— Quer conversar melhor sobre isso agora?

— Não, quero escrever um pouco antes da viagem. Escrever me faz bem, é como se eu fosse transportado para outro lugar enquanto escrevo e, com isso, não fico pensando em mais nada da minha vida. É como se tirasse um pouco de coisas da minha cabeça.

— Então amanhã a gente conversa melhor. Teremos muito tempo para isso, né? — comentou Leonardo, sorrindo, e quase tendo a certeza de que demonstrara nervosismo em sua voz.

— Desculpa, não fui o melhor anfitrião quando você chegou — pediu Erick, indicando a cadeira vazia, onde Leonardo se sentou. — Estou um pouco ansioso, toda a situação é surreal, ridícula, empolgante, patética...

— Pare de falar que é patético.

— Mas é, ainda mais por eu querê-lo de volta. — Erick tentou esboçar um sorriso e Leonardo teve vontade de passar a mão em sua bochecha. Ou de abraçá-lo.

— Tudo bem, vou te contar algo. Quando estava com uns dezesseis anos, eu tinha uma leve queda pelo Harry Styles. Leve não, eu era obcecado por ele. Aí me aproximei de uma menina da escola porque sabia que ela era fanática por ele. Ficamos muito amigos, e até demos uns amassos de vez em quando, mas eu queria ficar perto dela porque podia ouvi-la falando do Harry o dia todo. Era muito bom, e a gente assistia os filmes e shows dele o tempo todo. Nunca contei para ninguém sobre minha paixonite por ele, apenas ela sabia.

PROJETO NAMORO FALSO

Erick começou a rir.

— E por que você está me contando isso?

— Porque agora você sabe um segredo meu e estamos quites.

Erick sorriu, balançando a cabeça como um agradecimento. Eles tornaram a ficar em silêncio, até Erick sussurrar:

— Eu acho que absolutamente todo mundo tem uma queda pelo Harry, mesmo que não admita.

— Aposto que o Thales não tem — disse Leonardo, piscando o olho, se levantando e deixando o escritório, com Erick às gargalhadas.

CAPÍTULO 4

Na hora dolorosa e roxa das emoções silenciosas
Meu espírito te sentiu.
Ele te sentiu imensamente triste
Tarde, Vinicius de Moraes

O voo para Fortaleza foi tranquilo e sem imprevistos. Erick dormiu a viagem inteira, e Leonardo alternou seu tempo entre ler e analisar o rosto do escritor.

Ao pousarem no Ceará, Erick se desculpou com Leonardo por ter dormido o tempo todo.

— Fiquei até tarde escrevendo — explicou Erick.

Eles deixaram o avião calados. Ao passarem pelo portão de desembarque, encontraram um homem segurando uma placa com o nome de Erick. Ele se apresentou como Adenor, o motorista deles, e os levou até um carro.

O trajeto do aeroporto até o hotel durou quase uma hora, com Adenor contando trivialidades sobre a cidade e o Festival. Ele estava empolgado em trabalhar no evento, levando alguns escritores para lá e para cá, e disse a Erick que havia lido um dos livros dele.

— Eu sou mente aberta, não me incomodo em ler romance entre homens, sabe? — comentou Adenor, sorrindo para os dois enquanto dirigia. — Minha filha tem os três livros e quer seu autógrafo. Ela disse que vai ao evento, te conhecer.

— Avise a ela para me falar quem é, quando estiver lá — pediu Erick.

O Resort Jangada Azul ficava na Praia de Cumbuco, em Caucaia, cidade da Região Metropolitana de Fortaleza, e ocupava uma grande área. Segundo Adenor, das piscinas era possível ver o mar.

— Só uns bons passos e você já está pulando onda — brincou ele, tirando as malas do carro.

Eles se despediram de Adenor e se encaminharam para a recepção do hotel. Antes que Erick pudesse dar o nome ao recepcionista, uma jovem sorridente se aproximou deles.

— Oi, sou a Célia, responsável por assessorar os escritores que vieram para o Festival. — Ela entregou um envelope para Erick. — Os cartões magnéticos para abrir a porta do quarto estão aí dentro, junto com as informações básicas sobre o hotel e o cronograma para os dias dos seus eventos. Só preciso que assinem aqui. — Célia indicou um papel no balcão da recepção. — É o *check-in* de vocês.

Erick e Leonardo assinaram enquanto um funcionário pegava as malas dos dois. Eles seguiram caminho pelo hotel, com Célia dando as informações das refeições e restaurantes que o resort possuía.

— Para ir para o Festival, como fazemos? — perguntou Erick.

— O Adenor virá buscar vocês, o horário foi previamente combinado com sua editora. Está tudo aí no envelope — explicou Célia.

— E se quisermos ir em um dia que o Erick não vai participar? — questionou Leonardo. Erick o encarou. — Eu vi um bate-papo amanhã que parece ser interessante.

— É só avisar com antecedência. Há alguns motoristas que contratamos, e estão à disposição para os autores justamente para isso.

— Não quero incomodar — comentou Leonardo, já sentindo que incomodava.

— Não vai ser incômodo. Se o Adenor não puder ir, eu vejo com outro motorista. É só me avisar a hora hoje à noite ou amanhã cedo — disse Célia. Eles chegaram ao quarto e encontraram as malas, e Leonardo se perguntou como o funcionário conseguiu ir até lá mais rápido do que eles. — O coquetel de boas-vindas começa às oito da noite, na tenda ao lado da Piscina Quente. Se precisarem de algo, é só me chamar. — Ela entregou um cartão com o número de telefone e saiu, fechando a porta atrás deles.

Leonardo olhou o quarto. Era grande, com uma cama de casal *king size* no meio e duas mesinhas nas laterais. Do lado oposto da cama havia uma bancada e uma mesa de trabalho. A porta da varanda estava fechada, mas Leonardo conseguiu ver uma piscina e a praia, ao longe. Colocou a mochila na bancada e olhou Erick, que estava no mesmo lugar desde que Célia os deixara ali.

— O que foi? — perguntou Leonardo, notando o rosto pálido do escritor.

— Só tem uma cama.

Os últimos dias foram tão turbulentos, com muitas informações e planejamentos de última hora, que Erick não havia tido tempo para pensar exatamente nos detalhes de quando chegasse ao hotel com Leonardo. E agora, ali, parado no meio do quarto, encarando a enorme cama de casal, percebeu que alguns detalhes eram importantes.

— Eles acham que somos um casal — comentou Leonardo, e Erick o encarou.

— Eu não havia pensando nisso.

— Que somos um casal?

— Que teria apenas uma cama.

— Podemos dar um jeito.

Erick ignorou-o. Deixou a mochila com o notebook ao lado da de Leonardo, na bancada, e pegou o celular no bolso da bermuda, enviando uma mensagem a Thales.

> **ERICK**
> Só tem uma cama no quarto

Thales respondeu imediatamente.

> **THALES**
> Maninho, relaxa e curta a viagem
> O Léo não vai te agarrar
> E, se agarrar, as chances de você ser feliz são grandes

Erick jogou o celular na cama, irritado.

— Droga — reclamou.

— Calma, vamos ver o que podemos fazer — comentou Leonardo, olhando em volta. — Se tivesse um sofá, eu dormia nele. Mas posso pedir um edredom extra e colocar dobrado no chão, para dormir em cima, não me importo.

Erick encarou Leonardo e se sentiu mal, ele estava ali para ajudá-lo. Precisava se acalmar e pensar com clareza.

— Não, não vai fazer isso. Desculpa, me descontrolei. Tudo ainda está sendo... — Ele se segurou para não falar patético mais uma vez. — Vamos fazer dar certo, não vou te fazer dormir no chão. Podemos dividir a cama. Ela é grande, né?

— Sim. — Leonardo sorriu e Erick não soube o que pensar. — Eu não me mexo muito de noite, não se preocupe.

— Não estou preocupado — negou Erick. Ele estava preocupado, mas não sabia com o quê. Percebeu que estava tenso e tentou relaxar. Não podia colocar tudo a perder. Pior do que ter um namorado falso era deixar que todos soubessem que ele tinha um namorado falso. — Vou me acalmar, vou parar de surtar a cada dois segundos.

— Não tem problema surtar.

— Claro que tem.

— Tudo bem, tem se for na frente dos outros. Mas vai dar certo, vim para te ajudar — disse Leonardo, indo até a porta da varanda, sem abrir. — O que acha de irmos para a praia ou piscina? Desfilarmos o nosso amor para todos?

Erick começou a rir. Leonardo o acompanhou e foi até a mala, abrindo-a e tirando algumas roupas dali.

— Não curto muito o sol — explicou Erick. — Nem praia.

— Você não precisa ficar no sol. E podemos ir para a piscina.

— Valeu, mas vou ler ou escrever um pouco.

— Não, não vai. Pode até fazer isso enquanto estiver em Fortaleza, mas não no quarto. Estamos em um resort lindo, a última coisa que você vai fazer é ficar trancado aqui. E precisamos comer algo, nem almoçamos.

— Eu peço serviço de quarto — disse Erick, se sentando na cama.

Leonardo tirou uma bermuda da mala e o protetor solar.

— O que você vai fazer é pegar algo para usar na piscina e me seguir. Vamos comer, nadar, ler na sombra, fingir estarmos apaixonados e torcer para seu ex aparecer.

— Não, isso não. — Erick ficou pensativo, olhando Leonardo, que parecia uma criança feliz durante as férias. — Vou ficar no quarto.

— Vamos sair. E, se dermos sorte, vamos mostrar para o seu ex que você está feliz.

— Não estou feliz. Só estaria feliz se ele ainda me amasse.

— Ele não precisa saber. Deixe seu ex pensando que você está feliz, apaixonado e nem lembra mais quem é ele. — Leonardo parou na frente de Erick e o encarou. — Você tem duas opções. — Ele levantou um dos dedos. — Ou fica aqui se sentindo miserável e péssimo, sozinho e trancado no quarto. — Leonardo sorriu com o canto da boca e levantou um segundo dedo. — Ou sai, curte o hotel, a piscina, me exibe, sempre se sentindo miserável e péssimo.

— Nossa, explicando assim as duas opções são deprimentes.

— Não são. Deprimente é o seu estado, mas uma das opções é mil vezes mais atrativa que a outra.

— Você não vai me deixar ficar escondido aqui o dia todo, né? — perguntou Erick, sorrindo e se levantando.

— Não mesmo. Prometi ao seu irmão que faria o plano dar certo e vou fazer. Agora vamos que estou com fome, Salinger, e também quero pular na piscina.

O Restaurante Jangadinha já havia fechado e só abriria novamente para o jantar, então Erick e Leonardo decidiram comer na lanchonete que ficava de frente para a piscina. Eles fizeram os pedidos no balcão e se sentaram em uma mesa na sombra.

— Se eu passar mal nadando depois de comer, venha em meu socorro — brincou Leonardo.

— Ah, que maravilha, isso vai ser o máximo — comentou Erick, rindo. — Que belo começo de namoro.

— Nós já namoramos há algumas semanas, você já aguenta meu humor.

— Sou obrigado, né?

— Não, Rubem Fonseca, você me ama, por isso está comigo. — Leonardo piscou o olho. — Você sempre fica escrevendo madrugada adentro?

— Nem sempre. — Erick deu de ombros. — Quando não consigo dormir.

— E com que frequência isso vem acontecendo nos últimos meses?

— Mais do que eu gostaria. — Erick pegou um guardanapo

e começou a dobrar e desdobrar, para ter algo a fazer. — Não se preocupe, não vou atrapalhar o seu sono estes dias.

— Não estava pensando nisso. É só curiosidade mesmo, de saber como funciona seu processo criativo. Nunca conheci um escritor.

— Não tenho um processo criativo.

— Claro que tem. O fato de você se sentar em frente ao computador é um processo criativo.

— Ok, mas não é nada como as pessoas pensam. Apenas sento e escrevo.

— Só isso?

— Não. — Erick sorriu. — Pareceu meio esnobe, né? Tipo, sou um gênio e sento e a história sai fácil, mas é mais complicado. Eu fico um tempo remoendo a ideia na minha cabeça antes de colocar no papel. Faço toda a estruturação dela, penso nas cenas, personagens principais. E em como ela vai terminar.

— Sério? — Leonardo chegou o corpo para a frente, ficando mais próximo de Erick. — Você começa um livro sabendo como ele vai terminar?

— Sim, não consigo escrever uma história sem saber o rumo que ela vai tomar. Mas não é assim com todo mundo, cada escritor tem o seu estilo.

— Legal.

Um funcionário do hotel trouxe os sanduíches deles e Leonardo começou a comer. Erick pegou uma batata frita e mordeu.

— E o seu trabalho? Como é?

— O que quer saber? — disse Leonardo.

— Como consegue decorar todas as falas? — perguntou Erick, mordendo o sanduíche.

— Sei lá. Decorando.

— Você faz parecer simples.

— Agora foi a minha vez de parecer esnobe. — Leonardo riu

e limpou a boca com um guardanapo. Deu um gole no refrigerante e encarou Erick, que prestava atenção a ele. — Eu gosto de pensar no personagem, em toda a bagagem dele, as características, o modo de agir. Isso me ajuda a me conectar com ele e entender o motivo de ele falar o que tem para falar. E aí faz com que decorar as falas se torne mais fácil.

— Entendi, é como desenvolver um personagem para uma história, mais ou menos como faço — disse Erick, embora ainda não compreendesse como alguém pudesse decorar um texto enorme e recitá-lo. A cabeça dele era frenética, tinha mil pensamentos por minuto. Ele podia ser um cara calmo, mas sua mente era hiperativa e, só em pensar em decorar uma fala, seus pensamentos já viajavam por vários lugares diferentes. — E beijar outra pessoa? Como é?

— Por que todo mundo gosta de saber disso? — perguntou Leonardo, rindo. Erick também sorriu, pegando mais batata do prato. — Sei lá, faz parte do trabalho. É tudo tão mecânico e eu estou sempre preocupado com as coisas que estão acontecendo, e há sempre muita gente ao redor, que nem dá tempo de sentir nada. É parte do processo, eu só vou lá e faço. — Ele parou de falar e bebeu mais um pouco de refrigerante. — As pessoas pensam que há todo o romantismo da cena, de como ela é retratada no filme ou série ou novela, mas durante as filmagens é tanta coisa em volta que é bem difícil surgir um clima.

— Entendi — respondeu Erick, novamente não entendendo. Ele nunca beijara ninguém sem se interessar antes, apenas por beijar.

Algumas pessoas que Erick conhecia de vista passaram e acenaram. Ele retribuiu e agradeceu internamente por ninguém se aproximar.

— Quem são? — quis saber Leonardo.

— Trabalham em uma editora.

— A sua?

— Não.
— Quando vou conhecer a sua editora?
— No coquetel, provavelmente. Hoje você vai conhecer todo mundo — respondeu Erick, e estremeceu.
— Vai ser divertido — comentou Leonardo, terminando o sanduíche.
Erick tinha suas dúvidas.

O resort tinha duas áreas de recreação para os hóspedes. A principal, chamada de Piscina Verde, possuía uma grande piscina cercada por palmeiras, com uma piscina infantil ao lado, e tinha a lanchonete onde Erick e Leonardo almoçaram. A outra era um pouco distante, com alguns ofurôs em volta da piscina de água aquecida, chamada Piscina Quente, onde seria o coquetel. Ambas as áreas davam para a praia e eram separadas pelo restaurante, que oferecia serviço de almoço e jantar com buffet liberado.

Erick ocupava uma espreguiçadeira coberta parcialmente pelo sol. Por causa disso, ele estava com as pernas dobradas, os joelhos para cima, e um livro apoiado ali. Havia também alguns lugares para deitar embaixo de tendas, como se fossem pequenos sofás, mas eram para duas ou mais pessoas, e ele agradeceu por estarem todos ocupados por outros hóspedes, para não correr o risco de Leonardo deitar ao lado dele. Já bastava terem que dormir na mesma cama, não precisava que o hotel inteiro visse os dois grudados. Tudo bem que precisaria fingir estar namorando Leonardo, mas se já era difícil para Erick demonstrar afeto em público com alguém que ele amava, imagina como seria com um estranho que acabara de se aproximar dele? Sabia que precisaria fazer isso em breve, mas queria ir se acostumando aos poucos com a ideia e o *"novo namorado".*

Estremeceu ao pensar nisso, observando Leonardo na piscina. Não era o tipo de garoto para quem Erick olharia. O escritor costumava ser atraído por alguém parecido com Zeca. Zeca e seus olhos e cabelos pretos, seu olhar sedutor e sua fala tranquila, melódica, recheada de palavras bonitas. Tudo em Zeca envolvia Erick. Já Leonardo, se passasse por ele, não chamaria a sua atenção. Mas Erick tinha consciência de que o ator era um cara por quem as garotas suspirariam. E alguns garotos também. Só não mexia com ele, e talvez isso não fosse necessário porque tudo ali, na viagem, seria fingimento. Talvez fosse ótimo ele não se sentir atraído por Leonardo, assim era uma preocupação a menos na sua cabeça. Ele não corria o risco de se apaixonar.

Leonardo nadava de um lado para o outro, feliz. Erick o olhava discretamente, fingindo prestar atenção ao livro. Estava há alguns minutos no mesmo parágrafo, sem conseguir se concentrar no que Richard Sharpe faria em seguida em *O Inimigo de Sharpe*. O personagem provavelmente ia se envolver em algo estúpido e que daria muito certo, mas geraria várias confusões ao longo do caminho, e Erick pensou que isto podia muito bem resumir a sua vida naquele momento.

— Você não tem cara de quem gosta de Bernard Cornwell — disse Leonardo, parando de nadar e apoiando os braços na beirada da piscina.

— Por quê?

— Você escreve romances fofos.

— E?

— Pensava que os leitores do Cornwell fossem mais brutos.

— Quem disse que eu não sou? — comentou Erick, e se arrependeu. Aquilo soou como uma cantada.

Leonardo riu, piscou o olho e voltou a nadar. Erick perdeu toda a linha de raciocínio, e precisou reler o começo do parágrafo novamente.

— O que o Thales lê? — perguntou Leonardo, quando voltou.

— Gabriel García Márquez, Guimarães Rosa, Mia Couto. Hemingway.

— Sério?

— Aham.

Leonardo voltou a nadar e Erick fechou o livro e se pegou sorrindo, observando-o. Ele era diferente do que imaginou a princípio, e passara a gostar de conversar com o garoto, que era mais legal do que supunha. Isto facilitaria toda a armação em que se metera. Erick notou que Leonardo estava mais solto e desinibido, em alguns momentos lembrando o jeito do irmão, e percebeu que queria saber mais sobre ele.

O ator tinha um corpo atlético e Erick desconfiou que devia ter feito natação durante alguns anos, pois era muito bom naquilo. E se pegou pensando em como seria ser abraçado por ele, o que fez suas bochechas arderem com aquela imagem.

— E você lê esses autores também? — quis saber Leonardo, quando voltou a ficar de frente para Erick.

— Sim. E também Rick Riordan. E Pedro Bandeira, Nick Hornby... Minha lista de leitura é totalmente eclética.

— Isso eu sabia.

— Sabia? — Erick franziu a testa.

— Já li algumas entrevistas suas.

— Ah, sim. Para saber mais sobre mim?

— Não por causa do que você está pensando. Eu gosto dos seus livros, já li os três.

— Já? — Erick se mostrou surpreso. Ele nem parara para pensar se Leonardo conhecia suas obras. — E o que achou?

— Quer a minha opinião como um leitor normal ou como seu namorado apaixonado?

— E tem diferença?

PROJETO NAMORO FALSO

— Normalmente sim, porque o namorado apaixonado acha tudo lindo e perfeito — comentou Leonardo, achando graça.

— Não quero um namorado que não fale a verdade, se meu texto estiver ruim.

— Então estou bem no cargo porque vou te falar a verdade. — Leonardo abriu a boca para dizer algo mais, mas saiu da piscina, indo na direção de Erick, que sentiu o corpo gelar. — Coloca o livro para lá — pediu, se aproximando e parando do lado direito de Erick.

— Você não vai me molhar! — reclamou o escritor.

— Não vou te molhar, droga, só coloca o livro ali — pediu ele, novamente, indicando uma mesinha ao lado, onde estavam suas coisas.

Erick colocou o livro na mesinha e Leonardo se abaixou, levando a mão à bochecha esquerda de Erick e se aproximando do ouvido direito dele.

— O que você vai fazer? — perguntou Erick, em pânico e sem conseguir se mexer.

A mão de Leonardo estava fria, por causa da água da piscina, mas seu toque era quente. Era a primeira vez que os dois se tocavam, e Erick sentiu a pressão que Leonardo fazia para manter seu o rosto parado.

— Seu ex está vindo — sussurrou Leonardo, e sua respiração fez o corpo de Erick se arrepiar.

— Oi — disse Zeca, parando próximo dos dois.

Erick se virou para o ex, com o coração acelerado, sem saber se era por causa da presença dele ou do que acontecera há pouco com Leonardo. Este levantou o corpo, encarando Zeca.

Embora fizesse três meses que eles não se encontravam pessoalmente, o ex-namorado parecia diferente. Ele parecia... radiante. E isso deixou Erick ainda mais triste. Constatar que o novo relacionamento fizera bem a Zeca, enquanto ele estava péssimo, sofrendo, só fez Erick se sentir ainda pior.

— Oi — respondeu Erick, percebendo o quanto Zeca estava mais bonito. E se sentiu um lixo porque o ex seguiu adiante e isto fizera bem a ele.

Zeca usava uma bermuda marrom e uma camiseta branca. Os cachos pretos, que voavam com a brisa, estavam um pouco mais compridos, como Erick sempre pedira para ele deixar o cabelo, mas Zeca nunca quisera.

—Se eu deixar meu cabelo maior, vai ficar horrível — dizia.

Não ficou, Zeca conseguiu ficar ainda mais bonito com os cachos maiores. E agora estava ali, a imagem da perfeição que Erick sempre quisera, e já tivera, mantendo o sorriso perfeito no rosto perfeito. Ele parecia um deus grego descido do Olimpo para balançar com as estruturas de Erick.

— Soube que chegou e vim te procurar. Para falar oi e ver como você está — comentou Zeca, encarando Erick.

— Estou bem. — Erick olhou Leonardo. O namorado falso estava em pé, com o corpo molhado e iluminado pelo sol. Ele era loiro, sim, algo que Erick não curtia, mas naquele momento, também parecia um deus grego descido do Olimpo. Pela primeira vez, Erick se sentiu bem. — Este é o Léo.

Zeca olhou o garoto. Leonardo sorriu e estendeu a mão e os dois se cumprimentaram, ambos medindo o outro com o olhar.

— Ah, é, fiquei sabendo disso também, sua editora me contou — disse Zeca. — Bom, nos vemos mais tarde, e aí vai ser a vez de eu te apresentar o meu namorado.

Ele se afastou de forma rápida e sem olhar para trás.

Erick tremia. Leonardo puxou uma espreguiçadeira e se sentou nela, ficando próximo do escritor, colocando uma das mãos em cima do tornozelo dele.

— Leia para mim — pediu.

— Hã? — Erick estava confuso e encarou Leonardo, sentindo os olhos encherem de água.

— Leia para mim o livro que está lendo.

— Não consigo.

— Consegue sim. Vamos, leia e não pense em nada, só leia.

Erick pegou o livro, tremendo, e começou a ler, gaguejando e sentindo a voz falhar em alguns momentos.

A mão de Leonardo permaneceu no tornozelo dele.

CAPÍTULO 5

Depois cerrou os olhos solitários
E só então foi totalmente a sós.
Soneto do Só, Vinicius de Moraes

O sol estava começando a se pôr quando deixaram a área da piscina. Leonardo e Erick mal conversaram sobre o encontro com Zeca. O escritor demorou um tempo para se acalmar, e Leonardo quis deixá-lo se recuperar em paz, sem tocar no assunto.

Após fechar a porta do quarto, Leonardo decidiu tomar um banho e Erick se sentou na varanda, ainda segurando *O Inimigo de Sharpe*. E foi assim que Leonardo o encontrou ao sair do banheiro. Erick estava sentado com o livro fechado nas mãos, olhando o mar ao fundo, e Leonardo percebeu que precisava tomar uma atitude.

— Vem se arrumar — disse ele, chegando na varanda e tirando o livro das mãos de Erick. — Ainda faltam algumas horas para o coquetel, pensei em jantarmos antes.

Erick o encarou e olhou ao redor.

— Você já está pronto?

— Sim, e agora é a sua vez de tomar banho, e ficar lindo para o Zeca ver e se arrepender.

Erick concordou com a cabeça e se levantou, indo até a mala. Pegou algumas coisas e foi até o banheiro.

— Não vou demorar.

— Demore o tempo que for necessário para fazer o coração

de todos balançar ao te ver — brincou Leonardo, e Erick sorriu, fechando a porta do banheiro.

E Leonardo sentiu o coração balançar. Era impossível ficar ao lado de Erick e não ter a sensação de que o mundo estava mais bonito.

Ele se sentou na cama, mas não conseguiu ficar parado, então foi até a varanda, apoiando as palmas das mãos no parapeito. Encarou o mar à sua frente e desejou ficar para sempre com Erick, naquele quarto, só os dois.

Mas sabia que o coração do escritor pertencia a outra pessoa, o que fez o seu doer um pouco. Ele estava ali só para ajudar Erick a fazer ciúmes em Zeca, mas não conseguia evitar de desejar que tudo fosse diferente.

Leonardo se lembrou de Thales falando sobre o medo de Erick de que um dos dois se apaixonasse. Depois de ver como ele reagira ao primeiro encontro com o ex, tinha a certeza absoluta de que Erick não esqueceria Zeca tão cedo. E sentiu um aperto no peito ao perceber que o único que poderia voltar com o coração quebrado daquela viagem era ele mesmo. Porque a atração por Erick só crescia.

Quando o escritor saiu do banheiro, Leonardo agradeceu por ainda estar segurando o parapeito da varanda. Erick estava lindo, usando uma bermuda cargo e uma camisa social xadrez aberta, com uma camiseta branca por baixo. O cabelo castanho estava no estilo *bagunçado-de-propósito*, com a franja caindo na testa.

— Estou pronto. Vamos? — perguntou Erick.

O movimento no Restaurante Jangadinha começava assim que ele abria. O buffet era variado e os hóspedes se deliciavam com as comidas típicas.

Leonardo serviu um prato com moqueca, sarapatel e cuscuz. Já Erick ficou só no peixe com arroz. Eles pediram vinho para o garçom que os atendeu.

— Que coisa mais sem graça, estamos no Nordeste, coma algo que você não encontra em qualquer esquina do Rio — comentou Leonardo.

— O encontro mais cedo me deixou sem fome — disse Erick.

— Fofuxo, não fique assim, você sabia que era inevitável.

— Fofuxo? — Erick começou a rir.

— Tudo bem, Fofuxo foi triste, mas você entendeu.

— Foi carinhoso. — Ele sorriu, com sinceridade. — O que aconteceu com os nomes de escritores famosos?

— Não consegui pensar em nenhum no momento. — Leonardo encarou Erick. — Encontrar um ex é uma droga, mas você não está sozinho.

— Eu sei, obrigado. Estou aliviado por já ter encontrado o Zeca, mas ele parecia tão bem...

— E você também.

— Não me sinto assim.

— Mas ele não sabe. — Leonardo piscou o olho. — Deixe que pense que você está feliz e apaixonado.

— Vou tentar. Obrigado por ajudar.

— Vim aqui para isso.

Erick balançou a cabeça, se sentindo triste com aquela frase.

— Estou feliz por você estar aqui, de verdade. Sei que ainda estou um pouco chato, mas vou me forçar a melhorar.

— Assim que se fala. — Leonardo piscou novamente. O garçom chegou com o vinho, servindo uma taça para cada um deles.

— Obrigado, está sendo legal ter você aqui. Eu ia surtar ainda mais se estivesse sozinho.

— Estou me divertindo muito.

— Eu percebi.

— E vou me divertir ainda mais hoje, conhecendo seus amigos.

— Não tenho muitos amigos. — Erick deu de ombros. — Mas acho que todo mundo vai gostar de você.

Ele terminou de comer, e pensou se ia até o buffet para se servir mais, quando viu Zeca entrando no restaurante com o namorado. Erick sentiu um aperto no peito, os dois vinham caminhando de mãos dadas e rindo de algo, e ele se controlou para não desabar ali.

— O que foi? — perguntou Leonardo, começando a virar a cabeça.

— Não olhe, por favor — pediu Erick, e Leonardo voltou a encará-lo. — O Zeca e o...

— Entendi.

Zeca se sentou em uma mesa próxima, no ângulo de visão de Erick, e acenou.

— Ele está fazendo de propósito — comentou Erick, acenando de volta e se forçando a sorrir, como se não se importasse com a cena à sua frente. — Quer que eu veja o quanto está feliz.

— Então mostre que também está — disse Leonardo. — Posso tocar a sua mão?

Erick olhou para a mesa, onde sua mão esquerda segurava a base da taça de vinho.

— Sim — sussurrou Erick.

Leonardo o tocou de leve, sorrindo o tempo todo. Erick sentiu novamente o mesmo arrepio que sentira de tarde, na piscina. O toque foi carinhoso e delicado, e a pele de Leonardo irradiava calor. Tudo demorou poucos segundos, mas foi tempo suficiente para Zeca ver.

— Acha que funcionou? — perguntou Leonardo, quando recolheu sua mão e voltou a comer.

— Acho que sim — disse Erick, ignorando Zeca e sentindo a ausência do calor da mão de Leonardo, que estava com a cabeça baixa, concentrado em seu prato. — Não precisa ficar pedindo permissão quando quiser me tocar para o Zeca ver.

Leonardo levantou o rosto e Erick se perguntou se o que falou saiu errado.

— Eu ainda não sei até onde posso ir, porque você não gosta de demonstrar afeto em público — explicou Leonardo.

— Não gosto de beijos cinematográficos e declarações de amor para todos ouvirem, essas coisas. Mas não me importo com mãos dadas, abraços...

— Vou me lembrar disso. — Eles ficaram se olhando por um tempo e Erick teve a sensação de que algo surgiu, só não conseguiu decidir o tipo de sentimento que invadiu o seu corpo. — Então, que lugar é esse que não tem criatividade nos nomes? Jangadinha, Jangada Azul. Piscina Quente, onde fica a piscina aquecida... Aliás, de quem foi a ideia de construir uma piscina aquecida em Fortaleza? — brincou Leonardo, quebrando o clima entre eles.

A Piscina Quente era menor do que a Verde, e ficava em uma área afastada dos quartos. Vários ofurôs a cercavam e poucos hóspedes ficavam por ali, de noite.

A tenda para o coquetel de boas-vindas do *Festival Literário de Fortaleza* fora colocada em um gramado ao longo da piscina. Uma música instrumental tocava baixo enquanto as pessoas conversavam entre canapés e vinhos, que eram servidos com fartura entre os presentes.

— Pronto? — perguntou Leonardo, quando se aproximaram do local.

— Acho que sim — disse Erick, pegando a mão de seu namorado falso. Ele sentiu Leonardo pressionar seus dedos de leve.

Foram andando até uma mesinha alta, em uma das extremidades da tenda. Erick cumprimentou várias pessoas e apresentou Leonardo a todas.

— Eu mal acreditei quando a Stella me contou quem você está namorando — disse Irene, abraçando os dois. — Vai ser o maior rebuliço quando o filme for lançado.

— As filmagens ainda nem começaram, vocês precisam se acalmar — pediu Erick, sorrindo para a sua editora.

— Já estou ansiosa para tudo! — Irene piscou e saiu para falar com alguém que a chamara.

— Ela é animada — comentou Leonardo.

— Sim. — Erick o olhou com o canto do olho. Eles estavam lado a lado, com a mesinha alta os separando dos demais convidados. — Prometo que não vou te prender ao meu lado até depois das filmagens.

— Não tem problema — disse Leonardo, tomando um gole de vinho.

— Sério, as pessoas podem sobreviver ao nosso término antes de o filme ser lançado.

Leonardo não comentou nada, só balançou a cabeça sem manter contato visual com Erick, que se sentiu mal por algum motivo desconhecido.

Ele ia falar algo, mas Célia se aproximou.

— Oi! Que bom que encontrei os dois juntos. Tem algumas coisas que precisamos conversar. Temos uma *digital influencer* na cidade que sempre fala de livros e filmes em suas redes sociais. O nome dela é Daniela Moraes, conhecida como Danny, e está cobrindo o Festival, e quer muito fazer uma entrevista com vocês. Ela está empolgadíssima por ter a chance de conversar com os dois ao mesmo tempo — explicou Célia, animada.

— Ok, a gente conversa com ela — disse Erick, olhando Leonardo, que confirmou com a cabeça.

— Que bom! Ah, você vai mesmo ao Festival amanhã? — perguntou ela, para Leonardo.

— Sim, depois do almoço. O bate-papo é às dezesseis horas, mas se puder sair daqui umas duas da tarde, por mim está bom. Quero aproveitar para dar uma volta por lá, antes.

— Já vou deixar o Adenor agendado para você.

— Obrigado.

— E na sexta você vai ao evento do Erick, certo? O Adenor vai levar vocês.

— Vou sim.

— Combinado. Ah, olha a Danny ali. — Célia chamou uma garota de cerca de vinte anos, que se aproximou e cumprimentou os dois. Ela usava um vestido amarelo florido e tinha os cabelos cacheados compridos e pintados de rosa.

— Eu não acredito que você está namorando o cara que vai fazer o papel do Juliano — disse Danny, cumprimentando Erick com um abraço. — Precisamos conversar sobre isso. — Ela piscou para Leonardo. — Podem uma entrevista amanhã de manhã?

— Sim — respondeu Erick, novamente olhando Leonardo, que mais uma vez concordou com a cabeça.

— Então amanhã às onze horas a gente conversa aqui na Piscina Quente, pode ser? Vamos usar o mar de fundo e nos sentarmos nas espreguiçadeiras, vai ser um arraso!

Célia e Danny saíram conversando e Erick e Leonardo ficaram calados, bebendo vinho.

— Você não precisa ir aos meus eventos, se não quiser — disse Erick, depois de um tempo.

— Claro que vou. Vim ao Ceará para o pacote completo — respondeu Leonardo, sem olhar Erick, que não soube exatamente o que falar.

Ele sentiu o celular vibrar no bolso, e agradeceu silenciosamente por ter o que fazer. Não sabia o que conversar com Leonardo, naquele momento.

Ao checar o aparelho, Erick suspirou alto.

THALES
Maninho, e a foto de vocês apaixonados?
Ainda não vi nada nas suas redes sociais
O mundo precisa saber que você está namorando

ERICK
Ainda não falei com ele sobre isso

THALES
Você é muito devagar
Quero ver essa foto logo

ERICK
Vou conversar com ele agora

— Algum problema? — perguntou Leonardo.

— Não. Esqueci de te falar algo. — Erick mostrou a tela do celular para seu namorado falso, que franziu a testa ao ler as mensagens. — Tem algum problema postarmos uma foto? Eu devia ter combinado isso com você antes de virmos para cá.

— Você realmente quer que eu enfie a língua na sua orelha? — Leonardo parecia incrédulo.

— Não! O quê...? — Erick virou a tela para ele e arregalou os olhos. — Caramba, Thales, até de longe você me deixa sem graça.

— Ele balançou a cabeça ao ler a última mensagem que o irmão enviara e ele não vira.

> **THALES**
> uma foto dele enfiando a língua na sua orelha
> você com um olhar de quem está nas nuvens
> o mundo indo ao delírio

— Eu posso fazer isso, se você quiser — disse Leonardo, rindo.

— Não, por favor. Meu Deus, não — gemeu Erick. — Desculpa, não era para você ter visto isso. Na verdade, não era nem para o Thales ter mandado isso.

— Tudo bem, eu topo a foto como você quiser. — Leonardo ainda ria.

— Não sei como fazer... Abraçados, aqui? Acha que fica legal?

— Sim, vamos lá.

Eles pegaram uma taça de vinho cada um e fingiram brindar. Erick tirou uma *selfie* e conferiu o resultado. Na foto, ambos sorriam, irradiando felicidade. E eles realmente pareciam um casal apaixonado.

— Ficou perfeita — comentou Leonardo. — Faz um *post* compartilhado comigo, que libero nas minhas redes sociais.

— Está pronto para isso? Não vai ter mais volta depois.

— Não me importo.

Erick fez o *post* e colocou um coração na legenda. Mostrou a Leonardo, que aprovou.

Os comentários e curtidas não demoraram a chegar. Muitas pessoas surpresas em descobrir que os dois estavam em um relacionamento, e muitos leitores empolgados por Leonardo estar no filme de *Encontro Às Escuras*.

Eles começaram a ler as mensagens e riram quando várias pessoas começaram a escrever *"Lerick"* nos comentários.

— Acho que te escutaram — disse Erick.

— Eu falei que Lerick era bom.

— O Thales vai amar.

Erick guardou o celular no bolso da bermuda no mesmo instante que Leonardo se virou, ficando de frente para ele, o encarando. Leonardo colocou a mão em cima da do escritor, que estava apoiada na mesinha. Erick sentiu novamente o arrepio pelo corpo, especialmente quando o ator se aproximou dele.

Por um momento, Erick pensou que Leonardo ia beijá-lo quando sentiu a mão dele em sua cintura.

— Se prepara — sussurrou Leonardo. — O Zeca está vindo para cá com o namorado.

CAPÍTULO 6

O que é o meu Amor? senão o meu desejo iluminado
O meu infinito desejo de ser o que sou acima de mim mesmo
O meu eterno partir da minha vontade enorme de ficar
A Vida Vivida, Vinicius de Moraes

O mundo se moveu em câmera lenta nunca fizera tanto sentido para Erick como naquele instante. Ele girou o corpo de leve para ver Zeca e o namorado vindo em sua direção, mas sendo parados por Célia, que iniciou uma conversa animada com os dois.

Erick aproveitou aquele momento para analisar o casal. Seu ex realmente parecia mais feliz, e o atual namorado o olhava de forma apaixonada, o que fez o coração de Erick doer. Os dois estavam com as mãos um na cintura do outro, formando um pequeno abraço, e conversavam descontraidamente com Célia.

Zeca olhou Erick, sorriu e voltou a encarar Célia, dando um beijo rápido na bochecha do namorado. O sangue de Erick ferveu e ele virou, na boca, a taça de vinho que segurava. Um garçom passou e ele pegou mais duas taças, bebendo uma delas de uma vez.

— O quanto tolerante você é para bebida? — perguntou Leonardo. — Preciso saber com o que vou lidar

— Pensei que você se adaptava ao roteiro — respondeu Erick, olhando o ex ao longe.

— Sim, consigo me adaptar, mas seria bom ter uma ideia do que está por vir, ainda mais que você comeu pouco no jantar. Não é bom beber de estômago vazio — comentou Leonardo, parecendo frustrado, o que fez Erick se sentir mal. Ele virou o rosto e viu o garoto o encarando. — Só quero saber se você vai beber ao ponto de subir na mesa e dar um show, ou se vai agarrar seu ex. Ou contar a todos que somos um casal de mentira.

— Não vou fazer nada disso, não se preocupe. — Erick respirou fundo, ficando de frente para Leonardo. — Desculpa, só preciso de um pouco de bebida por causa dessa situação — explicou ele.

— Não sou muito bom com demonstrações de afeto em público. É algo que o Zeca achava fofo no começo e depois perdeu a paciência. Eu sou fechado, você já deve ter percebido. E se já era difícil com o Zeca, o cara que eu namorava e amava, imagina com você, que é quase um estranho para mim?

— Tudo bem — disse Leonardo, mexendo no cabelo, bagunçando ainda mais as mechas loiras. Erick percebeu que adorava quando ele fazia isso.

— Desculpa, fui meio estúpido. — Erick se sentiu realmente estúpido e frustrado. — O que estou dizendo é que é difícil, para mim, demonstrar afeto na frente das pessoas, com todo mundo, até com quem conheço há anos. Não é nada pessoal.

— Eu entendi

— E junta essa situação toda, nunca passei por isso.

— Nós? Ou eles? Ou vocês?

— Nós, eles... — Erick sentiu um aperto no peito. Como explicar claramente o que acontecia dentro dele? Era irônico ser um escritor bom com as palavras escritas, mas ter dificuldade com as ditas.

— Tudo bem, é complicado rever o ex depois de um relacionamento longo.

— Não é isso. Bom, isso também, mas nunca estive em uma posição dessas, meu ex no mesmo lugar que eu, com um novo cara que ele parece estar apaixonado. Eu aqui com você, esse fingimento todo... Eu não sou ator, nem sempre sei o que fazer, o que falar.

GRACIELA MAYRINK

— Eu vim para te ajudar — disse Leonardo, parecendo ofendido.

— Eu sei, e está ajudando, não quis dizer isso. Desculpa, talvez eu vá ser meio estúpido com você algumas vezes, não quero isso e vou tentar me controlar. — Ele tomou um gole de vinho. — E ainda tem esse lugar... — completou, fazendo um gesto abrangente para o ambiente e voltando a ficar de frente para a festa.

— Qual o problema do lugar?

— Nenhum, aí que está. E eu não estou sabendo como agir e preciso me controlar.

— Você está indo bem. Respira fundo, está tudo dando certo.

— Leonardo colocou a mão nas costas de Erick, alisando um pouco, e ele se perguntou se realmente estava tudo dando certo, principalmente ao ver Zeca se despedindo de Célia e caminhando para próximo dele. — Respira fundo quando se sentir assim, e lembre-se que você vai ficar bem.

— Ok.

Zeca se aproximou com um sorriso presunçoso no rosto perfeito, parando em frente a Erick, que só queria sumir dali. Ele sentiu a mão de Leonardo sair de suas costas e entrelaçar seus dedos, e isso lhe deu um pouco de força para enfrentar seu ex e o que viesse daquele encontro.

— Olá. Este é o Vicente — disse Zeca, apresentando o atual namorado.

Todos se cumprimentaram com acenos de cabeça. Nenhuma mão foi estendida e apertada, e Erick agradeceu silenciosamente por isso. Os quatro ficaram se olhando, em um silêncio constrangedor.

— Festa legal — comentou Leonardo, tentando quebrar o clima, e Erick começou a rir. Ele teve uma crise de riso e disparou a rir de forma descontrolada, e Vicente o acompanhou.

— O vinho está muito bom — disse Erick.

PROJETO NAMORO FALSO

— Eu percebi que está gostando. Já tomou quantas taças? — perguntou Zeca, e Erick ia dar uma resposta a ele, mas Leonardo foi mais rápido.

— Bom, sabe como o Erick é, né? — disse Leonardo, abraçando a cintura do escritor. — Um pouco de vinho não vai fazer mal, e eu vou agradecer mais tarde.

Zeca abriu a boca para falar algo, e Erick podia apostar que Leonardo piscara um dos olhos. Ele sorriu, se sentindo um pouco vitorioso. Mentalmente, o placar estava um a zero para o time *"namoro falso"*.

— Eu gostei dos salgadinhos — comentou Vicente, aparentemente não percebendo as alfinetadas entre seu namorado e Leonardo. — Prova este, Coração, está uma delícia — pediu ele, para Zeca, indicando um salgadinho que um garçom ofereceu a eles.

— Coração? — perguntou Leonardo, porque Erick ficou calado, se sentindo chocado demais para falar.

— Sim, é como a gente se chama. Por quê? Vocês também se chamam assim?

— Ah, não. Eu chamo o Erick por nome de autores famosos.

— É sério isso? — perguntou Zeca, olhando Erick e ignorando Leonardo. Ele parecia surpreso e chocado e chateado e triste e Erick ficou feliz. Dois a zero time *"namoro falso"* — E como ele te chama?

— Desta vez Zeca olhou Leonardo, levantando o queixo em um gesto de desafio.

— Ah, isso é censurado, só para quando estamos os dois sozinhos. E também tenho alguns que o chamo, que não posso falar na frente de menores — disse Leonardo, indicando Vicente.

Erick estava bebendo vinho e se arrependeu na mesma hora. Assim que as palavras saíram da boca de Leonardo, o escritor cuspiu o vinho na direção de Zeca.

— Ah, caramba, desculpa — disse Erick, paralisado, em choque.

67

Leonardo começou a rir e Erick o acompanhou, saindo do choque inicial.

— Que droga, Erick — reclamou Zeca, olhando para a própria camisa, cheia de gotas de vinho com saliva.

— Desculpa — pediu o escritor, ainda rindo, se perguntando se o incidente contava como mais um ponto para o placar.

— Não foi nada, Coração — disse Vicente, pegando vários guardanapos da bandeja de um garçom que estava próximo. — É só secar, não dá nem para ver. — Ele começou a passar os guardanapos em Zeca.

— Ainda bem que a camisa é escura — comentou Leonardo, gaguejando um pouco por causa das risadas. — Foi mal, cara, às vezes, esqueço meus limites. — Leonardo tinha um sorriso travesso no rosto. — Mas como estava falando, queria chamar de Lerick, mas meu Fofuxo achava estranho me referir a ele usando nosso *ship* — completou, fingindo que nada aconteceu, ignorando o incidente de segundos antes.

— Fofuxo? — perguntou Zeca, encarando Erick e ignorando Vicente, que ainda o secava.

— Ops, Fofuxo é só quando ele faz certas coisas censuráveis. — Leonardo olhou Erick, como se esperasse que algo acontecesse. — Sem vinho na boca desta vez, Fitzgerald?

— Lerick é muito bom! — disse Vicente, deixando os guardanapos em cima da mesa. Zeca pegou um e passou nos braços, ainda encarando Erick, com o semblante fechado. — Precisamos arrumar um nome nosso, Coração.

— Sim, isso vai ser legal. Vamos ver. — Leonardo colocou a mão no queixo, como se estivesse pensando. Erick se segurou para não rir daquela situação, tudo era tão ridículo e surreal. — Zecente? Não! Espera, já sei! Que tal Viceca?

Erick voltou a rir, novamente de forma descontrolada, percebendo que o ex-namorado ficou irritado, principalmente quando Vicente também riu.

— Vamos trabalhar nisso — comentou Vicente.

Zeca lançou um olhar furioso para o namorado e, em seguida, encarou Erick, mais uma vez, e balançou a cabeça, saindo de perto deles. Vicente foi atrás.

— Caramba — disse Erick, enxugando uma lágrima, que caiu de tanto rir.

— Meu Deus, isso foi o máximo! Melhor só se ele estivesse de camisa branca e você cuspisse vinho tinto — comemorou Leonardo, abraçando Erick.

Ele sentiu o perfume do ator invadir seu corpo. Leonardo o apertava com força e Erick ia retribuir quando ele o soltou.

— Não fiz de propósito — disse Erick.

— Eu sei, por isso foi ótimo. — Leonardo sorria, sinceramente feliz.

— Você acha que ele está com raiva de mim?

— Quem se importa? Como falei, foi o máximo!

— Eu não quero que ele fique com raiva de mim.

— Pare de pensar nisso e pense que você arruinou a noite dele, e saiu vitorioso do encontro. — Leonardo piscou para Erick. — E desculpa pelas minhas alfinetadas, não consegui me controlar.

— Você está brincando? Eu amei cada segundo, não tem que pedir desculpas. Foi... o máximo mesmo! — Erick falou as últimas palavras em um sussurro. — Acho que vencemos a batalha.

— Claro que sim, mas quem está controlando o placar, não é mesmo? — completou Leonardo, piscando um olho.

Zeca usou o resto da noite para irritar Erick, ele tinha certeza disto. Para onde olhasse, lá estava ele, de mãos dadas com Vicente. Ou abraçando Vicente. Ou fazendo carinho em Vicente. Até o momento em que ele beijou Vicente.

Não um beijo demorado, mas longo o suficiente para Erick ver, embora ele não tivesse alternativa: Zeca se posicionara estrategicamente na frente do escritor.

— Que inferno — reclamou Erick, virando outra taça de vinho.

— Chega — disse Leonardo, se colocando na frente dele e tampando o espetáculo de Zeca. — Não vou deixar você ficar aqui sofrendo. — Leonardo levou a mão à cintura de Erick, mas ele se afastou antes do toque.

— Não, isso não — disse ele, embolando um pouco as palavras. — Não aqui, não agora.

A noite havia começado bem, mas ele não se sentia mais vitorioso. O beijo fez o time *"ex-namorado"* avançar no placar.

Leonardo sabia que precisava fazer algo, mas estava sem ideias. Erick não era muito aberto a abraços e, agora que bebera mais do que deveria, não deixava que Leonardo se aproximasse.

Zeca também não estava cooperando e fazia de tudo para que Erick ficasse ainda pior. Leonardo se sentiu mal por toda a provocação que fez com o ex do escritor, estava óbvio que aquele show que Zeca proporcionava, de mostrar a Erick o quanto amava o atual namorado, era, em parte, por causa do comportamento de Leonardo.

— Ele está fazendo questão de mostrar que agora está com alguém que não tem medo de gestos de amor na frente das pessoas. — As palavras de Erick saíram de forma rápida, sem pausas para respirar, enquanto bebia mais vinho.

— Erick, por favor... — pediu Leonardo, indicando a taça na mão do escritor.

— Ok. — Erick suspirou. — Acho que vou te beijar.

Leonardo ficou em choque com as palavras e Erick começou a rir. Ele riu muito, riu alto, riu mais descontroladamente do que antes, chamando a atenção de várias pessoas próximas.

— Você já bebeu além da conta. É hora de ir para o quarto — disse Leonardo.

Ele abraçou a cintura de Erick, que não o afastou, e o conduziu para fora da tenda. O escritor andava com dificuldade e Leonardo o ajudou, mas ninguém prestava atenção aos dois. Pareciam apenas um casal apaixonado deixando a festa abraçados.

— A noite é uma criança — comentou Erick.

— Sim, e criança dorme cedo.

— Acho que você quer me levar para aquela cama gigante — sussurrou Erick, voltando a rir.

— Você descobriu meu plano — brincou Leonardo.

— A cama é grande. Dá para nós dois.

— Eu sei, tem muito espaço lá.

Eles chegaram até a entrada do quarto e Leonardo fez Erick ficar encostado na parede, enquanto pegava o cartão magnético para abrir a porta.

— Como é mesmo aquela lei de Newton do espaço? — perguntou Erick. Leonardo o segurou novamente, fazendo-o entrar no quarto e fechou a porta com o pé. — Ou é de lugar? Ou de física? Newton e física são a mesma coisa? Dois corpos em movimento, não, ocupando um lugar... Como é mesmo? Ou seria química ou biologia?

— Não sei — comentou Leonardo. — Por que está falando disso?

— Porque estou no seu espaço e você está no meu — disse Erick, apertando a cintura de Leonardo e dando um beijo no pescoço dele.

Leonardo sentiu um arrepio do dedo dos pés à ponta do seu cabelo. Respirou fundo para se controlar. Sabia que Erick estava bêbado e sofrendo. Ele fez o escritor se sentar na cama, e se ajoelhou em frente a ele. Os dois se encararam.

— Isto é biologia — disse Erick, rindo e tocando a ponta do nariz de Leonardo.

— Vamos, me dê seu pé. — Leonardo desviou o olhar e começou a tirar um dos tênis de Erick. — Você fica meio tagarela quando bebe, hein?

— Tagarela. Que palavra estranha. — Erick começou a gargalhar, enquanto Leonardo tirava seu outro tênis. — Tagarela. Taraguela. Taralela. Tatalegua. Talalela. Como é mesmo o certo?

— Tagarela.

Erick voltou a rir e Leonardo suspirou, rindo também. Ele encarou o escritor e se levantou.

— Quem inventou essa palavra? E quem fala tagarela? — perguntou Erick.

— E qual seria a palavra substituta?

Erick ficou calado e Leonardo pensou que poderia beijá-lo naquele momento. Ele queria beijá-lo. Muito. Mas não quando Erick estivesse bêbado.

— Falante?

— Vamos, deite-se para dormir.

— Mas eu estou com fome.

— Claro que está, você mal comeu hoje. — Leonardo olhou em volta do quarto, pensando se o restaurante ainda estava aberto. Ou a lanchonete. Talvez ele pudesse voltar na festa e pegar um prato de salgadinhos para Erick. Isso seria considerado uma atitude feia? — O que você quer comer?

— Acarajé.

— Onde vou arrumar um acarajé a esta hora?

— Com uma baiana, ué.

— Não estamos na Bahia.

— Onde estamos? — perguntou Erick, enquanto Leonardo tirava a camisa social xadrez dele.

— No Ceará.

— Qual a comida típica do Ceará?

— Não sei.

— Onde estamos mesmo?

Erick fechou os olhos e se deitou na cama. Voltou a abrir e olhou Leonardo, em pé.

— Em Fortaleza

— Ceará... Fortaleza... É o mesmo lugar? Mesmo lugar. Qual a Lei de Newton sobre lugar?

— Não me lembro, nunca fui bom em física — comentou Leonardo, sem saber como lidar com aquela versão falante e animada de Erick.

— Dois corpos não podem ir ao mesmo lugar. Não, dois corpos não ocupam o mesmo lugar. Por que não ocupam?

— Porque não tem espaço.

— Não estamos no espaço, estamos no Ceará. — Erick disparou a rir. — Você acha que vai ter suco de graviola no café?

— Não faço ideia.

— E de cajá? Nossa, eu amo suco de cajá. Amo mesmo. Quando era pequeno, vim para Natal com a minha mãe e o Thales, e a gente tomava suco de cajá o dia todo.

— Estamos em Fortaleza, não em Natal.

— Por que não acho suco de cajá em todo lugar no Rio?

— Porque não é uma fruta típica de lá.

— Mas é daqui, né? — Erick fechou os olhos novamente.

— Não sei.

Leonardo suspirou, se perguntando se Erick não ia dormir. Ele precisava fazer o escritor dormir antes que o beijasse. Ele estava tão lindo ali, deitado e conversando como nunca conversara. Tudo bem que falava coisas sem nexo, mas ele estava muito mais expansivo do que de dia. E isso porque estava bêbado, e Leonardo o queria sóbrio.

Erick abriu os olhos e sorriu.

— Até que para um loiro você é bem bonito.

— Obrigado pelo elogio — disse Leonardo, um pouco sem jeito. Ele não sabia lidar com um Erick atrevido.

— Eu gosto de você. Você é divertido.

— Eu também gosto de você. — Leonardo se aproximou de Erick, se sentando na cama ao lado dele.

— Você vai me dar um beijo de boa noite?

Leonardo encarou Erick, perplexo.

— Você quer um?

— Não, vai ser falso — disse Erick, se mexendo na cama. Leonardo se levantou.

— Hã?

— Você é ator, está aqui para fingir. Eu queria um beijo do Zeca, mas vai ser falso também. Você acha que ele me amou?

— Claro que sim.

— No final do namoro?

— Não sei.

Erick ficou quieto e Leonardo ficou na dúvida se ele dormira. Esperava que sim. Ele levou a coberta até o pescoço do rapaz, cobrindo-o totalmente e ficando com o rosto próximo ao dele. Erick abriu os olhos.

— Por que ele não me ama? — perguntou Erick, encarando Leonardo por alguns segundos, pressionando os lábios um contra o outro.

Leonardo pensou no quanto Erick parecia vulnerável, ainda o encarando com os olhos cheios de sono, cumplicidade e confiança, e a situação toda se tornou um pouco envolvente. Seu coração disparou.

— Porque é um idiota — respondeu ele, depois de perceber que Erick dormiu.

CAPÍTULO 7

E no entanto, se eu tivesse
ouvido em meu silêncio uma voz
De dor, uma simples voz de dor...
Elegia Desesperada, Vinicius de Moraes

O dia amanheceu e Leonardo não se sentia exausto, embora seu sono tivesse sido inconstante. Ele estava feliz e triste ao mesmo tempo. Feliz por estar junto de Erick. Triste porque o escritor só tinha olhos para o ex.

Leonardo rolou na cama por muito tempo até conseguir dormir. A cada instante, olhava Erick, ressonando alto e balbuciando palavras que não entendia. Ele agradeceu o fato de o escritor ter dormido rapidamente. Desde o momento em que Erick comentou sobre o quarto ter apenas uma cama, Leonardo se perguntou como seria a noite dos dois. Mas Erick facilitou tudo exagerando na bebida.

Mesmo assim, com Erick apagado ao seu lado, ele passara a noite toda consciente da presença do escritor. Por isso, decidiu se levantar cedo e tomar café da manhã, para depois correr um pouco. Precisava espairecer e deixar o quarto.

Após correr por um longo tempo, Leonardo andou pela praia e por todo o resort, e voltou até o restaurante. Mal entrou e viu Célia vindo em sua direção.

— Ah, que bom te encontrar aqui — disse ela. — Já marquei com o Adenor, o carro estará na entrada principal do hotel às duas da tarde, para te levar ao Festival.

— Obrigado. — Leonardo olhou para os lados. — Você sabe se posso pegar algumas coisas aqui e levar para o Erick comer, no quarto? Ou tenho que fazer o pedido por lá?

— Pode sim, alguns hóspedes preferem fazer isso, vir aqui escolher o que querem comer, ao invés de pedir pelo telefone — comentou Célia. — Pode ir servindo o que quiser que vou chamar um funcionário com um carrinho, para levar tudo para você — completou ela, saindo.

Leonardo analisou o buffet, se perguntando o que Erick gostava no café da manhã. No dia anterior, quando estava no apartamento do escritor, este comera torrada feita com pão de forma. Decidiu pegar pão de sal, manteiga, queijo, presunto e várias outras coisas. Provavelmente, Erick acordaria com fome, já que mal se alimentara na noite anterior.

Um funcionário se aproximou e indicou onde Leonardo deveria ir colocando o que queria levar para o quarto. Ele foi até o carrinho e deixou o prato, voltando para o buffet e dando de cara com Zeca.

— Então você deixou o Erick no quarto e veio tomar café da manhã sozinho? Que tipo de namorado faz isso? — provocou Zeca.

— O namorado que acordou cedo para correr, e agora vai levar café da manhã na cama para ele — respondeu Leonardo, se perguntando se toda vez que saísse do quarto encontraria o ex de Erick. Zeca parecia estar em cada lugar daquele resort só esperando um deles aparecer.

Leonardo voltou a olhar o buffet e Zeca parou ao seu lado.

— Pelo visto você veio aqui para ficar de babá do Erick.

— O quê? — Leonardo se virou, para ficar de frente para Zeca.

— Ontem ele encheu a cara e você teve que levá-lo cedo para o quarto. Agora está aqui, pegando comida porque ele não tem condições de vir tomar o café no restaurante.

Leonardo começou a rir.

— Você não podia estar mais por fora de tudo. Ontem, eu e o Erick deixamos a festa para experimentarmos aquela cama maravilhosa que tem no quarto — comentou Leonardo, um pouco baixo e próximo de Zeca. — Agora, estou levando comida para ele, como você diz, porque ainda está dormindo, exausto da noite maravilhosa que tivemos. E também porque quero agradar meu amor. Bom, deixa eu ir lá porque preciso acordar a luz do meu dia.

Leonardo piscou um dos olhos e percebeu a raiva surgir no rosto de Zeca.

— Sabia que essas piadinhas que você adora fazer são ridículas? — reclamou Zeca.

Leonardo contou até três antes de responder.

— Cara, eu estava aqui quieto, na minha, servindo suco para o cara mais incrível que conheço e você veio me infernizar. Você teve a sua chance com ele e o largou, e agora eu apareci e, pode apostar, não vou largá-lo. Então, se não quer ficar ouvindo piadinhas, não me enche a paciência.

— Eu não sei o que o Erick viu em você, mas vou descobrir.

— O que você quer dizer com isso? — questionou Leonardo, sem receber uma resposta, pois Zeca já saíra de perto dele. — Que idiota.

Ao voltar para o quarto, Leonardo encontrou Erick sentado na cama, encarando o nada, com um olhar perdido. Ele achou o escritor tão fofo e vulnerável, que só pensava em abraçá-lo.

Ao invés disto, deixou o carrinho com as comidas no meio do quarto e se aproximou da cama.

— Bom dia, luz do meu dia, como você está?

— Cansado. — Erick o encarou. — Eu... sobre ontem...

— Não se preocupe, você não foi o primeiro cara que vi alterado por bebida — disse Leonardo, empurrando o carrinho para próximo da varanda, abrindo a porta que dava para ela e indo até lá fora. — Trouxe o café da manhã para você.

— Que horas são?

— Nove e alguma coisa. — Leonardo voltou da varanda. — Vem, você precisa comer algo.

Abrir os olhos não foi uma tarefa fácil. Erick se sentia exausto e sua cabeça doía. Ele ficou atordoado por um instante, pensando onde estava. Ao ver o lugar ao seu lado vazio na cama, se lembrou de Leonardo e se perguntou onde ele estaria.

E, pior: o que acontecera na noite anterior?

Erick se sentou na cama e percebeu que ainda estava vestido, usando a camiseta branca e a bermuda. A camisa social xadrez estava em cima de uma cadeira. Ele não se lembrava de tê-la tirado.

Antes que pudesse pensar em qualquer outra coisa, Leonardo entrou no quarto empurrando um carrinho do hotel, cheio de coisas em cima. Ele usava uma regata e uma bermuda, o cabelo loiro bagunçado, como sempre, e Erick sentiu o coração acelerar um pouco com aquela visão. Havia uma enorme expectativa dentro dele para tentar descobrir mais sobre a noite anterior.

— Bom dia, luz do meu dia, como você está?

— Cansado. — Erick o encarou. Luz do MEU dia? *Caramba, o que aconteceu?* — Eu... sobre ontem...

Ele não sabia o que pensar. Ficou analisando Leonardo, tentando decifrar o que acontecera entre os dois, *e se* acontecera algo entre os dois.

— Não se preocupe, você não foi o primeiro cara que vi alterado por bebida — disse Leonardo, indo para a varanda. — Trouxe o café da manhã para você.

— Que horas são?

— Nove e alguma coisa. — Leonardo voltou da varanda. — Vem, você precisa comer algo.

— Já estou indo.

Leonardo começou a tirar as coisas do carrinho e a colocá-las em cima da mesa. Erick se levantou e foi até o banheiro, fechando a porta e abrindo a torneira, lavando o rosto várias vezes. Ele se encarou no espelho, sentindo um misto de vergonha e ansiedade ao pensar no que fizera.

Ao sair do banheiro, encontrou Leonardo sentado em uma das cadeiras da varanda.

— Você está com uma cara péssima — disse ele.

— Eu me sinto péssimo. Por vários motivos — comentou Erick, se sentando em frente a Leonardo. — Ontem, eu... Desculpa, acho que exagerei, né?

— Que isso, foi legal. — Leonardo deu de ombros, entregando um prato com tapioca para Erick.

O que aquilo significava?

— Obrigado — respondeu Erick, analisando o prato.

— Tem suco de cajá — disse Leonardo, mostrando uma jarra para Erick.

— Eu amo suco de cajá. Nem me lembrei de ver se tinha na lanchonete, ontem no almoço. Como você sabia?

— Você falou ontem à noite.

— Ah. — Erick serviu um copo e bebeu devagar, tentando ganhar tempo. Ele tinha poucos fragmentos do que fizera e falara na noite anterior. — Espero não ter te dado trabalho. Nem falado nada errado.

— Não falou. E não deu trabalho. — Leonardo começou a rir. — Você fala muito quando bebe, hein?

PROJETO NAMORO FALSO

— Ah, caramba, o que eu disse? — Erick sentiu o corpo estremecer.

— Nada de mais. Só falou um monte de coisas aleatórias.

— Não me lembro de tudo o que falei. — Ele respirou fundo.

— Nós... Eu... Desculpa, não me lembro de ter vindo para o quarto.

— Eu te trouxe — comentou Leonardo, parecendo não entender o que Erick queria saber.

— Imaginei, mas... Nós dois...?

— Ah, não. — Leonardo disparou a rir. — Eu te trouxe, tirei sua camisa, só isso, e depois você dormiu.

— Que alívio — sussurrou Erick, olhando imediatamente para Leonardo. — Desculpa, eu só... Eu não queria fazer nada assim, eu...

— Tudo bem, não se preocupe. Não aconteceu nada.

— Ok — disse Erick, se perguntando se teria falado algo de errado para Leonardo. — E sobre as coisas que falei? Algo que não deveria ter falado?

— Pare de se estressar com isso, Erick.

— Eu não me lembro de nada, desculpa.

— Você não me agarrou, nem falou nada de errado para mim. Ou para o Zeca, nem se declarou para ele. Só falou um monte de coisas nada a ver com nada, tipo física, espaço, Bahia, acarajé e por aí vai.

Erick sorriu.

— Eu faço isso quando bebo. Sou um cara calmo, mas minha cabeça é, digamos, hiperativa. Penso em várias coisas ao mesmo tempo e, quando bebo, não costumo ter filtro.

— Eu percebi. Foi um custo te fazer dormir porque você não parava de falar.

— Sim, desculpa. Minha cabeça é muito dispersa, e isso irritava o Zeca. — Erick suspirou. — No começo, ele achava fofo quando eu "saía do ar", por assim dizer. Depois, começou a se irritar porque falava comigo e eu estava meio que viajando, e não prestava atenção ao que ele dizia.

— Que babaca.

— Eu não o julgo, deve ser um saco mesmo. Mas não tenho culpa. Como falei, penso em mil coisas ao mesmo tempo e, às vezes, não me concentro no que está acontecendo à minha volta porque estou perdido nos pensamentos.

— É por isso que você escreve?

— Acho que sim. — Erick deu de ombros e tomou mais um copo de suco. — A pergunta que as pessoas mais fazem para mim é de onde vem a inspiração para minhas histórias. E é uma pergunta realmente difícil de responder porque eu não sei, está tudo sempre comigo, é tudo meio que orgânico, não é tão simples explicar... Eu tenho muita coisa aqui dentro — disse ele, apontando para a própria testa. — E aí preciso tirar tudo daqui, e escrever é a melhor forma que encontrei. Minha cabeça está sempre cheia, então tem vezes que me disperso mesmo. Mas vou tentar me controlar e não fazer isso aqui.

— Tudo bem, eu não me incomodo.

— E vou tentar não beber mais, mas não prometo nada.

Eles riram e Erick se sentiu mais à vontade. Leonardo tinha esse dom, de deixar tudo confortável, e ele era grato por isso.

Fizeram o restante da refeição em silêncio, cada um perdido em seus pensamentos. Quando terminaram, Leonardo se levantou e parou ao lado de Erick, antes de entrar no quarto.

— Por falar no seu ex, eu o encontrei no café da manhã.

— É?

— Parece que ele está em todo lugar deste resort. — Leonardo balançou a cabeça, passando a mão no cabelo. — Não sei se eu o deixei irritado.

— O que aconteceu?

— Ele ficou falando que você havia bebido demais, que eu vim para ser sua babá e outras besteiras, aí meu sangue ferveu. — Ele encarou Erick. — Eu falei algumas coisas que acho que ele não gostou, mas não estraguei nosso disfarce, não se preocupe.

— Não estou preocupado — comentou Erick, preocupado. Ele mordeu a bochecha por dentro. — Será que não vamos conseguir ficar um dia sem encontrá-lo?

— Acho que ele ainda gosta de você.

Erick deu uma risada seca.

— Infelizmente não, quem me dera. Tudo que eu queria era que ele ainda gostasse de mim, mas o Zeca tem um novo namorado, de quem parece gostar mais.

— Pode ser. — Leonardo coçou a bochecha. — Mas ele não está feliz por você ter vindo comigo.

— Acho que ele não se importa com isso.

— Pareceu se importar, sim. — Leonardo olhou em volta. — Você quer tomar banho primeiro? Eu fui correr e estou suado, e temos a entrevista daqui a pouco.

— Não, pode ir lá. Eu vou depois.

A entrevista com Danny Moraes foi animada. A *digital influencer* escolheu um local próximo da Piscina Quente, se sentando em frente a Erick e Leonardo, que ocupavam um banco de madeira, com o mar ao fundo.

Ela fez várias perguntas relativas ao trabalho dos dois, até chegar na parte pessoal.

— Agora o que todos querem saber: quando o lance entre vocês começou? — perguntou Danny.

Por alguns instantes, os dois ficaram calados. No caminho para a piscina, eles conversaram sobre as possíveis perguntas que Danny poderia fazer.

— Quer responder? — Erick olhou Leonardo, que deu de ombros.

— Tudo bem. — Leonardo respirou fundo. — Eu já conhecia

os livros do Erick, havia devorado todos. — Eles riram. — E quando soube do teste, fiquei maluco porque sabia que precisava entrar para o filme de qualquer forma.

— Não podemos nos esquecer de que vocês estudam na mesma faculdade, certo? — interrompeu Danny, de forma profissional, indicando um detalhe para os fãs das suas redes sociais.

— Sim, mas ele nem sabia que eu existia — disse Leonardo, piscando para Erick.

— Eu estava um pouco ocupado — respondeu Erick, e Leonardo percebeu a vergonha invadir o escritor.

— Sim, ele tinha um namorado — completou Leonardo. — O que eu podia fazer, a não ser sonhar com os personagens dele, já que ele não me dava atenção?

— Não é bem assim — sussurrou Erick.

— Tudo bem. — Leonardo sorriu quando Erick segurou a sua mão. — Mas eu não me importei, porque fiquei lendo e relendo os livros dele, até saber praticamente tudo de cor. Isso me ajudou a conhecer um pouco a cabeça do Erick.

— Ok, podemos voltar para o assunto principal? — pediu Erick, se encolhendo no banco, e Leonardo o achou tão irresistível que quase deu um beijo em sua bochecha.

— Vocês sabem que a internet foi à loucura com o namoro de vocês, não sabem? Todo mundo está amando. — Danny suspirou novamente. — Mas concordo com o Erick, vamos voltar ao assunto principal. Você não vai escapar de mim, Léo.

Danny piscou para ele, que riu, apertando a mão de Erick.

— Tudo bem, vamos lá. Eu fiz o teste e passei.

— Você vai interpretar o amigo que junta o casal protagonista de *Encontro Às Escuras*.

— Sim. E aí conheci o Erick. Eu já o conhecia da faculdade, e também fui a alguns eventos dele. Conversei pouco com ele nos eventos, porque estava sempre acompanhado.

— Ai, meu Deus. — Erick riu.

— Mas após o teste, eu descobri que ele estava solteiro, e aí a gente se esbarrava na faculdade, e uma coisa levou a outra.

— Ok, podemos voltar a falar sobre o filme ou os livros? — pediu Erick.

— Ah, sim, isso é algo que os seus leitores querem saber: por que você é tão averso à vida pública? — questionou Danny.

— Não sei se chega a ser aversão, mas sou bastante reservado. — Erick pressionou os lábios um contra o outro e, mais uma vez, Leonardo o achou irresistível. Ele tocou em uma mecha do cabelo castanho de Erick, que voava com o vento, e a colocou atrás da orelha do escritor. Erick sorriu novamente para ele e Leonardo pensou que estava no céu. — Eu não ligo muito para redes sociais. Sei que é estranho porque, hoje em dia, todo mundo está conectado e usa muito a internet. E sei que seria bom, para mim, se eu divulgasse mais meus livros, mas realmente tenho preguiça. Não, não sei se é preguiça... Mas às vezes, eu me esqueço de postar algo...

— Ele costuma brincar que, se soubesse que um escritor precisava falar tanto em público, não teria escrito um livro — completou Leonardo.

— Mais ou menos isso — concordou Erick.

— Mas ele precisa tirar tudo da mente dele. — Leonardo indicou a cabeça de Erick. — E precisava me conhecer, então ele não teve muita escolha.

— Convencido — disse Erick, de modo carinhoso.

— Ai, que lindinhos! — comentou Danny. — E quando começam as filmagens?

— Daqui a duas semanas, um pouco depois do lançamento do meu novo livro no Rio — explicou Erick.

— Ah, sim, agora vamos falar sobre ele — disse Danny.

Quando a entrevista terminou, Leonardo acompanhou Erick até o quarto, para o escritor pegar seu notebook e um livro.

— Tem certeza de que não quer ir comigo para o Festival? — perguntou Leonardo, abrindo a porta do quarto.

— Não, vou ficar hoje aqui, escrevendo um pouco — respondeu Erick.

— Por favor, não fica no quarto — pediu Leonardo.

— Não quero ver o Zeca — comentou Erick, tirando da mala o livro *A Lista do Juiz*, de John Grisham.

— Você está em Fortaleza. Vá para a piscina, pegue uma mesa na lanchonete e escreva um pouco com um visual lindo. Isso vai te fazer bem.

— A vista daqui também é linda, vai me fazer bem.

— Não é isso que estou falando. — Leonardo balançou a cabeça. — Saia um pouco...

— Vamos ver. — Erick foi em direção à varanda, mas Leonardo se colocou na frente dele.

— Não, eu prometi ao Thales que não ia deixar você se esconder o tempo todo no quarto.

— Não acredito que o Thales te pediu isso. — Erick deu um passo para trás, se afastando de Leonardo.

— Acho que ele te conhece bem. — Leonardo deu um suspiro alto, frustrado. — Vamos lá, por favor. Estamos em um lugar lindo. Sei que a vista da varanda é espetacular, mas não vou te deixar trancado no quarto. Se você não for dar uma volta pelo resort para espairecer, eu não vou ao Festival.

Erick o encarou sério, e Leonardo tentou decifrar o que se passava na cabeça dele. O silêncio do escritor fez um medo surgir em

seu peito, de que talvez ele tivesse ido longe demais pressionando-
-o a sair do quarto.

— Você está muito autoritário. — Erick riu, e Leonardo respirou aliviado. — Eu posso ir para lá e, quando você sair, posso voltar.

— Sim, mas não vai fazer isso.

— Como você sabe? — Erick ergueu uma sobrancelha para ele.

— Porque quando você chegar lá, vai se distrair e vai começar
a ter mil ideias aí dentro da cabeça. A última coisa que você vai
pensar é no seu ex.

— Não tenho escolha? — perguntou Erick, e Leonardo negou
com a cabeça. — Ok. Vamos lá — disse o escritor, pegando o livro
e a mochila, onde estava guardado o notebook, e a pendurando no
ombro antes de fechar a porta do quarto.

CAPÍTULO 8

> Louco amor meu, que quando toca, fere
> E quando fere vibra
> **Soneto do maior amor**, Vinicius de Moraes

Escrever próximo à piscina, com a vista para o mar, não foi tão ruim quanto Erick esperava. Ficara com medo de se distrair com os outros hóspedes ao redor, mas não havia muita gente por perto, e estar ao ar livre fez bem a ele. Claro que não confessaria isso a Leonardo, mas ficou feliz por ele o ter pressionado a sair do quarto.

Erick pegara uma mesa à sombra de uma árvore na lanchonete. Pedira um suco de cajá a um funcionário do hotel, que se aproximou assim que ele se sentou, e abriu o notebook.

A nova história ainda estava no começo, mas não conseguia ficar longe do teclado. Sempre precisava escrever algo, nem que fosse um conto ridículo que jamais sairia do computador. Mal terminava um livro e já começava a planejar o próximo. Os personagens imaginários povoavam sua cabeça, e ele precisava tirá-los dali, para dar a espaço a novos que chegariam assim que tivessem uma brecha. Para ele, tudo era história, tramas, ideias novas e antigas, tudo misturado. A cabeça dele não parava um minuto.

Uma vez tentara explicar isso a uma pessoa que o perguntou de onde vinha a inspiração. Estava em um evento literário e um rapaz começou a conversar com ele. Erick falou de amigos imaginários, cenários conhecidos e misteriosos, diálogos entre jovens inexistentes na sua cabeça, mas o cara não conseguiu entender e, quanto mais Erick explicava, mais confuso ficava e mais estranho ele parecia ser para o jovem que o encarava com olhos desconfiados. A partir deste dia, tentava resumir a resposta a *"as ideias simplesmente surgem quando começo a pensar em algo"*. Soava meio esnobe, mas era o melhor que ele conseguia fazer. Apenas Thales sabia como a sua cabeça funcionava.

E Zeca. E ele o amou por isso. Zeca entendeu Erick desde o começo, e o incentivou e apoiou. Durante quase dois anos, ele fora o alicerce de Erick junto com Thales, até não ser mais. Até o dia em que chegou e disse que havia se cansado daquilo, que precisava de alguém fora da área da literatura ao seu lado, que o escutasse de verdade.

Não adiantou Erick falar que escutava Zeca, que ouvia tudo o que ele tinha a dizer. Não adiantou promessas de que iria se corrigir e prestar mais atenção ao namorado. Não adiantou ele falar que o amava.

Zeca foi embora, destroçando o coração de Erick. Zeca arrumara outro namorado rapidamente. *Vicente.* Um namorado que estava ao seu lado escutando o que ele dizia, prestando atenção às suas palavras e não era envolvido com nada do mercado literário. O namorado perfeito que ele não encontrara no escritor. E agora fazia questão de esfregar isso na cara dele.

Enquanto digitava a senha no notebook, Erick pegou o celular e ligou para Thales. Precisava parar de pensar em Zeca, e seu irmão era a melhor pessoa para distraí-lo.

— Fala, maninho, já está apaixonado pelo Léo? — perguntou Thales.

— Bem que você queria, né?

— Claro que sim! Imagina, que lindo, vocês dois se amando?

— Só tem um detalhe e você sabe muito bem qual é. Ele está

sendo pago para fingir — sussurrou Erick, olhando para os lados e constatando que não havia ninguém por perto.

— O fingimento pode virar verdade. Igual o seu livro.

— Meu livro é ficção, não existe. — Erick deu um longo suspiro. — Não liguei para isso.

— Ligou para o quê, então?

— Para conversar. — Erick deu de ombros, mas Thales não viu.

— Você não mandou mais nenhuma mensagem, depois que postei a foto ontem.

— Nem precisei, a internet fez o trabalho dela. Seus leitores estão amando o namorado novo. Posso apostar que mais que o antigo. — Thales riu, ao longe, e Erick desejou ter o irmão ali, sentado ao seu lado. — E como foi ontem? Encontrou o Zeca?

— Sim. Acho que foi bem. Não sei, estava tudo indo bem e aí eu bebi um pouco...

— Ah, meu Deus! Não me diga que fez uma besteira? — Thales disparou a rir.

— Não fiz nada — resmungou Erick, um pouco chateado. — O Leonardo conseguiu controlar a situação.

— Que bom. E é Léo, pelo amor de Deus, seja mais íntimo do seu namorado. Por falar nele, aposto que você desandou a falar igual um doido.

— Acho que sim. — Erick deu de ombros de novo. — Eu não me lembro de tudo, mas ele disse que eu falei muito.

— Coitado do cara. — Thales ainda ria do outro lado, e Erick já se perguntava se devia ter deixado para contar tudo pessoalmente ao irmão, quando voltasse de viagem. — Ele não está aí com você? Ouvindo a nossa conversa?

— Não, ele foi dar uma volta pelo Festival e eu fiquei no hotel.

— Ah, não, sai do quarto agora! — gritou Thales.

— Você também? — Erick balançou a cabeça, rindo. — Não se

preocupe, estou aqui na piscina, escrevendo no notebook e com um livro do lado. Não estou no quarto, o Leonar... Léo não me deixa ficar lá dentro.

— Que bom. Já gosto do meu cunhado.

— Falso, né?

— Pare de falar isso.

— É a verdade. — Erick suspirou.

— Vai dar tudo certo, maninho. O importante é o Zeca cair na história.

— Acho que ele caiu.

— Então valeu tudo o que fizemos.

— Espero que sim. — Erick observou um casal se sentando em uma mesa próxima à dele. Os dois estavam visivelmente felizes e apaixonados, e Erick se sentiu triste e perdido. — Bom, liguei só mesmo para saber como está tudo aí.

— Está tudo bem. E espero que esteja melhor aí. — A voz de Thales soou irônica, e Erick podia apostar que ele piscara um dos olhos do outro lado da ligação.

— Ok, ok, vou desligar para escrever agora.

— Então vou te deixar em paz aí, escrevendo. Mas vê se posta uma foto bonita da praia. Você está em Fortaleza, finja que está se divertindo, pelo amor de Deus.

O Festival acontecia no Centro de Eventos do Ceará, localizado na Avenida Washington Soares. No Salão Mundaú, do Pavilhão Oeste, estavam acontecendo vendas de livros, exposições de artesanato e artistas plásticos locais, além de algumas comidas típicas. Já no Primeiro Mezanino, algumas salas multiuso foram dispostas para acomodar 200 pessoas sentadas para assistir aos bate-papos. A cada três horas, dois aconteciam de forma simultânea.

Leonardo estava interessado em ouvir um cartunista que acompanhava desde pequeno. Crescera lendo os quadrinhos do artista cearense, e agora teria a chance de vê-lo pessoalmente.

Como chegara mais cedo, aproveitou para dar uma volta pelo Salão Mundaú. Comprou uma toalha rendada de mesa, e reservou uma rede para pendurar na varanda do apartamento em que morava com os pais, que compraria no sábado, pois a artesã ainda estava terminando o modelo que ele gostara.

Ao lado, havia uma jovem fazendo pulseirinhas personalizadas, e Leonardo teve uma ideia assim que viu o trabalho dela. Ele encomendou duas para pegar depois da palestra, desejando que Erick não achasse que estava passando dos limites do seu papel de falso namorado.

Ao se encaminhar para o Mezanino, Leonardo avistou Zeca. Antes que pudesse desviar, Zeca o viu e foi até ele.

— Por que você está sempre sozinho? — perguntou o ex de Erick.

— Posso te fazer a mesma pergunta — retrucou Leonardo, se perguntando se Zeca tinha vários clones naquela cidade. Será que conseguiria ficar um dia sem ver a cara dele? — Nunca o vejo com o Vicente.

— Você viu ontem.

— E você me viu ontem com o Erick, então para de me encher — disse Leonardo, saindo de perto de Zeca, mas este foi atrás.

— Se você o ama tanto por que não fica junto dele?

— É uma pergunta retórica? — Leonardo o encarou, erguendo uma sobrancelha. — Será que você pode parar de me alfinetar e curtir a viagem com o Vicente? Eu e o Erick não estamos te perturbando.

— Como falei, não acho que isso seja real — comentou Zeca, indicando Leonardo com as mãos.

— Isso o quê? — perguntou Leonardo, tentando não vacilar com a voz. Não era possível que Zeca havia desconfiado da armação. Será que não estavam fingindo direito?

— Você com o Erick. Vocês não combinam.

— É mesmo? E por quê? E quem combina com ele? Você, o cara que o largou?

Leonardo tentou se controlar, mas Zeca parecia conseguir tirá--lo do sério facilmente.

— Isso que estou falando. Você é bem babaquinha e exibido, e sei que o Erick não gosta deste tipo de cara. — Zeca sorriu de forma desdenhosa, analisando Leonardo.

— Já parou para pensar que só sou assim com você porque fica aí me provocando? Deixa a gente em paz.

— Eu posso não estar com o Erick, mas me preocupo com ele.

— Ele está bem. — Leonardo controlou a respiração, que começara a ficar forte.

— Será? Duvido que você o conheça como eu.

— Cara, não vou ficar aqui competindo sobre isso. É claro que você o conhece mais do que eu, porque estou começando a conhecê-lo melhor agora. Mas o que conheço, eu já amo. — Leonardo se aproximou de Zeca. — E não me irrito com as manias dele, nem com o fato de ele se afastar de mim para entrar em seu mundo imaginário.

Zeca deu uma risada alta.

— Foi isso que ele falou? Que terminei pois não aguentei o mundo dele? — Ele balançou a cabeça. — Sim, posso confessar que isso começou a me irritar, qual o problema? Não sou um crápula por querer alguém que foque em mim e não em um monte de caras imaginários. Mas é mais do que isso. Ele se fecha no *"Mundo de Erick"* e não deixa ninguém entrar, nem mesmo o Thales. E, pode apostar, ele não vai te deixar entrar, e você vai ficar de fora, e vai se sentir um lixo por isso, e isso vai começar a te consumir, a te incomodar.

Porque ele não compartilha com a gente o que está dentro dele, não confessa os sentimentos, não divide o que o aflige. Ele simplesmente engole tudo e se distancia. E isso irrita, e vai te irritar, pode apostar.

— Quem disse que eu vou me importar com isso?

— Ah, vai, vai sim. Só os poucos minutos em que passei com você já me dizem que você não vai aguentar. Porque ninguém aguenta. Nem o pai dele aguentou.

Leonardo ia falar algo, mas não conseguiu encontrar as palavras. Encarou Zeca com a boca um pouco aberta e balançou a cabeça. O que Leonardo sabia sobre o pai de Erick? Nada. Só conhecia a mãe e Thales. Nunca vira nenhuma menção ao pai em entrevista alguma, e agora se recriminava por ter viajado sem se lembrar deste pequeno detalhe.

— Você só está tentando me provocar — comentou Leonardo, tentando se manter firme, sem sucesso.

— Sim, estou, e consegui. Porque acabei de ter a certeza de que você não sabe nada sobre o pai dele, e isso já mostra o quanto o Erick está distante de você. — Zeca sorriu, de forma vitoriosa. Boa sorte — disse ele, se afastando.

Leonardo sentiu o sangue ferver e teve vontade de ir atrás de Zeca. De dizer que ele era um imbecil por ter deixado Erick escapar. Mas se controlou. Não ia dar um show ali, na frente de várias pessoas. Não fora para isso que viajara até Fortaleza. Ele só pensava em Erick, naquele momento.

E o fato de pensar em Erick o acalmou imediatamente. Ele queria correr para o hotel e abraçar Erick, e dizer que não se importava que a cabeça dele tivesse mil pensamentos por minuto, e que não tinha problema Erick ainda amar Zeca, e provavelmente amaria por muito tempo. Queria dizer que ele não se importava com isso, embora se importasse sim. Leonardo só queria ficar com Erick, ao lado dele, fazendo-o feliz e sendo feliz. Queria mais, mais do que estava tendo. Queria que Erick fosse seu namorado real, que o amasse de verdade, que quisesse ficar junto dele. Mas Erick só tinha olhos para Zeca, e Leonardo sabia que era assim que se sentia uma pessoa enlouquecidamente apaixonada por alguém. Que só aquela pessoa importava, que nada mais chamaria a atenção de Erick, nem mesmo ele ali, ao seu lado, o fazendo rir e fingindo-o amar. Porque Leonardo não estava fingindo, a cada instante que passava ao lado de Erick, ele o amava.

Amava? Talvez amar fosse exagero, não tinha nem dois dias que estavam juntos, mas o que estava sentindo era forte. Ele estava confuso porque, desde a primeira vez que vira Erick, alguns anos atrás, sentiu uma atração imediata. E quis estar ao lado dele, beijá-lo, abraçá-lo, sentir seu toque. Mas Erick sempre pertencera a outro, e tudo indicava que pertenceria por muito tempo.

Leonardo decidiu não se abalar e deu as costas para onde Zeca saíra, seguindo rumo à palestra que estava prestes a iniciar.

Quando o sol começou a descer no céu, o clima ficou mais fresco e Erick entrou na piscina. Ele não nadava tão bem quanto Leonardo, mas conseguiu dar algumas braçadas.

Diferente do dia anterior, naquele horário não havia muitos turistas por ali, e Erick deixou a piscina e ocupou uma das tendas colocadas ao redor da água. Ele se encostou na espreguiçadeira estilo sofazinho e pegou *A Lista do Juiz*. Desta vez, sem Leonardo para distrair sua leitura, conseguiu se concentrar por alguns minutos no texto, até uma sombra surgir à sua frente. Ao levantar os olhos, Erick prendeu a respiração ao ver Zeca.

— Fugindo dos problemas? — perguntou seu ex, indicando o livro. — Ontem era Cornwell, hoje é Grisham.

Erick sentiu o rosto corar. Zeca realmente o conhecia e sabia que, sempre que Erick queria fugir dos problemas, ele pegava um livro de Bernard Cornwell ou John Grisham para ler. Havia tanta coisa acontecendo em todas as histórias de ambos os autores, que Erick se esquecia completamente da própria vida.

— Não. Só queria ler ele aqui, com calma — mentiu Erick. Será que Zeca acreditara?

— Está gostando?

— Impossível não gostar dos livros desse cara.

— Sim. Você o ama. — Zeca sorriu. — Sabe, sempre tive um certo ciúme dele, porque parecia que você o amava mais do que eu.

— Eu amo a mente dele, você sabe — explicou Erick, sentindo raiva de si mesmo por isso, porque não negara que ainda amava Zeca. *E por que preciso dar satisfação de qualquer coisa a ele?*, pensou.

— E o que o seu namorado pensa disso?

— Que eu estou com ele e não com o John. — Erick deu de ombros. Ele olhou para os lados, se perguntando como se livrar de Zeca. Não planejara conversar com seu ex sem Leonardo por perto.

— O que você quer?

— Você sabia que seu namorado é hétero?

Erick começou a rir.

— Ele é bi.

— Bi? É mesmo? Porque nas redes sociais dele só tem foto com mulher.

— Que eu saiba tem uma dele comigo.

— Ah, sim, a foto de ontem. A tão comentada foto. — Zeca balançou a cabeça. — Muito conveniente ele se descobrir bi quando o cara que escreveu o livro do qual ele participará do filme aparece, não é mesmo?

— O que isso significa?

— Que ele está ao seu lado por conveniência.

Erick sentiu o coração acelerar dentro do peito. Parecia que um bloco de gelo havia se instalado em seu estômago.

— O quê?

— O cara só sai com mulheres, mas aí você fica sozinho e – *puf* – ele é bi.

— Ele não se descobriu bi, ele sempre foi. Que droga, Zeca, achei que você não ficava recriminando as pessoas.

— Ah, não me vem com essa de abraçar a comunidade, não agora. Esse cara está fingindo que gosta de você.

— O quê? — repetiu Erick, em pânico, com medo de Zeca ter descoberto toda a armação.

— Esse cara não tem nada a ver contigo. É óbvio que está interessado em você por causa do filme, está te usando para se promover.

Erick arregalou os olhos, assustado com as palavras do ex, mas no instante seguinte começou a rir.

— É sério que você acha que ele é hétero, mas está fingindo ser bi, para poder ser meu namorado só para se promover às minhas custas?

— Eu não sei o que pensar, mas isso não parece real — comentou Zeca, indicando Erick e o nada ao seu lado. — Algo não se encaixa, e fiquei o dia todo pensando no que poderia ser. Ele está te usando e você está caindo igual um bobo, sem perceber isso.

O bloco de gelo derreteu no estômago de Erick, dando lugar a uma fogueira. Ele fechou o livro e o colocou no sofazinho, inclinando um pouco o corpo para a frente, ficando mais próximo de Zeca.

— Então você acha que eu não tenho a capacidade de fazer alguém se apaixonar por mim de verdade?

— Eu não disse isso, claro que tem. Mas não alguém como ele.

— Como ele?

— Ele não tem nada a ver com você.

— E quem tem a ver comigo? Um cara que passa quase dois anos ao meu lado, e me larga porque não aguenta mais o que antes achava fofo? — Erick se levantou, com raiva. — Você seguiu adiante e agora não aceita que eu siga também?

— Não é isso. Mas algo não se encaixa, como falei.

— Você não quer me ver feliz.

— Claro que quero, mas ele não...

— Ele não o quê?

— Ele está interessado em se promover, está te usando para isso. Como você não percebe?

— Isso é ridículo e depreciativo.

— Isso aqui não é um dos seus livros, Erick. Você não pode realmente achar que o cara não quer te usar. Aposto que é porque ele não conseguiu o papel principal do filme, e se aproximou de você para tentar algo melhor nos seus próximos projetos.

— Uau. — Erick balançou a cabeça e pegou a mochila, abrindo-a.

— Ele é o oposto do que você poderia procurar em um cara.

— Só porque nunca gostei de loiros não quer dizer que não gosto dele — comentou Erick, pegando o livro em cima do sofá.

— Não é porque ele é loiro. É essa coisa de ficar falando o quanto você é incrível e que não vai te largar, e que ama tudo em você.

— Ele falou isso? — perguntou Erick, sorrindo, parando de guardar o livro na mochila e olhando Zeca.

— Tudo nele é exagerado. E ainda tem esse negócio de te chamar de nome de escritor, isso é bem forçado né?

— Você está falando sério? — Erick balançou a cabeça mais uma vez, e enfiou o livro na mochila, fechando-a.

— Ele fica te bajulando, parece que quer ficar mostrando o quão incrível você é.

— E qual o problema? Não sou incrível? — Erick colocou a mochila nos ombros, sem sair do lugar.

— Você escreve muito bem, sabe disso, mas não é nenhum Charles Dickens ou Machado de Assis.

Erick o encarou, incrédulo.

— Eu não acredito que você disse isso! — Erick deu as costas a Zeca.

— Espera, Erick, não foi isso que eu quis dizer. — Zeca segurou o braço do ex-namorado, que já se afastava dele.

— E o que foi? — perguntou Erick, se virando com raiva e olhando o ex, visivelmente magoado.

— Eu... Estou fazendo isso errado. — Zeca o encarou, e Erick só sentia mágoa e decepção ao vê-lo ali, na sua frente. — Olha, estou preocupado com você, não quero que ele te magoe e parta o seu coração.

— Como você fez? — Erick soltou o braço e ajeitou a mochila no ombro. — Não se preocupe comigo, eu já tive meu coração destruído pelo cara que pensava me amar.

— Eu te amei. Você sabe. Ainda gosto de você.

— Então me deixa ser feliz, droga. — Erick tentou controlar as lágrimas, que insistiram em cair pelo seu rosto. Ele não se importou, não se importava mais com nada. Só queria ferir Zeca. — Se não quer ficar comigo, deixa quem me ama me fazer feliz. Deixa o Léo me chamar do que quiser, se isso faz ele feliz. E pare de nos infernizar, droga, pare de ficar procurando problema onde não tem. Ele me ama sim, e ele é bi sim, e, que droga, eu não te devo explicação alguma da minha vida. Se o Léo está me usando, o que não está, é problema meu. E você já parou para pensar que eu também posso ter usado ele para te esquecer? E agora que esqueci, eu o amo mais do que te amei, então some da minha frente. — Erick se afastou de Zeca, mas se virou e o olhou antes de ir embora. — Nunca imaginei que você pensasse tão pouco de mim — completou, largando o ex ali, sozinho na piscina.

CAPÍTULO 9

Eu te peço perdão por te amar de repente
Embora o meu amor seja uma velha canção nos teus ouvidos
Ternura, Vinicius de Moraes

O bate-papo com o cartunista foi divertido e Leonardo teve a sensação de que o tempo passara voando. Ele adorou o astral do artista e conseguiu se esquecer de Zeca durante o evento.

Quando a fila para autógrafos se formou, avistou Irene, acenando. Ela estava perto da mesa de autógrafos e Leonardo se aproximou.

— Que surpresa te encontrar aqui — disse a editora de Erick, de forma animada.

— Eu adoro o trabalho dele — comentou Leonardo, indicando o cartunista.

— Ah, eu também. — Irene envolveu um dos braços de Leonardo com os seus dois, abraçando-o. — Estou assinando um contrato com ele para publicarmos seus próximos trabalhos. Isso não é o máximo?

— Que ótimo! — disse Leonardo, feliz com a notícia.

— Vem, vamos lá que eu te apresento a ele.

A volta para o hotel foi tão animada quanto a palestra. Leonardo estava no carro junto de Irene e Adenor, que conversavam e faziam piadas o tempo todo. Ele gostou de conhecer melhor a editora de Erick.

— Nos encontramos então no restaurante às oito? — perguntou Irene, quando desceram do carro.

— Sim, vou avisar o Erick.

Eles se despediram e Leonardo se encaminhava para o quarto quando o celular tocou. Não estranhou ao ver o nome de Thales na tela, imaginou que a ligação era para saber como andava o plano deles.

— Oi, Thales — disse Leonardo, atendendo a ligação.

— Onde você está?

— Acabei de chegar no hotel, estou indo para o quarto. Não se preocupe, está tudo bem.

— Não está, não. Vá logo para lá, por favor, e ajude meu irmão.

— A urgência na voz de Thales fez Leonardo acelerar o passo. — O Erick teve uma discussão com o Zeca.

— Estou chegando no quarto — comentou Leonardo, desligando e abrindo a porta.

Erick estava deitado de lado na cama, de costas para a entrada e de frente para a varanda. Leonardo fechou a porta do quarto e se aproximou da cama devagar. Ele se sentou, se encostando na cabeceira ao lado da cabeça de Erick, e tocou de leve no ombro dele, chamando-o baixinho.

— Eu vou ficar bem — sussurrou Erick, sem se mexer.

— Eu sei. — Leonardo apertou o ombro de Erick de leve. — Quer conversar?

— Quero sumir.

— Você não vai sumir. — Leonardo forçou de leve o ombro de Erick, fazendo-o se virar lentamente para ele.

— Ele é um idiota — disse Erick, encarando-o.

Leonardo sentiu como se seu coração tivesse diminuído. Erick chorava, desolado, devastado. O rosto era a imagem do próprio cara que sofrera uma decepção com alguém que amava muito.

— O que aconteceu? Quer me contar?

— Ele disse... — Erick balançou a cabeça negativamente, mas continuou falando. — Como eu pude gostar tanto dele? Como eu posso ainda gostar e querer ele de volta?

Erick chorou mais e contou, entre soluços, o que Zeca dissera. Leonardo sentiu ainda mais raiva conforme as palavras tristes saíam de sua boca. Ele o puxou para perto e o escritor abraçou sua cintura. Leonardo ajeitou o travesseiro em seu colo, onde Erick repousou a cabeça, e ficou mexendo no cabelo dele, que manteve os braços em sua cintura, em um abraço apertado.

— Eu o encontrei hoje e ele disse mais ou menos a mesma coisa, de que algo não se encaixa. Só não teve a coragem de me acusar de estar te usando — contou Leonardo.

— Você acha que ele pode descobrir a verdade? — sussurrou Erick, olhando para cima, para ver melhor o rosto de Leonardo.

— Acho que não. — Leonardo deu um sorriso triste e Erick voltou a se ajeitar, com o olhar perdido ao longe. — Acho que ele só está pensando essas coisas porque está com ciúmes.

Erick começou a rir e a chorar ao mesmo tempo.

— Ele quer é me encher a paciência.

— É ciúmes. Ele ainda gosta de você.

— Então por que ele não está comigo? — sussurrou Erick, e Leonardo sentiu seu coração se quebrar dentro do peito.

— Não sei. Acho que ele cansou, como você disse, mas isso não quer dizer que te esqueceu. E agora ele está te vendo feliz com outro cara e não consegue aceitar isso.

— Ah, sim, eu sou a perfeita imagem do cara feliz.

— Ele não sabe disso.

Erick ficou um instante em silêncio.

— Você realmente acredita que ele ainda gosta de mim?

— Sim — respondeu Leonardo, triste.

— Eu devia esquecê-lo completamente.

— O que aconteceu hoje pode ajudar, né? — Leonardo tentou dar um sorriso animado, embora Erick não estivesse vendo seu rosto. — Quem sabe isso faz você esquecer que ele existe, e comece a gostar de alguém novo?

— Quem sabe, um dia. — Erick suspirou alto. — O Thales vive me enchendo que eu preciso esquecer o Zeca, mas eu não quero. Ou não queria, não sei. Eu o amei muito, e ainda gosto dele. Acho que ainda o amo. Meu Deus, que deprimente.

— É normal isso — comentou Leonardo, tentando não demonstrar tristeza na voz.

— Sim. Talvez eu só precise de um tempo para processar o que ele vem fazendo e falando. Talvez precise voltar a ficar longe dele.

— Eu entendo — comentou Leonardo, ainda mexendo no cabelo de Erick.

— Sabe, ele é um cara legal, embora não esteja parecendo.

— Eu não me importo em como ele é.

— Eu sei. Mas ele é. E isso torna mais difícil esquecê-lo. Ele é...

— Perfeito?

— Não. — Erick balançou a cabeça e soltou Leonardo, se sentando na cama e cruzando as pernas. — Ninguém é perfeito, mas ele me fazia sentir como se eu fosse, sabe. — Erick enxugou algumas lágrimas e encarou Leonardo. — Tipo como você está sendo.

— Eu?

— Você tem sido um namorado perfeito. Um cara incrível que me ama e que me faz feliz, como planejamos. Está tudo saindo direito, e é como deveria ser. — Erick ainda o encarava, com os olhos inchados. Leonardo sentiu como se seu peito fosse explodir ao ouvir as palavras dele. — Só que é tudo fingimento, e isso me deixa triste. Porque o que eu queria era estar com ele, e que ele me tratasse como você está me tratando. Ele sempre me tratou bem, mas não assim. E eu queria que tudo fosse perfeito.

— Eu sei — comentou Leonardo, sentindo os pedaços quebrados de seu coração desintegrando dentro do peito. — Mas tenta se lembrar de como ele te tratou hoje, do que te disse. Foi bem cruel.

— Foi mesmo. — Erick voltou a enxugar uma lágrima e pegou um travesseiro, abraçando-o. — Quando penso no que ele me falou, no modo como falou, isso faz com que eu sinta mais raiva do que amor. Nossa, nunca me senti tão pequeno, tão diminuído quanto hoje. Nem quando ele terminou comigo doeu tanto.

— Términos são assim. Vai doer e doer e doer, até que um dia não vai doer mais.

— Mal posso esperar por este dia...

Erick largou o travesseiro e afundou a cabeça nas mãos, chorando. Leonardo hesitou por um segundo e se aproximou dele, puxando-o para perto e abraçando-o novamente. Erick se agarrou a ele, soluçando, e Leonardo sentiu ainda mais tristeza.

— Ele falou aquilo porque estava com ciúmes, porque não consegue te ver com outro.

— Eu sei. — A voz de Erick soou distante porque seu rosto estava enterrado na camisa de Leonardo, que molhava com suas lágrimas. — Eu sei disso, mas doeu.

— Sim, claro. — Leonardo encostou seu rosto nos cabelos de Erick, acariciando as costas do escritor. — É difícil ver quem a gente gosta com outra pessoa, sendo feliz com ela, seguindo adiante. É muito ruim gostar de alguém que não gosta da gente. — Ele não sabia se falava para Erick ou para si mesmo.

— É horrível. — Erick se soltou dele e Leonardo sentiu um vazio nos braços. — Só quero que pare de doer.

— Vai parar. Você vai encontrar um cara que vai te amar como você é, e tudo o que o Zeca considera ruim em você é o que vai fazer esse cara te amar ainda mais. E você vai ser feliz por completo.

Erick sorriu com as palavras de Leonardo. Eles ficaram se olhando por um longo tempo até o clima ficar tenso. Ou, pelo menos, foi como Leonardo sentiu.

— Eu... — Erick se levantou da cama. — Vou lavar o rosto. — Ele parou na porta do banheiro. — Sei que prometi não falar mais disso, mas desculpa por tudo. Estou me sentindo tão... — Ele balançou a cabeça. — Desculpa te envolver nisso, ter te trazido para cá, fazer você fingir que gosta de mim e ainda te enfiar nesse drama todo.

— Não precisa pedir desculpas. Eu aceitei vir, assumi o compromisso e vou seguir até o fim com o plano — disse Leonardo, e ele não gostou de como a frase saiu, mas não teve tempo de consertar antes de Erick balançar a cabeça e entrar no banheiro, fechando a porta.

Só então se lembrou das pulseiras guardadas no bolso de sua bermuda, mas decidiu que ainda não era o momento certo de mostrá-las a Erick.

Erick planejara entrar no banheiro e só lavar o rosto, mas ainda não tinha condições de voltar para o quarto e encarar Leonardo, então tirou a roupa e foi para debaixo do chuveiro. A água caía junto com as suas lágrimas, e ele se perguntou se era possível ficar mais triste.

Depois de um tempo, desligou o chuveiro e se enxugou lentamente, sem forças para voltar para o quarto. Sua cabeça doía e seu coração estava trincado. Seus sentimentos estavam confusos, e ele não sabia o que queria ou que o que faria.

Ainda gostava de Zeca, disso tinha certeza, porque seu corpo vacilava todas as vezes que o via. Mas as coisas que seu ex dissera mais cedo o feriram de um modo que não tinha volta. As palavras de Zeca fizeram algo rachar dentro de Erick, e isto, junto com seu coração partido, não tinha mais conserto.

E também havia Leonardo, que parecia ser o cara com quem Erick sempre sonhou, mas ele sabia que era encenação. Tudo fazia parte do plano que sua mãe e Thales arrumaram e, mais uma vez, Erick se arrependeu de ter deixado isso seguir adiante. Não, ele não se arrependia completamente, porque sabia que seria pior se tivesse ido para Fortaleza sozinho. Mas a cada minuto que passava ao lado de Leonardo, queria ficar ainda mais com ele. O ator era um cara divertido, que parecia realmente interessado nas coisas que Erick tinha a dizer. Mas ele era sim um ator, e estava ali atuando. Erick sabia que Leonardo não o amava, não estava apaixonado por ele, e tudo o que falava ou o modo como agia era para mostrar a Zeca que Erick seguira em frente.

E ele queria seguir em frente, mas como?

Ao sair do banheiro, Erick viu Leonardo encostado na porta que dava para a varanda, admirando a vista.

— Desculpa, eu... Precisei tomar banho para espairecer e me acalmar — explicou Erick, indo até sua mala e pegando uma roupa.

— Pare de pedir desculpas, já disse isso. — Leonardo se aproximou de Erick, que sentiu sua presença atrás dele. — Estou aqui para te ajudar no que precisar, você sabe disso.

— Sim, eu sei.

Eles ficaram em silêncio, Erick mexendo na mala e Leonardo atrás dele, parado ou fazendo sabe-se lá o quê. Erick não queria se virar para ver.

— A Irene nos chamou para jantarmos com ela hoje, encontrei-a mais cedo no Festival. Mas podemos ficar no quarto, se preferir — disse Leonardo, quebrando o silêncio.

— Eu prefiro — sussurrou Erick. — Mas sei que você acha melhor eu sair, e mostrar ao Zeca que ele não me afeta. E sei que se o Thales estivesse aqui, ia dizer o mesmo.

— É o que eu estava pensando. Mas se quiser ficar no quarto, dane-se o seu ex, você faz o que quer.

— Quero mostrar que estou feliz com o meu namorado de mentira. — Erick não ousou olhar Leonardo. Continuou mexendo na mala, mesmo já tendo pegado o que ia vestir. Ele tinha consciência de que usava apenas uma toalha em volta da cintura, com Leonardo em pé, atrás dele, e teve vontade de se virar e abraçá-lo, mas permaneceu como estava. — Só vou me vestir e já volto.

Erick entrou no banheiro e fechou a porta, voltando a ficar sozinho com seus pensamentos.

O jantar com Irene fez bem a Erick, foi o que Leonardo percebeu. A editora mais uma vez estava animada. Leonardo pensou que ela deveria ser ligada em uma bateria vinte e quatro horas por dia, e, em poucos minutos, Erick já ria e contava vários casos para os dois.

Zeca, como sempre, chegou logo depois, acompanhado de Vicente. Leonardo teve vontade de ir até a portaria do hotel, perguntar se algum funcionário estava responsável por avisá-lo sempre que ele ou Erick deixavam o quarto.

Pelo menos, desta vez, ele sentou em uma posição fora do ângulo de visão de Erick, que nem o viu durante o jantar. Zeca olhou várias vezes para a mesa e, para irritá-lo, Leonardo sorria para ele.

Um tempo depois, eles acompanharam Irene até a Piscina Verde, onde ela se juntou a algumas pessoas do mercado editorial, que estavam por ali ocupando três mesas, confraternizando e bebendo drinks coloridos. Os dois conversaram um pouco com o gerente de marketing da Papiro, até Leonardo ver Zeca vindo ao longe com Vicente. Ele puxou Erick discretamente, dando a desculpa de que queria dar uma volta, e o levou, de mãos dadas, até a rampa de acesso à praia.

— Vamos sentar ali? — perguntou Leonardo, indicando algumas espreguiçadeiras na praia.

Erick olhou em volta. O lugar estava semi-iluminado por algumas lâmpadas indiretas, e havia um casal sentado na areia um pouco adiante.

— Eu... — Erick mordeu o lábio inferior e Leonardo sentiu um arrepio no corpo.

— Tudo bem, eu não expliquei direito. — Leonardo se aproximou dele. — Seu ex estava indo para perto do grupo.

— Ah... — Erick sorriu, de forma tímida. — Somos namorados e estamos curtindo a noite.

Leonardo concordou com a cabeça.

Eles caminharam, ainda de mãos dadas, até uma espreguiçadeira próxima. Leonardo a colocou paralela ao mar, para que pudessem se sentar lado a lado. Ficaram ali, bem próximos, com os ombros encostados, olhando o mar por alguns instantes.

— Obrigado por pensar em tudo — disse Erick.

— Já disse que sou bom em improvisar.

— Sim, é o seu trabalho.

Erick o olhou rapidamente, mas voltou a encarar o mar, e Leonardo se recriminou por não saber usar as palavras certas. Ele parecia sempre afastar Erick, quando, na verdade, queria o contrário.

— Não é só isso. É... Sei lá. É fácil pensar em uma saída rápida para as situações aqui. É algo natural — disse Leonardo, sem saber se conseguiu se explicar direito.

— Não devia ser natural uma situação dessas.

— Não é, mas é. — Eles riram e Leonardo suspirou. — Quando li *Projeto Namoro Falso*, eu achei a história incrível. E talvez ela esteja me inspirando.

— Livros com namoros falsos não são tão difíceis de encontrar, mas não deviam acontecer na vida real. Não acontecem.

— Sim, sim — disse Leonardo, encarando Erick, que ainda olhava para a frente. — Mas o seu livro, o modo como você criou as situações, as tramas, os dois personagens... Eu queria muito namorar um deles — sussurrou Leonardo, fazendo Erick rir.

— Que bom, a ideia é essa.

— Você é malvado — comentou Leonardo, dando um leve empurrão no ombro de Erick, fazendo-o rir ainda mais, e ele pensou que queria ficar assim para sempre, ao lado do escritor, fazendo-o feliz, longe da tristeza de algumas horas antes. — Seus personagens são tão reais, tão críveis... Eu sempre quero ser amigo deles, ou namorar eles, ou tudo junto. E sonhava com aquela história o tempo todo. Eu reli tanto que meu livro já está caindo aos pedaços.

— Obrigado. — Erick ainda olhava o mar, mas sua mão procurou a de Leonardo. Eles entrelaçaram os dedos. — Eu escrevo para tirar tudo da cabeça, mas também para fazer alguém se sentir bem. E ouvir que alguém gostou do que criei é a melhor recompensa.

— É impossível não gostar dos seus livros.

— Não é, sempre tem alguém que não gosta, mas tudo bem. — Erick deu de ombros, ainda com o rosto virado para a frente.

— Como você lida com as críticas?

— Não sei. — Eles riram. — É sério. É algo tão... complicado. Eu fico triste, óbvio, ninguém gosta de ser criticado, ainda mais por um trabalho que leva meses, às vezes até anos, para ficar pronto. Quem lê nunca sabe por tudo o que um escritor passa, mas não tem problema, porque não quero que ninguém classifique bem meu livro com pena de mim.

— Deve ser difícil ler uma crítica.

— É e não é. Há críticas e críticas. Aquelas construtivas, onde alguém aponta um problema, algo que posso melhorar, essas eu gosto, porque sei que não sou perfeito e sempre tenho algo a aprender. Isso ajuda muito porque estou tão próximo do texto que não consigo encontrar os defeitos. E há as que você percebe que a pessoa só quis falar mal para poder criticar algo. Então essas eu deixo de lado. Claro que elas me afetam, mas não tanto quanto antes. Até porque há mais elogios do que críticas, e é isto que importa. Enquanto alguém gostar do que faço, continuarei escrevendo, mesmo que seja para apenas uma pessoa.

— Eu sempre vou gostar do que você escreve — sussurrou Leonardo, pressionando os dedos nas costas da mão de Erick.

— Obrigado — comentou Erick, encarando Leonardo pela primeira vez desde que se sentaram na praia. Ele se perguntou se o escritor agradecia pelos elogios ou pelo apoio na viagem. — É tão estranho você amar meus livros.

— Por quê?

— Não sei. — Erick balançou a cabeça. — Tudo aconteceu tão rápido. Desde que te vi ali, na porta da minha casa, que não parei para pensar em muitos detalhes, como o fato de você conhecer as minhas histórias. Quero dizer, tudo bem você conhecer *Encontro Às Escuras* por causa do filme, mas não pensei que pudesse ter lido meu primeiro livro também.

— Já li até o terceiro, que foi lançado semana passada.

— Acho que você falou isso.

— No dia em que ele chegou na livraria, fui correndo comprar. Li de uma vez — confessou Leonardo. — Não consegui largar até terminar.

Erick sorriu e voltou a olhar o mar. As mãos deles continuavam unidas, e Leonardo se perguntou se Erick havia se esquecido disso ou não.

— Você cria os seus personagens pensando todos no Zeca? — perguntou Leonardo.

Erick voltou a encará-lo, rindo.

— Não! Ah, meu Deus, ele te falou isso?

— Não, não. — Leonardo também riu.

— Ah, bom, pensei que ele estava espalhando que é meu muso inspirador. — Erick disparou a rir. — Que coisa ridícula.

— Era só uma dúvida que eu tinha, mas ele não falou nada a respeito.

— Eu não consigo criar meus personagens baseados em pessoas reais — explicou Erick, ficando em silêncio.

Leonardo não comentou nada, apenas deixou o escritor perdido em seus pensamentos. Ele realmente não se incomodava em ficar só ali, ao lado de Erick, os dois compartilhando o momento juntos. Se Erick precisava desses instantes para organizar sua cabeça, quem era Leonardo para reclamar? Eles podiam ficar horas calados, que ainda assim seria maravilhoso. Um relacionamento não se baseava só em palavras, algo que Leonardo já sabia e estava colocando em prática com Erick.

Será que ele poderia considerar aquilo um relacionamento? Com apenas ele gostando do outro? Acreditava que sim. Erick parecia curtir ficar ao lado dele, como amigos e cúmplices de um plano estranho e excitante ao mesmo tempo. E Leonardo podia até querer mais do que isso, mas se era o que Erick podia oferecer, ele não negaria ser amigo do escritor, mesmo tendo a certeza de que sofreria no futuro.

Quando Erick voltou a falar, foi como se uma música preenchesse o ambiente.

— Para mim, cada personagem é real, sabe. Eu penso neles como pessoas que realmente existem. Eles me fazem companhia, conversam comigo, desabafam. Eu consigo visualizar eles perfei-

tamente, o jeito, altura, forma do corpo, voz, cabelo. Mas o rosto... o rosto é sempre um borrão para mim, não há uma definição. E não coloco as descrições faciais nos livros porque realmente não sei como são, e acho isso legal porque permite que cada leitor pense neles da forma que quiser. — Erick olhou rapidamente Leonardo.
— Isso soa meio caótico, né?

— Não. — Leonardo balançou a cabeça e Erick voltou a olhar o mar. — Acho legal, embora não consiga ter uma ideia de como é. — Leonardo se mexeu, soltando a mão de Erick e tirando as pulseirinhas do bolso. Ele as segurou forte entre os dedos e abriu a mão em frente a Erick. — Eu... Eu vi uma pessoa fazendo isso hoje e bem... Pensei que podia ser uma boa se a gente usasse. — Leonardo deixou que Erick pegasse uma. — Desculpa se estou passando dos limites.

— É... — Erick balançou a cabeça e sorriu. — Caramba, isso é bem legal.

Erick ficou analisando a pulseira em sua mão, fascinado. Era um fino cordão preto com seis pedrinhas brancas, onde letras formavam a palavra "*Lerick*".

— Então você gostou?
— Eu amei! Imagina a cara do Zeca quando vir a gente usando? Leonardo sorriu. Por dentro, parecia que estava se quebrando.

Tudo o que fazia, era pensando em Erick. Tudo o que Erick fazia, era pensando em Zeca. Será que algum dia Zeca sumiria dos pensamentos do escritor?

— Que bom que gostou. Acho que vai ser legal usarmos — disse Leonardo, indicando a outra igual em sua mão.

— Sim. — Erick estava radiante.

Eles colocaram as pulseiras no pulso, com Erick sorrindo, pegando mais uma vez sua mão. O silêncio voltou a envolver os dois por mais alguns instantes.

— O que mais o Zeca te falou? Além do fato de que eu e você não combinamos — perguntou Erick, fazendo uma careta.

— Ele... — Leonardo balançou a cabeça. — Não quero que você volte a ficar triste.

— Não vou ficar.

— Desculpa, não devia ter falado dele.

— Não tem problema, de verdade. Preciso aprender a falar sobre ele sem que isto me afete. Vamos, me diga quais asneiras ele falou.

Leonardo riu. Só mesmo Erick para falar *"asneiras"*. Ele contou sobre as coisas que Zeca falara, sobre Erick ser fechado, se distanciar, não deixar ninguém entrar em seu mundinho de imaginação.

— E insinuou algo sobre o seu pai também — completou Leonardo.

— Caramba, ele está mesmo disposto a nos separar! — Erick balançou a cabeça, soltando a mão de Leonardo. — Eu não sou distante. Quero dizer, sou, mas é que não gosto de falar abertamente sobre mim, sabe. Não é nada pessoal com quem está à minha volta, é algo meu mesmo, sempre fui assim, um pouco introvertido. Mas o Zeca não entendia, toda hora queria problematizar isso, como se houvesse um motivo obscuro ou sério por eu ser fechado. Mas é algo meu, só isso. E ele não consegue entender porque é o oposto de mim. O Zeca é bem aberto, sabe, bem franco com tudo.

— Já percebi.

— Sim. — Erick sorriu e passou a mão nos cabelos, a mesma que antes segurava a de Leonardo. Ele a pousou no colo e Leonardo se perguntou o que ele pensaria se a pegasse de volta. Ao invés disto, ficou encarando a pulseira, que representava o falso namoro deles, no pulso do escritor. — O Zeca acha que eu sou fechado porque meu pai nunca foi presente, mas isso não tem nada a ver.

— Seu pai... Ele disse que eu não te conheço porque não sei nada sobre ele.

— Caramba mil vezes. Ele está tentando colocar coisas na sua cabeça para te afastar de mim. — Erick suspirou e olhou Leonardo.

— Na cabeça de quem o Zeca pensa que me ama. — Ele voltou a olhar o mar e Leonardo quase falou que Erick estava errado, que ele o amava sim. — Meu pai largou a minha mãe logo depois que eu nasci. Ele arrumou outra família, e depois outra, e eu não o vejo há anos, muitos anos. Não sinto falta dele, nem nunca senti, mas o Zeca acha que isso me moldou. Pode até ser, mas, caramba, já faz tanto tempo que nem penso nele, sabe. Ele nunca fez falta na minha vida, sempre fomos eu, a mamãe e o Thales, e a gente se bastava e se ajudava.

— O jeito que ele falou, eu pensei que seu pai havia se distanciado por sua causa. — Leonardo se sentiu mal e quis abraçar Erick.

— Não, acho que meu pai nunca se importou com qualquer coisa que diz respeito a mim ou ao meu irmão. Como falei, ele foi embora quando nasci, e o Thales ainda era muito pequeno, na época. A gente nunca precisou dele, ainda bem. Mas o Zeca gostava de insistir no assunto. Era algo que realmente me irritava.

— Ele é bem irritante.

— Não é — disse Erick, de forma carinhosa. — Sei que ele parece um babaca, mas como falei, ele é um cara bem legal.

— Difícil de acreditar.

Erick sorriu com o canto da boca e olhou para baixo, para as

PROJETO NAMORO FALSO

mãos de Leonardo, que, por um instante, pensou que o escritor voltaria a segurá-las. Mas Erick apenas levantou o rosto.

— Sabia que os pais dele são da Colômbia? E eles são muito muito muito muito próximos dos García Márquez?

— Você está brincando!? — Leonardo não conseguiu esconder o espanto.

Ele mudou de posição, se sentando no meio da espreguiçadeira, com uma perna de cada lado dela, para ficar virado para Erick, que continuava sentado de frente para o mar.

— O Gabriel foi padrinho de casamento dos pais dele. O Zeca se chama José Arcadio por causa de *Cem Anos de Solidão*.

— Eu devia sentir raiva dele, não querer passar as férias na casa de praia da família dele — confessou Leonardo.

Erick disparou a rir e depois ficou pensativo, perdido em alguma lembrança.

— Eu e o Thales fomos com ele uma vez na Colômbia. Nossa, o Thales voltou parecendo ter ido ao céu porque conheceu tudo mundo lá.

— Imagino.

— Zeca fez questão de nos apresentar a todo mundo, e nos levar aos lugares importantes para o Gabriel. — Erick suspirou. — Ele pode ser um cara encantador e despretensioso quando quer. E ele é realmente muito legal.

Eles voltaram a ficar em silêncio e Leonardo ia falar algo quando viu Zeca ao longe, na rampa que dava acesso do hotel para a praia. Ele estava sozinho e tentava se esconder próximo a algumas palmeiras, mas Leonardo o reconheceria há quilômetros de distância. Zeca estava parado, mas era óbvio que olhava os dois.

— Eu vou fazer algo e você me acompanha — disse Leonardo, envolvendo a cintura de Erick e o puxando para perto dele, abraçando-o e enterrando o rosto no pescoço do escritor, que continuava virado para o mar.

— Mas o quê...? — Erick começou a falar, mas Leonardo levou a boca próxima à sua orelha.

— Seu ex está parado ali no hotel, vendo a gente — sussurrou Leonardo, sentindo o corpo de Erick ficar tenso sob seus braços.

— Todo dia vai ser isso?

Erick girou um pouco o corpo, colocando as mãos em volta do pescoço de Leonardo, que manteve o rosto deitado no ombro do escritor, a boca em seu pescoço, os dois envolvidos em um abraço. Era a segunda vez, naquele dia, que o tinha em seus braços, mas não da forma que queria. Tentou pensar no que fazer e só uma coisa vinha à sua cabeça.

— Eu... Posso te beijar? — sugeriu Leonardo. Ele mal acreditou quando as palavras saíram de seus lábios, e se arrependeu no instante em que sentiu o corpo de Erick ficar ainda mais tenso sob o seu.

— Você quer me beijar? Na boca? — Mesmo em um sussurro, a voz de Erick era carregada de espanto e hesitação.

— Desculpa sugerir isso, mas vim aqui para fingir ser seu namorado. E, bem, namorados se beijam. — Leonardo continuava com o rosto no pescoço de Erick, e sentiu o corpo dele estremecer com as palavras sussurradas próximas ao seu ouvido.

— Eu sei. Mas não pensei que chegaria a esse ponto. Acho que não pensei em todas as variáveis quando concordei com esse plano maluco — sussurrou Erick.

Leonardo poderia ter ficado ofendido se não soubesse o quanto Erick estava nervoso e magoado com o ex. Ele queria muito beijá-lo naquele instante, mesmo sabendo que Erick amava Zeca. Sentia que precisava ter Erick com ele nem que fosse apenas uma vez.

— Olha, não pensa em nada. Aliás, pense que tem um monte de gente ao redor, com câmeras, iluminação, prestando atenção a cada detalhe. Não é nada de mais, é uma encenação.

Leonardo sentiu o corpo de Erick balançar com uma risada.

— Você realmente está me dando este conselho? Eu detesto atenção.

— Tudo bem, não foi o meu melhor momento.

Os dois riram, abraçados, parecendo um casal de namorados apaixonados, sussurrando e rindo de alguma piada interna.

— Ok — concordou Erick.

— Tem certeza? — Leonardo o pressionou contra seu corpo, e sentiu Erick concordar com a cabeça. — Só... Pense no seu ex ali atrás, vendo a gente aqui.

CAPÍTULO 10

> Pensando a vida adiante
> Vi o remorso distante
> Desse crime de nós dois.
> **Barcarola, Vinicius de Moraes**

Um beijo não foi algo que Erick havia pensado. Ele REALMENTE não havia pensado que poderia chegar naquele ponto, onde precisaria beijar Leonardo. Na verdade, ele não precisava beijar Leonardo, mas concordava com o ator: beijo é algo que namorados fazem. E que não se importam que os outros vejam.

Tudo bem que Erick não gostava de beijar ninguém em público, nem Zeca quando namoravam, mas teoricamente, eles não estavam em público naquele instante. O casal sentado próximo ao mar nem prestava atenção a eles, e ambos não deveriam saber que Zeca os espiava. Para todos os efeitos, eram apenas os dois ali, naquela espreguiçadeira, curtindo a noite na praia em Fortaleza. Nada poderia ser mais romântico que isto.

Só que não era romântico. A situação toda era surreal, embora Erick estivesse envolvido com Leonardo, naquele momento. Ele fora até a praia a convite do ator e se sentou junto a ele. Foi bom ter se afastado de todos no hotel para ver o mar ao longe, na escuridão, para curtir as estrelas e ficar um pouco ao ar livre.

Erick gostava de conversar com Leonardo e se divertira ali na praia. E se surpreendeu quando ele lhe entregou a pulseirinha. Ela era delicada e fofa e íntima e combinava com os dois. O escritor amou o presente e amou ainda mais a ideia de Leonardo. Ao ver a pulseira em seu braço, com a palavra "*Lerick*" formalizando o namoro falso dos dois, Erick sentiu uma mistura de emoções dentro dele. Claro que pensara em Zeca e em sua reação ao ver aquilo, mas também se sentiu importante perante Leonardo.

As emoções aumentaram quando Leonardo o abraçou. Erick sentiu um pouco de pânico e expectativa e empolgação e emoção e medo e tudo junto, porque pensou que Leonardo iria realmente beijá-lo, quando envolveu sua cintura e enterrou o rosto em seu pescoço.

A voz de Leonardo saiu suave em sua orelha, arrepiando seu corpo, mas as palavras não foram o que ele esperava ouvir.

— Seu ex está parado ali no hotel, vendo a gente.

E pronto, mais uma vez o mundo de Erick pareceu desmoronar. Ele não conseguia mais raciocinar e o fato de Leonardo continuar pressionando seu corpo, com o rosto em seu pescoço, não ajudava.

Ele sentia os braços de Leonardo em sua cintura, o mantendo preso. Conversar daquele jeito, como se estivessem namorando, mas, na verdade, estavam pensando no que fazer, só deixava Erick ainda mais atordoado.

Sempre que Leonardo falava algo, a respiração dele próxima à sua orelha funcionava como uma corrente elétrica percorrendo sua espinha. Erick já perdera as contas de quantas vezes estavam em público e Leonardo o desestabilizava com a aproximação de Zeca, deixando-o em um misto de sentimentos. E se perguntou quantas vezes mais aquilo iria acontecer até o final do Festival.

Ele realmente não havia pensando naquelas possibilidades, de ter que ficar assim, tão próximo de Leonardo. E de ter que beijá-lo. E o fato da proximidade de seus corpos o afetar como não deveria afetar. E de ter que beijá-lo. E da voz de Leonardo, misturada com a respiração

GRACIELA MAYRINK

do rapaz junto à sua orelha, fazer seu corpo se arrepiar novamente. E de ter que beijá-lo. E de sentir seu corpo tenso. E de ter que beijá-lo.

O beijo não fora planejado, mas Erick percebeu que queria. Sabia que para Leonardo seria mais como um trabalho, algo mecânico que ele fazia sem sentimentos, mas Erick constatou que queria beijá-lo de verdade. Queria saber como seria o beijo. Queria sentir o gosto de Leonardo. E queria deixar Zeca com raiva. E com mais ciúmes. E queria beijar Leonardo. Queria muito ter ele em seus braços e suas bocas coladas. Só desejava que acontecesse.

Então, quando um *"Ok"* saiu de seus lábios e Leonardo o abraçou mais forte, ele não pensou em mais nada. Só em Zeca ali, parado atrás deles, vendo os dois apaixonados, agarrados, se beijando. E concordou com a cabeça. E riu quando Leonardo repetiu a frase que soava em sua mente:

— Só... Pense no seu ex ali atrás, vendo a gente aqui.

Ele ainda estava sorrindo quando a boca de Leonardo pressionou a sua. O beijo começou com ambos tímidos, mas Leonardo pressionou ainda mais o corpo contra o de Erick, se é que isto era possível, e Erick puxou o pescoço de Leonardo e abriu sua boca para a do ator.

Leonardo colocou as pernas de Erick por cima de uma das suas, mantendo o corpo do escritor próximo ao seu. O beijo foi ficando intenso e Leonardo abraçava Erick com força. Suas bocas se afastaram, ambos ofegantes, e seus olhos se encontraram, e Erick podia jurar que vira desejo no olhar de Leonardo.

Erick pressionou a mão no pescoço de Leonardo, tentando fazer suas bocas se unirem novamente, mas o ator virou o rosto em direção à rampa. Erick acabou beijando a bochecha de Leonardo, que se afastou um pouco dele.

— Ele já foi — sussurrou Leonardo.

Erick levou alguns segundos para entender sobre o que ele falava.

— Ah... Ok...

Leonardo o soltara, ajeitando a camisa, quando Erick fez o mesmo. Ele olhou o ator, que mantinha a cabeça baixa.

— Acho que deu certo — disse Leonardo, se levantando.

O que, diabos, aconteceu?, pensou Erick.

— Ok... — Erick se sentiu ridículo, só repetindo "*ok*", mas não sabia o que dizer, nem como agir em uma situação como aquela.

Ele nunca estivera em uma situação como aquela.

— Quer ir para o quarto? — perguntou Leonardo.

Aquilo era um convite? Se sim, que tipo de convite?

A mente de Erick estava confusa e ele desejou poder ligar para Thales.

— Ok — repetiu Erick, mais uma vez.

— Vamos, está tarde, amanhã você tem palestra — disse Leonardo, andando devagar, na frente de Erick, em direção à rampa antes ocupada por Zeca.

O que aconteceu? O que está acontecendo?

Erick só pensava nisso. Só pensava nos minutos atrás, quando estava nos braços de Leonardo e o mundo pareceu parar. O beijo tinha sido... especial. Especial? Ele não sabia como classificar o que ocorrera há pouco.

Talvez fosse o fato de que tudo aconteceu muito rápido, sem ele ter previsto. Mas TUDO estava acontecendo muito rápido, e ele não conseguia controlar.

Não havia cogitado a hipótese de que Zeca ficaria infernizando os dois durante o Festival. Na cabeça de Erick, eles chegariam em Fortaleza, posariam de namorados e pronto. Zeca acreditaria e não

GRACIELA MAYRINK

demonstraria o menor interesse no namoro de Erick, porque estaria muito ocupado sendo feliz com Vicente.

E os dias seguintes seriam normais, com ele e Leonardo ali, apenas como amigos ou o que quer que eles fossem em um plano daqueles. Colegas de trabalho. Que expressão horrível para descrever, mas era o que os dois significavam um para o outro. Leonardo havia ido para o Ceará a trabalho, e seu trabalho era fingir que estava apaixonado por Erick.

Erick pensou que seria mais fácil do que estava sendo, porque não pensara nas variáveis, como ele mesmo falara. Não pensara que precisaria dividir uma cama com Leonardo. Que precisariam se abraçar várias vezes. Que o ator ficaria beijando e respirando em seu pescoço toda vez que Zeca se aproximasse. Nem imaginou que Zeca ficaria aparecendo na frente dos dois o tempo todo, ou que se importaria com a felicidade de Erick. Ou que tentaria acabar com a felicidade e o namoro de Erick.

E jamais passou pela sua cabeça que beijaria alguém como parte do fingimento. Ele poderia beijar tranquilamente para fazer ciúmes em Zeca, se estivesse em uma festa, envolvido na conversa e charme de um cara que se aproximasse dele. Mas ali, na praia, daquele jeito, tinha sido diferente. Porque ele estava envolvido com Leonardo, havia um clima, pelo menos na cabeça de Erick. Eles estavam abraçados, muito próximos. O cheiro de Leonardo o envolvia e seus braços transmitiam segurança. E a voz dele, sussurrada em seu ouvido, o fazia se sentir vivo. Mas era tudo fingimento, e Erick, não conseguia atuar daquela forma, não conseguia separar os sentimentos porque, para ele, tudo era sentimento. Era um escritor, não um ator. Ele trabalhava – e vivia – o tempo todo com emoções, e não com disfarces, simulações.

E o beijo foi bom, ele sabia disso. Tinha sido muito bom, melhor do que poderia imaginar, e se sentiu envolvido, e até esquecera a existência de Zeca, quando Leonardo o beijou.

Mas o ator tomou o controle da situação e tudo não passou de um faz de contas. E agora Erick encarava o vazio, com os dois caminhando lado a lado para o quarto, em silêncio.

Quando Leonardo abriu a porta e Erick entrou e viu aquela cama imensa, onde passaria mais uma noite ao lado do ator, seu coração disparou dentro do peito.

— Você está bem? — perguntou Leonardo, fechando a porta.

— Estou ótimo — respondeu Erick, parado em frente à cama, de costas para Leonardo.

— Quero dizer, sobre tudo o que aconteceu... — Leonardo se aproximou dele, ficando ao seu lado. Ambos encaravam a cama. — Eu... Não pensei direito, e a gente não conversou sobre como agiríamos aqui, caso o Zeca ficasse nos cercando. Não sei se me precipitei sugerindo o beijo, mas não consegui pensar em uma saída melhor quando vi seu ex, observando a gente.

Erick quis chorar, mas se controlou. Já chorara muito para um dia só, e não assumiria para Leonardo que o beijo mexera com ele. Ele podia tentar atuar também, e pensar que aquilo tudo era uma mentira. Porque era verdade. A mentira. A mentira era verdade.

A cabeça dele estava a mil.

— Não se preocupe, foi a decisão certa — respondeu Erick, com calma e firmeza. Não demonstraria raiva. Não demonstraria nada. — Ele precisava ver. E eu também não cheguei a pensar nisso, mas não tem problema, você sabe lidar bem com essas coisas, faz parte do seu trabalho.

— Sim, não, eu... Estou preocupado com você.

Erick percebeu que Leonardo estava nervoso, e ficou na dúvida sobre o que causara aquela reação.

— Não se preocupe, não vou te despedir porque você me beijou — comentou Erick, e ele soube que foi maldoso, mas não se importou. Estava com raiva, magoado e só queria que aquele dia acabasse.

— Não, eu não estou falando disso. — Leonardo se virou para Erick, que permaneceu de frente para a cama. — Só estou mesmo preocupado com tudo o que aconteceu hoje, e não quero que fique um clima estranho entre a gente.

— Não vai ficar. Amanhã eu vou estar melhor. Só preciso que este dia acabe.

As palavras não saíram como ele queria, mas Erick não tinha mais forças para se explicar. Ele chegara em um ponto onde seu bem-estar era mais importante. E ele realmente precisava que aquele dia acabasse.

— Tudo bem — disse Leonardo. Pelo canto do olho, Erick o viu passar a mão no cabelo, bagunçando tudo, e seu coração disparou. — Eu quero tomar banho antes de dormir, então pode usar o banheiro primeiro, eu espero.

Erick finalmente o encarou e o rosto de Leonardo era indecifrável.

— Ok.

Erick pegou suas coisas e foi para o banheiro, trancando a porta. Colocou pasta na escova de dente, mas ficou segurando-a por um tempo, sem fazer nada. Ele se encarou no espelho.

Sentiu o celular vibrar no bolso da bermuda. Ao checar o aparelho, viu que havia algumas mensagens de Thales. Ele já respondera o irmão mais cedo, avisando que estava melhor.

> **THALES**
> Fique bem
> conte comigo e o Léo para te ajudarmos

> **ERICK**
> Estou bem

> **THALES**
> Ah, finalmente me respondeu
> Como foi a noite?
> E o jantar com a Irene?
> Viu o Zeca? Deu um fora nele?
> Vai rolar na cama com o Léo? 😏

Erick quis chorar novamente. Apenas enviou um *"joinha"* para Thales e guardou o celular de volta na bermuda. Amanhã conversaria melhor com o irmão, não tinha mais estrutura mental para a empolgação dele naquela noite.

Leonardo estava fazendo tudo errado e sabia disso, mas como se declarar para alguém que ainda era completamente apaixonado pelo ex?

Ele podia abrir o jogo para Erick, falar a verdade, que sempre se sentira atraído por ele, e agora estava mais envolvido, principalmente depois do beijo, mas eles ainda tinham três dias juntos naquele resort. Erick gostava de Zeca, e havia a possibilidade de o clima entre eles ficar ruim, já que o maior medo do escritor, com relação ao plano, era que um dos dois se apaixonasse. Eles precisavam fingir mais alguns dias e, se Erick soubesse que Leonardo gostava dele, isso poderia atrapalhar tudo.

Se falasse a verdade, Erick poderia querer que ele fosse embora, mas Leonardo havia se comprometido com um trabalho, e não o abandonaria sozinho, porque isso ia contra tudo o que prometera a Thales. E a Erick. Se fosse embora, Zeca teria a certeza de que algo realmente não se encaixava entre os dois. Pareceria que eles haviam brigado e terminado, e Zeca venceria.

Venceria o quê? Ele já vencera porque possuía o coração de Erick, mas Leonardo jamais daria a ele o gostinho de saber disso.

Os momentos na praia foram maravilhosos, e Leonardo podia apostar que estava rolando uma química entre eles, até Zeca aparecer. Ele sempre aparecia. Leonardo podia apostar que, se pudesse, Zeca surgiria ali, naquela hora, atrapalhando qualquer coisa que pudesse acontecer.

Mas não aconteceria nada, porque o que tinha para acontecer, já acontecera.

Quando Zeca surgiu na rampa, observando os dois, Leonardo não planejou, apenas puxou Erick para si. Havia ido ali para isso, para ser o cara apaixonado pelo escritor, só que não precisava mais fingir. E manter a cabeça fria na praia, com Erick em seus braços enquanto analisava todas as possibilidades, foi um teste de esforço para Leonardo. Ele só queria se perder naquele momento, mas o momento havia passado no instante em que Zeca aparecera.

E a ideia do beijo... Por que ele pensou nisso? Ele queria, muito, mas não daquele jeito. Ou será que não se importava mais em como beijaria Erick, só o queria beijar? Sua cabeça estava completamente confusa e ele se perguntou se era assim que Erick vivia, vinte e quatro horas por dia, com milhões de pensamentos a todo instante, um atropelando o outro.

O beijo havia sido tudo o que Leonardo sonhou, e um pouco mais. Mas fora rápido, e ele precisou se forçar para não prolongar, ou então não soltaria Erick. Precisou agir como se fosse um trabalho, mais uma cena de amor entre dois atores que eram profissionais e não estavam apaixonados, apenas tinham que fingir que se amavam para o público acreditar.

Afastar a sua boca da de Erick, para checar se Zeca ainda estava lá, fora uma das coisas mais difíceis que Leonardo fizera naqueles dois dias em Fortaleza. Ele quebrou o clima, mas realmente havia um clima ali, ou estava se enganando? Erick podia ter se envolvido por alguns instantes, e até gostado do beijo, mas não iria esquecer Zeca em poucos minutos.

E agora estava ali, sentando na cama, esperando Erick terminar de escovar os dentes, tentando fingir naturalidade, quando o que desejava era bater na porta do banheiro e se declarar.

Leonardo chegou a se levantar e ir até perto da porta quando seu celular apitou.

> **THALES**
> Está tudo bem aí?
> Tudo dando certo?

> **LEONARDO**
> Sim

> **THALES**
> Beleza, então
> Qualquer problema, avise
> Cuide do meu irmão
> Mantenha o Zeca longe dele

> **LEONARDO**
> Não se preocupe

Leonardo ia deixar o aparelho na bancada, quando pensou melhor e o pegou de volta. Depois do que acontecera, precisa fazer algo, mas tinha que abrir o jogo para Thales, antes de qualquer coisa. Queria deixar claro que não era mais um trabalho para ele.

> **LEONARDO**
> Precisamos conversar
> Que horas posso te ligar amanhã?

THALES
Algum problema?

LEONARDO
Não
Fique tranquilo, está tudo dando certo
Só preciso conversar com você

THALES
Tem certeza de que está tudo bem?
Posso te ligar agora
O Erick está ao seu lado?

LEONARDO
Não se preocupe, está tudo bem
Não precisa ligar
É melhor conversarmos amanhã
Já estamos indo dormir
e tudo está saindo conforme planejado

THALES
Qualquer coisa, avisa
Não me deixe preocupado

LEONARDO
Não se preocupe
Eu e o Erick estamos bem

THALES
Ok
Ligue amanhã quando conseguir, qualquer horário

Só faltava Thales ligar, querendo saber os detalhes da noite. Leonardo não saberia nem por onde começar.

E antes que pensasse nisso, Erick abriu a porta do banheiro. Eles se encararam por dois segundos.

— Terminei, pode entrar — disse Erick, de modo formal, passando por ele.

Leonardo quis puxar a cintura de Erick e abraçá-lo, e enterrar a cabeça em seu pescoço novamente e beijar sua boca. Mas a única coisa que fez foi entrar no banheiro, sem dizer nada.

O fato de Leonardo querer tomar um banho antes de dormir foi um alívio para Erick. Mais uma vez, ele havia se esquecido da cama até voltar para o quarto, e ficou se perguntando como seria deitar ali, naquela noite, após aquele beijo, com Leonardo.

Mas pareceu que o ator leu seus pensamentos, e usou o banho como desculpa para que Erick decidisse o que fazer. Ele poderia esperar para que os dois fossem juntos para a cama – e aí, o que aconteceria? –, ou poderia se deitar e dormir antes que ele saísse do banheiro. Ou, pelo menos, era o que Erick pensava.

A verdade podia ser que Leonardo realmente quisesse tomar banho, e não tinha pensando em como iam dormir. Ou não se importava em deitar em uma cama ao seu lado, e os dois virarem cada um para um canto. Provavelmente, Leonardo dormiria em um instante, afinal, nada estava rolando entre eles.

Era mais um dia de trabalho para Leonardo.

— Pare de pensar que ele está trabalhando — resmungou Erick, para si mesmo.

Mas ele está trabalhando, tornou a pensar.

Erick escutou o chuveiro abrindo. Apagou as luzes do quarto e se deitou na cama, na parte próxima à varanda. Ficou de costas para a porta do banheiro e de frente para a da varanda, olhando o céu entre a cortina aberta. Estava escuro e as estrelas pareciam um sinal de que tudo ia ficar bem, mas ele tinha suas dúvidas.

Após um tempo, ouviu a porta do banheiro sendo aberta e fechou os olhos, mesmo estando de costas para Leonardo.

Quando voltou para o quarto, Leonardo viu Erick deitado na cama. Ele deixou a porta do banheiro aberta com a luz lá dentro acesa, iluminando o ambiente, para poder se movimentar.

Colocou suas coisas em cima da bancada de qualquer jeito, mas de forma silenciosa, e foi até a porta da varanda. Antes de fechar a cortina completamente, Leonardo observou Erick. Seus olhos estavam fechados, e assim permaneceram.

Ele foi até o banheiro e apagou a luz e, lentamente, se deitou na cama, puxando a coberta até sua cintura. Ficou observando as costas de Erick por um bom tempo.

Leonardo sabia que ele estava acordado. Passara uma noite inteira ao seu lado, além de todo o voo do Rio para Fortaleza, prestando atenção a cada movimento, então tinha a certeza de que ainda não dormira. A respiração de Erick não estava forte o suficiente para mostrar que pegara no sono. Leonardo o observou por tanto tempo no avião e na noite anterior, que já sabia os diferentes modos que Erick respirava enquanto dormia. Havia a respiração pesada, de quando ele estava apagado; a respiração entrecortada, de quando estava prestes a se mexer; e a respiração mais leve, de quando estava prestes a balbuciar algo.

E agora era a respiração de alguém que estava acordado, mas fingia não estar.

Leonardo teve vontade de tocar o ombro do escritor, mas ficou quieto. Não sabia o que se passava na cabeça dele, e tinha medo de

descobrir. Tinha medo de chamar seu nome e Erick dizer que preferia que fosse Zeca quem estivesse ali, ao lado dele.

Ele já sabia que Erick preferia estar com Zeca, ele mesmo havia
falado isso mais cedo, ou algo similar, e Leonardo não precisava
ouvir novamente.

Antes de se virar de costas para Erick, Leonardo deu um
longo suspiro.

— Durma bem, Erick. Estou aqui para o que precisar — disse
Leonardo.

Erick não respondeu.

CAPÍTULO 11

> Amo-te tanto, meu amor... não cante
> O humano coração com mais verdade...
> Amo-te como amigo e como amante
> Numa sempre diversa realidade
>
> **Soneto do Amor Total, Vinicius de Moraes**

A manhã de sexta chegou trazendo mais um dia de sol para Fortaleza. O resort estava cheio, com alguns turistas que foram curtir o fim de semana, e mais participantes para o Festival.

Mas Erick não sentia aquela empolgação. Ele acordara cedo e vira Leonardo ainda dormindo. Sentiu o coração se encher, mas não sabia se era alegria, tristeza, solidão, amizade, carinho, devastação...

Agora, estava na varanda, segurando *Novos Poemas II*, de Vinicius de Moraes, vendo o movimento de hóspedes pelo hotel. Conseguia visualizar a área da Piscina Verde e a praia, ambas cheias de famílias se divertindo.

— Nunca ouviu falar em e-book? — perguntou Leonardo, chegando na varanda e assustando Erick.

— Já, mas gosto de sentir o peso do livro nas mãos, de passar as folhas.

— Bom, um Kindle pesa menos na mala para quem viaja com vários livros. — Leonardo se sentou ao lado dele. — Quantos você trouxe?

— Só dois. Gosto de ler mais de um ao mesmo tempo. Ajuda a manter meu foco, mantendo várias histórias na minha cabeça simultaneamente, além de ser bom para melhorar a minha criatividade.

PROJETO NAMORO FALSO

— Mas vamos ficar aqui só cinco dias.

— Eu pensei que ia ficar mais tempo quieto no quarto, lendo. — Erick deu de ombros.

— Entendi. — Leonardo indicou o livro que Erick segurava. — Você disse que trouxe dois, mas com esse aí, são três.

— Isto é poema. Não pesa.

— Por que não?

— Poema é como... O ar que eu respiro — disse Erick, colocando o livro na mesa. — Poema não pesa. Só na alma.

— Acordou inspirado — comentou Leonardo, sorrindo.

Erick sentiu o rosto corar. E ficou analisando Leonardo, que observava o mar. O cabelo loiro estava bagunçado, exatamente como Erick gostava. E ele novamente teve vontade de inclinar o corpo para perto do ator, e enfiar os dedos ali e bagunçar seu cabelo ainda mais.

Ao invés disso, permaneceu onde estava.

— Eu gosto de ler poemas. Toda semana, leio um e passo os dias me lembrando dele — disse Erick, controlando a voz para não vacilar.

— Legal. — Leonardo o encarou, e Erick teve a sensação de que o ar em volta deles ficou mais pesado. Ou mais leve. Ele realmente estava atordoado naquela manhã. — Você vai me achar meio ignorante, mas não entendo muito disso. Na verdade, não costumo entender o poema em si. Às vezes, parece um monte de palavras que combinam e foram colocadas todas juntas.

Erick começou a rir. Adorou o fato de Leonardo tornar o clima entre eles mais ameno. E detestou o fato de ele agir como se nada tivesse acontecido na noite anterior. E constatou que o problema era este: para Leonardo, nada acontecera na noite anterior.

— Poema não é para entender, é para sentir — explicou Erick, respirando fundo, em uma tentativa de clarear a sua mente.

Não queria ficar pensando no beijo que acontecera entre os

dois. Se Leonardo iria agir como se nada tivesse acontecido, ele faria o mesmo, por mais que doesse.

— Ah. Não sabia disso — comentou Leonardo, pegando o livro e analisando.

— Não sei se é verdade, é apenas o que eu acho. — Erick deu de ombros. — Para mim, sempre foi assim. Eu sinto as palavras, sinto a mensagem e aquilo me toca. E o que sinto, penso ser a mensagem que o autor quis levar até o leitor. — Ele olhou Leonardo, que folheava o livro. — Acho que filosofei demais, né?

— Não, foi bonito isso. — Leonardo encarou Erick, estendendo o livro. — Lê um para mim, por favor.

Antes mesmo de pegar o livro, Erick já sabia o que ia ler. Mesmo assim, ficou virando as folhas, como se procurasse algo. Parou em uma página e ficou lendo mentalmente aquelas palavras, que sabia de cor. Levantou os olhos e encontrou Leonardo o encarando, sorrindo.

Seu coração acelerou, e Erick teve medo da voz falhar quando começou a ler as primeiras linhas.

— *Amo-te tanto, meu amor...*

Erick continuou lendo devagar, para dar tempo de Leonardo ir assimilando cada palavra. Ele se sentiu um pouco ridículo, porque parecia que estava fazendo uma declaração de amor em voz alta.

Quando terminou, fechou o livro, abraçando-o.

— Bonito. O que você entende das palavras? — perguntou Leonardo

— Você está quebrando o clima do poema — sussurrou Erick, balançando a cabeça. — Apenas... Fique em silêncio, feche os olhos e sinta. E escute, deixe as palavras tomarem conta de você.

Leonardo sorriu e fechou os olhos, se recostando na cadeira. Erick voltou a ler o mesmo soneto.

Desta vez, ele recitou as palavras ainda mais devagar. Não

precisou abrir o livro, conhecia o texto de trás para a frente. Foi declamando, percebendo a feição de Leonardo mudar conforme as palavras eram ditas.

Quando terminou, ficaram em silêncio, Leonardo ainda de olhos fechados e Erick ainda o analisando. Quando Leonardo abriu os olhos, parecia que uma festa rave acontecia no estômago de Erick.

— É lindo. Leia de novo as últimas linhas — pediu Leonardo.

Erick não abriu o livro. Continuou abraçado a ele e encarando Leonardo.

— *E de te amar assim muito e amiúde, É que um dia em teu corpo de repente, Hei de morrer de amar mais do que pude.*

— Lindo — sussurrou Leonardo, os dois ainda se encarando, e Erick desejou que estivesse falando dele, e não do soneto.

— É o meu favorito do Vinicius.

— Como se chama?

— *Soneto do Amor Total.*

— Não conhecia. Dele, só conheço o *de Fidelidade.*

— Acho que todo mundo conhece este. Mas eu acho o *do Amor Total* mais bonito. Toda vez que o leio, parece ser a primeira vez. Ele consegue mexer comigo de uma forma que não sei explicar muito bem. Eu acho tão profundo, tão intenso. Ele me acalma, me faz bem. Ele me deixa feliz e em paz.

— Está inspirado mesmo.

Leonardo sorriu, e Erick sentiu um novo clima surgindo entre eles. Havia algo ali, uma magia, uma conexão. Uma atração? Ou era tudo imaginação de Erick? Bem, ele tinha a mente fértil. Podia estar entendendo os sinais de forma errada. Mas havia algum sinal ou, novamente, era tudo imaginação dele?

— O dia de ontem foi uma droga, mas ficou no passado. Hoje, não vou deixar o Zeca me afetar — respondeu Erick, só então percebendo que o beijo fazia parte do que classificou como um dia ruim.

— Assim que se fala — comentou Leonardo, parecendo não notar. — Agora, vamos nos fartar naquele café da manhã cheio de suco de cajá, para você, e tapioca, para mim.

Eles se levantaram, quebrando qualquer encantamento, ou o que quer que tivesse acontecido naquela varanda.

O humor de Leonardo era o mesmo sempre. Há algum tempo, ele decidira que não se deixaria ser afetado por nada ruim que acontecesse com ele. E tentava ser uma pessoa alto-astral, independente dos problemas que surgissem.

E agora eles vinham na figura de um cara que Leonardo gostava, mas que ainda amava o ex que não soube apreciar o que tinha nos braços. E eles estavam ali, no restaurante, tomando café da manhã e as palavras de Erick ainda flutuavam por sua mente. Aquelas palavras, emprestadas de Vinicius de Moraes e que pareciam uma canção de amor. Só que não destinadas a ele. Leonardo sabia que Erick sonhava com Zeca enquanto declamava o poema.

— Animado para o seu bate-papo daqui a pouco? — perguntou Leonardo, tentando não pensar no soneto de amor, e em como o rosto de Erick se iluminou ao declamar as últimas linhas novamente.

Eles estavam um de frente para o outro, com a mesa do restaurante entre eles.

— O frio na barriga só aumenta conforme o horário se aproxima. — Erick fez uma careta. Leonardo adorava quando ele fazia isso. Não era bem uma careta, mas algo similar, e o deixava tão vulnerável e lindo. — Você já participou de alguma peça de teatro?

— Sim, algumas.

— Como você consegue? — Erick balançou a cabeça. — Eu

preciso me controlar para não desmaiar toda vez que subo em um palco, e tem várias pessoas me encarando, aguardando ansiosamente para me ouvir.

— Não sei, é algo tão natural para mim. — Leonardo deu de ombros.

— Imagino que sim. Já percebi que você se adapta a qualquer lugar, situação ou qualquer pessoa. Queria ter a sua desenvoltura.

— Não sei como te ajudar... Para mim, é algo normal. — Leonardo deu de ombros de novo. Ele realmente não sabia como ajudar, que conselho dar. Falar na frente de uma ou mil pessoas era quase que a mesma situação para ele. Falar com desconhecidos, ou para desconhecidos, era algo tão natural quanto existir. — Olhe para a plateia e finja que está todo mundo nu.

— Por que amam dar este conselho? Se eu pensar que está todo mundo sem roupa, aí que vou ficar mais nervoso. — Erick respirou fundo e tomou um gole de suco. Leonardo teve vontade de se levantar, sentar ao lado dele e abraçá-lo. — Não adianta, já tentei de tudo. Já falei na frente do espelho, já fiz curso, já ensaiei em casa, já me gravei e assisti e detestei o resultado. E desisti, então agora este sou eu, um cara nervoso, que não curte muito falar em público, mas adora estar em contato com os leitores. Totalmente contraditório.

— Não sou bom em conselhos e não sei como vencer isso.

— É porque você é um cara expansivo, não sente vergonha de nada. É extrovertido e consegue se virar bem no meio de outras pessoas. E, se está nervoso, consegue fingir que não porque é um ator.

— Você acha que eu fico atuando o tempo todo? — Leonardo ergueu uma sobrancelha, encarando-o.

— Não. — Erick desviou o olhar. — Mas aqui, você precisou vestir um personagem — sussurrou.

— Não o tempo todo.

Erick o encarou e Leonardo não conseguiu decifrar o olhar

dele. Queria conversar, abrir o jogo, mas o restaurante não era o lugar ideal. Fortaleza não era o lugar ideal. Não podia correr o risco de ficar um clima estranho e estragar o plano.

E, naquele momento, ele decidiu que, assim que voltasse para o Rio, conversaria com Erick. E confessaria tudo, contaria tudo, arriscaria tudo. Se Erick lhe desse um fora, iria doer, claro, mas, pelo menos, ele tirava aquilo do peito.

Só precisava aguentar mais alguns dias.

Entre o café da manhã e o almoço, Erick e Leonardo foram até a praia, ficar algumas horas ali. Eles pegaram duas espreguiçadeiras, e Leonardo se espantou quando Erick tirou a camisa e o chamou para dar um mergulho.

— Pensei que não gostasse de praia.

— Não ligo muito, mas fiquei com vontade de ir até lá — disse Erick, indicando o mar. — Não curto muito ficar no sol, cheio de areia.

— Fresco — comentou Leonardo, rindo.

— Sim, sou. — Erick sorriu e Leonardo pensou que estava no paraíso. — Agora para de me encher e vamos logo.

Eles nadaram um pouco, até Erick se cansar e voltar para a areia, se sentando na espreguiçadeira e agradecendo por uma manhã sem encontrar Zeca.

Ele ficou vendo Leonardo no mar, que nadava um pouco, acenava feliz, voltava a nadar, acenava de novo e ficava neste ciclo. Ele achou aquilo fofo demais, e seu coração se encheu de alegria quando Leonardo acenou de novo.

Seus devaneios e suspiros foram interrompidos pelo celular, que tocava.

— Fala, maninho, animado para daqui a pouco? — perguntou Thales, do outro lado da linha.

— Sim. E nervoso. Queria você aqui comigo — comentou Erick.

— Você precisa parar com esta dependência. — Thales riu.

— Não é dependência, você me acalma.

— Que romântico, devia dizer isso para o Léo.

— Ligou para ficar me enchendo? — perguntou Erick, olhando Leonardo no mar, nadando.

— Não, só para te desejar boa sorte e saber das novidades.

— Se quer tanto saber o que acontece aqui, por que não pega um avião e vem para cá?

— Se eu não estivesse atolado de trabalho, ia mesmo.

Erick deu um sorriso triste. Adoraria que o irmão pudesse estar ao seu lado.

— Thales... — Erick olhou em volta, mas não havia ninguém perto. Leonardo ainda estava no mar e não parecia que ia sair tão cedo. — Eu acho que fiz uma besteira.

— Ah, meu Deus, não me diga que você beijou o Zeca?

— Não, o Léo.

— O Léo beijou o Zeca?

— Não, eu beijei o Léo. Ou ele me beijou. Nós nos beijamos.

— Que maravilha!

— Foi só uma encenação, para o Zeca ver. Não significou nada para o Léo.

— Como você sabe?

— Ele é ator, está acostumado a beijar os outros e tudo bem.

— E você não...

Erick suspirou. Não queria contar para o irmão por telefone, mas precisava conversar com alguém, e não havia ninguém ali, em Fortaleza, com quem pudesse dividir os sentimentos.

— Eu não sei se estou me envolvendo. Não devia ter concordado com esse plano, era óbvio que não ia dar certo.

— Desculpa, maninho, eu errei em não confirmar se ele era hétero.

Erick podia ouvir a culpa na voz de Thales, e isso o fez se sentir mal.

— Não sei se isso ia fazer diferença. Ele é tão legal...

— Conversa com ele.

— E perguntar o quê? Se ele gosta de mim? Ele está trabalhando, está sendo pago para fingir que gosta de mim.

— Mas se você está gostando dele, ele também pode estar gostando de você.

— Eu não sei se estou gostando dele. É que... É muita coisa misturada e muito sentimento e tudo isso... Esse plano, o Zeca, a praia, o Léo, o ambiente em que estamos, o fato de estarmos o tempo todo juntos... Como vou ficar até domingo ao lado dele? Talvez o que eu precise é ficar um pouco longe dele.

— Quer que eu converse com ele?

— Meu Deus, claro que não! — Erick se espantou com a sugestão do irmão.

— Posso tentar descobrir se ele sente algo por você.

— Caramba, Thales, ficou maluco? E perguntar o quê? Quais as intenções dele comigo? Não estamos em 1600.

— Maninho, não sei o que dizer, só não pense muito. Curta o momento.

— Eu não quero alguém que está sendo pago para fingir que gosta de mim. Quero alguém que realmente goste de mim.

Erick olhou para o mar, onde Leonardo acenava novamente. Ele acenou de volta, sentindo um aperto no peito.

— Pare de complicar tudo. Abra o jogo e converse com o Léo. Ele parece um cara prático.

— Você que é prático, Thales. — Erick respirou fundo. — Você sugere que eu faça o quê? Pergunte se ele também está gostando de mim? Ele está aqui trabalhando, e ainda tem o lance do filme. Não quero que se sinta intimidado para mentir e falar que gosta de mim, sendo que não gosta, só porque está com medo de ser demitido de dois trabalhos de uma vez só.

— Vendo por este lado...

— Como falei, não sei se estou gostando dele. Então não vou falar nada, para depois voltar para o Rio e perceber que era só uma confusão da minha cabeça, porque estamos os dois aqui, juntos em Fortaleza. E o tempo todo encontramos o Zeca, e o Léo tem me ajudado muito com isso. Só que... Estamos toda hora encontrando o Zeca... E isso... Bem, também mexe comigo.

— Você ainda ama o Zeca — afirmou Thales, e Erick não soube discernir se realmente ainda amava o ex.

— Eu gosto dele, não vou negar. Apesar de tudo, ainda fico um pouco balançado quando o vejo. E aí vejo o Léo e também fico balançado. — Erick olhou Leonardo no mar e sorriu. — Primeiro, preciso me afastar e espairecer, clarear meus pensamentos e sentimentos e ver se ainda amo o Zeca, e quero apenas ele, ou se realmente estou começando a sentir algo pelo Léo. Porque tem horas que eu acho que é só amizade mesmo. — Erick suspirou, sentindo seu coração se encher de gratidão por Leonardo estar lhe ajudando. — Eu só queria desabafar, mas já estou me arrependendo de ter te contado sobre ontem.

— Ok, desculpa, maninho. Mantenha a cabeça fria. E, se você acabar se apaixonando mesmo, pelo menos vai esquecer o Zeca.

— Nossa, como você é encorajador. — Erick viu Leonardo saindo do mar. — Ele está vindo, vou desligar. E nada de ligar para ele para tentar descobrir algo. Não quero que você converse sobre isso com ele. Se eu decidir falar sobre o assunto, vou fazer quando voltar ao Rio.

— Não vou falar com ele. Mas, Erick, relaxa e curta a viagem. Pare de ficar colocando mil coisas na cabeça.

— Vou tentar.

Ele desligou o telefone quando Leonardo parou ao seu lado, pegando uma toalha para tirar o excesso de água do cabelo. Novamente, Erick sentiu vontade de passar a mão ali, e imaginou se Leonardo sabia o quanto ficava bonito com o cabelo assim, praticamente todo para cima. Provavelmente sim, porque ele parecia sempre bagunçar de propósito.

— Já está na hora de irmos? — perguntou o ator, se sentando na espreguiçadeira ao lado da de Erick.

— Não. — Erick checou o celular. — Ainda temos tempo, dá para nadar mais um pouco, se quiser.

— Cansei. Mas amanhã eu volto.

— Você fez natação? — perguntou Erick.

Desde quarta, quando Leonardo ficou nadando na piscina, que ele teve vontade de perguntar, mas o primeiro encontro com Zeca ofuscara aquela curiosidade em sua cabeça.

— Sim. Meus pais queriam que eu aprendesse a nadar, e aí eu curti e fiquei mais uns anos praticando.

— Nunca pensou em se tornar profissional?

— Entrei para o curso de teatro nesse meio tempo e aí me apaixonei por atuar, então a natação ficou em segundo plano. — Leonardo bagunçou ainda mais o cabelo e pegou o celular. — Nossa foto está fazendo sucesso. Devíamos fazer outra, o que acha?

Erick ficou pensativo, analisando a sugestão, e seu coração se acelerou de modo positivo ao pensar naquilo. Ele não entrou em pânico, e se perguntou o que isso significava.

— Pode ser. Aqui, na praia?

— Sim. — Leonardo se levantou. — Chega para o lado — pediu ele, se sentando junto de Erick. — Agora sorri.

Erick não conseguiu pensar em mais nada. O cheiro de Leonardo, misturado ao cheiro de mar, o envolveu. O corpo molhado do ator, colado ao seu, fez uma descarga elétrica percorrer todos os ossos de Erick.

O escritor apenas encarou a câmera do celular, sorrindo de forma automática, e tentando se lembrar de respirar. Leonardo encostou a cabeça na dele e tirou uma foto, depois deu um beijo na bochecha de Erick, que instintivamente fechou os olhos.

Em poucos segundos tudo estava acabado. Leonardo se levantou e ficou mexendo no celular, e o lugar ao lado de Erick, onde ele havia se sentado, pareceu grande e frio.

— Acho que essa com você de olhos fechados e eu beijando o seu rosto ficou boa. Bem romântica, o que acha? — perguntou Leonardo, mostrando o celular para Erick, que o pegou.

Ele ficou olhando a foto e seu coração se apertou. Isso vinha acontecendo muito ultimamente.

Na foto, que ficara realmente romântica, seu rosto era de amor puro. Parecia alguém que estava vivendo um romance maravilhoso, ao lado de um cara por quem estava apaixonado de verdade.

— Está boa — comentou Erick, sentindo a voz tremer um pouco.

— Beleza. — Leonardo pegou o celular de volta. — Quer que eu compartilhe com você?

— Acho que não precisa. Não sei se vai ficar muito forçado todas as nossas fotos sendo compartilhadas uma nas redes sociais do outro.

— Verdade. — Leonardo concordou com a cabeça. — Vou só te marcar.

Ele ficou mexendo no aparelho até Erick escutar o barulho de notificação no seu. Enquanto pegava o celular, o escritor se perguntou como seria ser tão prático e frio quanto Leonardo, que encarava tudo o que acontecia ali, no Ceará, como um trabalho.

A foto ficou ainda mais perfeita nas redes sociais com a legenda escolhida por Leonardo: "*Em Fortaleza tudo parece mais bonito, até eu. Já meu namorado é sempre lindo. #AmorEmAlta*".

— Você usou o título do meu novo livro na *hashtag*.

— Ficou legal, né?

— Sim. — Erick sorriu para ele, colocando o celular de lado. — Obrigado. Você sempre pensa em tudo.

— Acho que você já disse isso. E não precisa ficar agradecendo o tempo todo, isto faz com que pareça que estou fazendo algo obrigado.

— Bem, você veio aqui a trabalho e está trabalhando.

— Também estou me divertindo. — Leonardo o encarou, ainda de pé, e Erick sentiu como se a festa rave voltasse para seu peito. — Nem tudo é trabalho.

Erick não conseguiu decifrar o que aquilo significava. Antes que pudesse fazer qualquer comentário, um funcionário do hotel se aproximou deles, perguntando se queriam comer algo enquanto estavam na praia.

— É uma boa, o que acha? — quis saber Erick. — Assim, não precisamos sair daqui para almoçarmos. E você consegue nadar mais até a comida chegar.

— Pode ser.

Eles escolheram um prato no cardápio que servia duas pessoas.

— Você só não vai conseguir misturar moqueca com vatapá — provocou Erick, quando o funcionário se afastou.

— Era sarapatel e cuscuz, e ficou uma delícia — respondeu Leonardo, se deitando na espreguiçadeira que estava ao lado da de Erick.

— Pensei que ia nadar mais um pouco

— Fica para amanhã — comentou Leonardo, fechando os olhos e colocando um braço por cima do rosto. — O bom de não irmos ao restaurante é que não corremos o risco de encontrarmos o Zeca. O cara parece estar em todos os cantos deste resort.

— Já pensei nisso. Toda hora a gente dá de cara com ele.

— Acho que ele pagou alguém aqui para avisar aonde vamos.

Erick disparou a rir e Leonardo o acompanhou.

— É a cara dele fazer isso. — Erick balançou a cabeça. — Mas acho que é só falta de sorte mesmo. — Ele olhou Leonardo, que ainda mantinha os olhos fechados e o braço por cima do rosto. — Você falou para não ficar agradecendo, mas estou feliz por ter vindo. Obrigado.

Leonardo abriu os olhos e virou o rosto em sua direção. A festa rave dentro do peito de Erick pareceu ficar ainda mais agitada.

— Também estou feliz por ter vindo. — Ele esticou o braço para Erick, que ficou um pouco confuso até perceber o que Leonardo queria. Erick alcançou a mão de Leonardo, que entrelaçou seus dedos. — Está sendo legal.

Erick sentiu o rosto corar. Eles ficaram um tempo se olhando, e Erick esperava que Leonardo dissesse que fizera aquilo porque Zeca estava próximo, olhando os dois, e precisavam disfarçar. Mas o ator não falou nada, e ele não quis virar o rosto para constatar se seu ex realmente estava próximo ou não. Preferia pensar que Leonardo pegara sua mão porque queria. Porque gostava de Erick. Porque, naquele momento, não estava atuando.

— Por que você quis ser ator? — perguntou Erick, pensando no trabalho que levara Leonardo até ali.

— Não sei, é algo que eu amo. — Leonardo ainda o encarava, o braço por cima dos olhos, e Erick podia sentir que ele conseguia ver até a sua alma. — Como falei, eu fazia natação e meus pais me colocaram em uma aula de teatro. Eu era uma criança muito inquieta, agitada.

— Não me diga! — provocou Erick, e Leonardo empurrou a mão dele de leve, sem soltá-la.

— Não me enche — brincou ele, sorrindo. — E aí, meus pais ficaram tentando algo para que eu gastasse energia. Fiz judô, natação, futebol, basquete, vôlei, praticamente tudo. E me encontrei nas aulas de teatro. Parecia que um mundo novo tinha se aberto para mim.

— Por isso você decidiu cursar Artes Cênicas.

— Sim. Não consigo me ver fazendo outra coisa. E sou bom nisso.

— Que cara humilde — provocou Erick, de novo, e Leonardo sorriu ainda mais para ele.

— Eu tenho facilidade em decorar textos, em entrar na pele de um personagem. Diga o que quer de mim e eu fecho os olhos, respiro fundo e consigo fazer. — Ele fez uma careta e Erick se perguntou se era assim que suas caretas pareciam. Se fosse, ele estava bem, porque Leonardo ficava lindo fazendo careta. — Agora eu realmente não fui humilde.

— Não tem problema aceitar que é bom em alguma coisa. E, se você é bom nisso, tem que seguir seu sonho mesmo.

— Assim como você seguiu o seu.

— Assim como eu segui o meu. — Erick ainda olhava Leonardo, que piscou um olho e virou o rosto para o céu.

As mãos deles permaneceram unidas.

CAPÍTULO 12

> Alguém que me espia do fundo da noite
> Com olhos imóveis brilhando na noite
> Me quer.
> **Imitação de Rilke, Vinicius de Moraes**

Não era a primeira vez que Erick viajava para algum evento literário e Thales não ia. Ele estava acostumado a ficar longe do irmão e sabia que Erick curtia essas viagens, onde conseguia se conectar com os leitores. A vida de um escritor era muito solitária, e os eventos davam a Erick a oportunidade de conversar diretamente com quem consumia seus livros. O irmão mais novo amava esse contato, e Thales percebia o quanto isso fazia bem a ele.

Mas desde que Erick viajara para Fortaleza, Thales ficara preocupado se tudo daria certo. Na frente do escritor, tentava manter a confiança de que o plano era perfeito, mas longe, ainda tinha suas dúvidas. A única coisa que ele não queria era que o irmão passasse vários dias trancado no quarto, chorando por Zeca. Só que não podia ficar enviando várias mensagens ou ligando o tempo todo, para não deixar Erick inseguro quanto à armação em que ele e sua mãe o meteram.

Ele não odiava Zeca. Não o amava mais como antes, por causa de tudo o que fizera a seu irmão, mas odiar era uma palavra forte. No momento, Thales apenas não queria saber de seu ex-cunhado.

Por isso, ligara naquela manhã de sexta-feira para Erick, fingindo querer apenas desejar boa sorte no bate-papo que aconteceria logo mais. O irmão estava em Fortaleza desde quarta e, por enquanto, tudo estava bem.

A ligação não o tranquilizou totalmente, ainda mais depois da troca de mensagens na noite anterior com Leonardo, mas ele precisava saber o que acontecia com Erick. Seu irmão sempre fora muito fechado, e o maior medo de Thales era que ele tivesse uma recaída e corresse para os braços de Zeca no Ceará.

E agora encarava o celular a cada dez minutos, esperando que Leonardo ligasse. Ele precisava saber maiores detalhes de tudo, já que Erick não contava muita coisa. E o que contou não deixou Thales mais calmo. O fato de Erick possivelmente se envolver com Leonardo era bom, porque ele precisava esquecer Zeca, mas, ao mesmo tempo, fazia Thales se sentir culpado, porque o irmão fora muito reticente quanto ao plano, principalmente com o receio de se apaixonar pelo falso namorado.

Na ligação, Erick pareceu incerto sobre seus sentimentos, e Thales não queria confundir ainda mais sua cabeça. Queria ele feliz, longe de Zeca. O que Erick precisava era voltar para casa e passar uns dias longe de Leonardo e Zeca, para saber o que seu coração desejava.

Quando o celular tocou e Thales viu o nome de Leonardo na tela, atendeu imediatamente.

— E aí, Léo? O que está acontecendo? — perguntou Thales, talvez um pouco afobado demais.

— Nada. — Leonardo ficou mudo e Thales conseguia ouvir algumas vozes ao fundo.

— Onde você está?

— O bate-papo do Erick acabou agora. Só um minuto. — Ele ficou novamente mudo. — Desculpa, algumas pessoas passaram aqui.

— Quer me ligar depois?

— Não, tudo bem, não tem ninguém perto de mim. E não sei que horas vou conseguir te ligar, e agora é um bom momento, pois o Erick está ocupado, autografando.

— O que foi?

— Eu... Sobre o *"de acordo"* daquele trabalho que combinamos, eu não vou assinar.

— Como assim? — perguntou Thales, agarrando a beirada da sua mesa de trabalho. — Você precisa assinar.

— Não se preocupe, não vou comentar com ninguém. É só que... Eu não posso assinar aquilo.

— Por que não? — sussurrou Thales, passando a mão na testa.

Naquele instante, tudo o que ele não precisava era que Leonardo desistisse do plano. Ele queria perguntar se era porque Erick o beijara, mas as palavras não saíam da sua boca.

— Eu decidi isso na quarta de noite, depois que chegamos — explicou Leonardo, do outro lado da ligação. — Não posso assinar porque... — Ele voltou a ficar mudo e Thales escutou mais vozes ao fundo. — Bem... Não é mais um trabalho para mim.

— Pelo amor de Deus, Leonardo, o que você está me dizendo?

— Eu estou gostando do seu irmão — sussurrou Leonardo.

Thales levou alguns segundos processando aquela informação, e um sorriso surgiu em seus lábios.

— Você está a fim do Erick?

— Sim.

— Mas isso é ótimo!

— Claro que não! O maior medo dele está acontecendo. Um de nós se apaixonou, coisa que não deveria acontecer, e isso pode estragar tudo.

— Mas ele pode se apaixonar por você — comentou Thales, tentando pensar no que falar.

Ele não podia abrir o jogo e dizer que talvez seu irmão já estivesse se envolvendo, porque Erick o proibira de contar qualquer coisa para Leonardo. E ele jamais trairia seu irmão, nem iria comentar algo assim, para depois Erick voltar para casa e perceber que o sentimento por Leonardo era apenas de amizade.

— Ele não vai se apaixonar por mim — sussurrou Leonardo, mais uma vez, e Thales teve a certeza de escutar um suspiro no final da frase. — Ele ainda ama o ex, e muito.

— Como você sabe?

— Eu sei. Você precisa ver como ele fica toda vez que o Zeca aparece. Dá para ver na cara dele.

— Ele pode estar confuso com tudo o que está acontecendo aí — comentou Thales, sem saber até onde ir com aquela conversa.

— Vai por mim, Thales, ele ama o cara. E ainda vai amar por um tempo, mas não tem problema, eu não me importo. Eu gosto dele, de verdade. E eu... — Leonardo voltou a ficar mudo, e Thales pensou que teria um ataque cardíaco se ele fizesse aquilo de novo. — Eu estou bem com isso, de verdade. Claro, quero tentar mudar isso, mas... Vou seguir com o combinado, o plano vai dar certo. Eu só não quero receber para fingir algo que não é mais mentira. Eu gosto dele, de verdade, e quero continuar com tudo o que foi planejado, mas sem receber por isso. Não é certo eu receber por algo que não considero um trabalho.

— Ok. Deixa eu pensar um pouco.

— Não tem o que pensar. Não vou assinar nada, mas vou manter o combinado. Não se preocupe, pode confiar em mim. Só peço que não conte nada do que eu disse a ele.

— Por quê? Isso pode ajudar o Erick a esquecer o Zeca.

— Não vai. O que vai acontecer, é que as coisas entre a gente vão ficar estranhas. Não quero que ele se sinta constrangido. E, como falei, o maior medo dele está acontecendo. Eu estou me apaixonando. Tenho receio da reação do Erick, de ele colocar tudo a perder.

— Pode ser — comentou Thales, desorientado com o rumo da situação. Ele acompanhou todo o namoro e término de Erick e Zeca, e via o quanto o irmão ainda sofria. Não estava em Fortaleza, então precisava confiar nas palavras de Leonardo.

— Não quero estragar o plano por minha causa. Não sei qual vai ser a reação dele se eu me declarar.

— Ok, você está certo. — Thales pensou que sua cabeça fosse explodir de tanto pensar. Ele queria contar para Erick sobre Leonardo, mas concordava com o ator. Se Erick soubesse de tudo, iria reclamar que seu medo havia se concretizado: um dos dois se apaixonara, e agora ele ficaria ali, mais alguns dias, ao lado de Leonardo sabendo que o ator gostava dele. Isso poderia afastar Erick e estragar o plano, ao invés de ajudá-lo a esquecer Zeca. — A gente conversa melhor quando você voltar. Venha aqui na segunda depois da sua aula, até lá eu já vou ter pensado com calma.

— Combinado.

A ligação se encerrou e Thales ficou encarando o celular, sem ter certeza do que acontecera. Sua cabeça fervilhava e ele desejou que o Festival estivesse acontecendo em Petrópolis, onde ele poderia pegar o carro e ir até lá, para ver como o irmão estava, conversar pessoalmente.

A única certeza que tinha era que Leonardo estava certo, ele não podia contar para Erick sobre os sentimentos do ator. Pelo menos não até o irmão confirmar que também tinha se apaixonado.

O bate-papo sobre *Processo de Escrita* foi mais tranquilo do que Erick esperava, mesmo a imensa sala multiuso estando lotada. Normalmente, quando participava de mais de uma palestra em uma feira literária, ele costumava ficar muito nervoso no primeiro evento, mas naquela sexta-feira, tudo pareceu mais fácil.

Talvez fosse o fato de a conversa ter sido conduzida por Danny Moraes, que o entrevistara no dia anterior. Talvez fosse o fato dos outros dois convidados serem escritores que Erick admirava e já conhecia. Talvez fosse o fato de a plateia estar animada, fazendo várias perguntas. Ou talvez fosse o fato de Leonardo estar ali, na sua frente, sentado entre as pessoas que assistiam, sorrindo de orelha a orelha o tempo todo, filmando e tirando várias fotos.

Quando o bate-papo terminou, as filas de autógrafos foram organizadas de modo que quem quisesse pegar autógrafo dos três escritores, ou só de um deles, não saísse prejudicado. Então havia uma fila para quem queria pegar apenas de um dos escritores, e outra para quem queria pegar de dois ou dos três, e os organizadores cada hora chamavam uma pessoa de uma das filas. O sistema funcionou bem e nenhum escritor ficou parado enquanto os outros autografavam.

Eram três mesas dispostas próximas, e Erick se sentou na da extremidade e olhava Leonardo sempre que um leitor se distanciava. Alguns foram até seu namorado falso tirar fotos e falar algo que Erick não conseguia escutar, pois não estava perto o suficiente para isto. Ele se sentia um pouco orgulhoso quando isso acontecia, e não soube discernir o motivo.

E então, Zeca entrou na sala acompanhado de Vicente, e o mundo de Erick pareceu balançar. Seu ex parou para cumprimentar a sua editora, Irene, que estava na entrada da sala, e Vicente foi até Leonardo e os dois começaram a conversar, fazendo o coração de Erick acelerar dentro do peito.

PROJETO NAMORO FALSO

Todas as vezes que Erick sorria e olhava para Leonardo, que estava ali, na plateia, sentado e assistindo o bate-papo, o coração do ator se enchia de orgulho e felicidade. Ele sabia que Erick não era seu namorado de verdade, mas por alguns instantes, isto pareceu não importar. Em alguns momentos, ele até se esqueceu de que o que estava vivendo não era real.

O tempo todo, Leonardo tirou várias fotos e fez pequenos vídeos, que postou nas redes sociais. As notificações de curtidas e comentários dispararam, e ele mal conseguiu acompanhar tudo.

Após a palestra terminar, as filas para autógrafos foram organizadas e ele se aproximou um pouco de Erick, acenando, mas ficando distante para não atrapalhar o falso namorado. Aproveitou o momento para ligar para Thales e conversar. Pensara em fazer isso enquanto Erick tomava banho, após o almoço na praia, mas ficou com medo de a conversa se prolongar e o escritor ouvir a ligação.

Agora que colocara para fora o que estava dentro dele, Leonardo se sentia mais calmo. Desabafar tudo para Thales fizera bem a ele.

E de uma coisa tinha certeza: jamais aceitaria um pagamento por ficar ali, fingindo gostar de Erick. Porque não fingia, ele realmente gostava, e estava adorando os dias junto do escritor. Apesar de ter falado com Thales só naquela tarde, Leonardo já vinha pensando em não receber pelo trabalho desde que levara um Erick tagarela para o quarto. E, após beijá-lo na praia, tivera a certeza de que não era certo continuar agindo como se fosse um trabalho. Porque não era mais.

Os pensamentos de Leonardo foram interrompidos por alguns leitores que se aproximaram dele, depois que tiveram seus livros autografados por Erick, e o ator ficou ainda mais feliz e orgulhoso. Tirou várias fotos, deu autógrafos (era a primeira vez que ele fazia isso, e se sentiu um pouco vaidoso) e respondeu inúmeras vezes como foi o começo do namoro deles.

Os leitores suspiravam, diziam que os dois eram fofos demais juntos e pediam para não terminarem o relacionamento nunca, e Leonardo sentiu um aperto no peito pela primeira vez naquela tarde. Após o momento em que passaram juntos na praia, ele e Erick pareceram estar em sintonia, e Leonardo pensou que algo poderia estar surgindo entre eles.

Mas quando o semblante de Erick mudou, e Leonardo se virou para a porta, ele teve a certeza de que Erick ainda amava Zeca. O rosto do escritor só se alterou um pouquinho, nada que alguém que não o conhecesse bem pudesse perceber, mas Leonardo soube, antes mesmo de se virar, que Zeca entrara na sala.

Era incrível que, após passar poucos dias ao lado de Erick, ele já o conhecia o suficiente para notar pequenas nuances em seu rosto, ou no modo como agia ou mexia o corpo. Sim, estavam em Fortaleza há poucos dias, mas passavam o tempo todo praticamente juntos, e o que Leonardo mais fazia era observar Erick.

Ele viu Zeca parar para falar com Irene, e agradeceu por não ter que lidar com o ex de Erick naquele instante, mas ficou surpreso por Vicente vir direto falar com ele.

— Como foi o bate-papo? — perguntou Vicente, parando ao lado de Leonardo. — Eu queria ter assistido, mas não conseguimos chegar a tempo.

— Foi muito bom — respondeu Leonardo, sem perguntar o motivo de eles não terem chegado a tempo. Ele realmente não tinha interesse em saber nada que vinha de Zeca.

— Amanhã quero tentar assistir o outro evento do Erick. — Vicente sorriu, olhando Erick, e Leonardo ficou confuso. Vicente o encarou. — Sou muito fã do trabalho dele.

— Sério?

— Eu amo muito o trabalho do Erick. Queria ter trazido os livros dele, para pegar autógrafo, mas fiquei sem graça.

— Por quê? — perguntou Leonardo.

Os dois se viraram na direção de Erick, que, às vezes, olhava para onde estavam. Erick fazia de modo discreto, mas Leonardo conseguiu perceber, e ficou tentando decifrar se Vicente também percebera.

— Eu li os livros dele sonhando em um dia encontrar alguém que me amasse, como os personagens dele se amam, e aí arrumei um namorado maravilhoso que é o ex dele. É estranho, né? Estou vivendo um romance com o ex-namorado do cara que me fez acreditar que um dia eu podia encontrar o amor.

— É e não é. — Leonardo não sabia direito o que falar. — Não acho que o Erick vá pensar isso.

— Talvez... Quando conheci o Zeca, não sabia quem ele era. Eu nunca acompanhei muito o Erick nas redes sociais, mas já amava o que ele escrevia. Quando descobri que eles tinham namorado, meio que me senti como se estivesse traindo a confiança do Erick. — Vicente encarou Leonardo. — Então, não sei o que pensar sobre pedir para ele autografar para mim.

— Traga os livros amanhã, ele não vai se importar, de verdade. O Erick não pensa mais no Zeca, não desta forma — mentiu Leonardo.

— Que bom. — Vicente sorriu e Leonardo percebeu que ele parecia um pouco aliviado. — Amanhã eu trago.

Eles ficaram em silêncio, observando Erick, e Leonardo se perguntou até quando Vicente ficaria ali, ao seu lado. Ele estava achando tudo um pouco estranho e desconfortável.

— É o primeiro dia que você vem ao Festival? — perguntou Leonardo, mais para quebrar o clima tenso, que ele pensava estar envolvendo os dois, do que por interesse.

— Sim. Bem legal, né? Nunca tinha ido a nenhum evento literário. É tão animado e diferente do que conheço.

— É, é bem legal.

Eles voltaram a ficar em silêncio, e Leonardo tentou pensar em uma desculpa educada para se afastar de Vicente.

— Talvez a gente possa conversar melhor hoje à noite — comentou Vicente, deixando Leonardo um pouco confuso. — Tipo, nós quatro.

— Você quer sair comigo e o ex do seu namorado?

— Podemos ser civilizados

— Sim, eu posso, mas será que o Zeca pode?

— Não entendi.

— Esquece. — Leonardo balançou a cabeça. — Eu sei que disse que o Erick não pensa mais no Zeca, mas não acho que seja uma boa nós quatro sairmos para jantar ou confraternizar, ou o que quer que seja que você tenha em mente.

— Não pensei em um jantar, estava pensando em logo mais. Vocês não vão à festa hoje? — perguntou Vicente

— Festa?

— A festa da Casa do Livro. — Vicente se virou para Leonardo. — Ah, eu pensei que você sabia. O Zeca disse que o Erick havia sido convidado.

Antes que Leonardo pudesse responder, Zeca se aproximou dos dois, envolvendo os ombros de Vicente e dando um beijo de leve em sua boca, tudo isso de frente para Erick, para que o escritor pudesse ver. Leonardo ficou feliz ao perceber que Erick estava envolvido na conversa com um leitor, e não vira nada do show de Zeca.

— Você por aqui? — perguntou Zeca, com um sorriso pretensioso no rosto.

— Onde mais eu estaria? — respondeu Leonardo, sem esconder a raiva na voz.

— Ah, é. Hoje é o dia do evento do seu namorado — provocou Zeca, e Leonardo teve uma leve dúvida se ele havia dito a palavra "namorado" de forma irônica.

— Coração, ele não está sabendo da festa da sua editora — comentou Vicente, não parecendo notar a troca de farpas entre os dois.

— É mesmo? Seu namorado não te contou? — Zeca pareceu provocar ainda mais Leonardo, que contou até dez.

— Ele me contou sim, claro. É que fiquei confuso quando o Vicente comentou porque, para nós, o que importa é a festa do Festival, amanhã — respondeu Leonardo, tentando não soar como se desprezasse a editora onde Zeca trabalhava. Ele nem conhecia o lugar, nem ninguém que trabalhava lá, além de Zeca, para ter uma opinião formada sobre a empresa.

— Sei... Eu conheço o Erick, tenho a certeza de que ele vai fugir da festa só porque é da minha editora e estarei lá. — Zeca piscou para Leonardo, que sentiu seu sangue ferver.

— Não vai, não. Estamos bem animados para a festa.

— Então vocês vão? — perguntou Vicente, com os olhos brilhando.

— Claro que sim! — disse Leonardo, pedindo aos céus que fizessem com que Erick não o odiasse por isso.

— Vai ser divertido — comentou Zeca.

— Sim. Mal posso esperar — completou Leonardo. — Se me dão licença, vou ver como o meu Saramago está — disse, piscando um olho para Zeca, levando a mão até o cabelo de forma que o ex de Erick visse a pulseirinha, e saindo, não lhe dando a chance de fazer qualquer outra provocação.

Após desligar o celular, Thales se levantou e foi até a sala da sua mãe.

— Está ocupada? — perguntou ele, abrindo a porta.

— Não, querido, entre. — Stella sorria, mas seu semblante mudou ao perceber o nervosismo de Thales. — O que foi?

Thales respirou fundo e se jogou em uma das poltronas que havia na sala.

— Temos um problema em Fortaleza.

— Ah, meu Deus — sussurrou Stella, se levantando e se sentando em outra poltrona ao lado do filho. — Não me diga que o Erick e o Zeca reataram o namoro! Ou alguém descobriu o plano que criamos?

— Não, graças a Deus, não. — Thales balançou a cabeça. — O Léo não quer receber pelo serviço.

— O quê? Como assim?

— Ele está apaixonado pelo Erick, e não quer ser pago para fingir ser o namorado dele.

Stella piscou algumas vezes e balançou a cabeça.

— Isso é... Não sei o que dizer.

— Isso é ótimo e é um pesadelo ao mesmo tempo. — Thales se levantou e foi até a mesa da mãe, pegando uma caneta, que largou em seguida. — Já pensei sobre minha conversa com ele agora há pouco — disse Thales, se virando para a mãe e se encostando na mesa. — Ele me ligou. E não sei o que pensar mais porque o Erick foi contra o plano, no começo, justamente porque não queria que um dos dois se apaixonasse.

— Seu irmão vai ficar muito bravo quando souber.

— Ele não pode saber. — Thales voltou a se sentar de frente para a mãe, na poltrona. — O Léo não vai contar, porque o Erick ainda ama o Zeca e sabe que, se ele descobrir sobre os sentimentos do Leonardo, pode ficar um clima ruim entre os dois lá.

— Não havia pensado nisso. Que pesadelo! — Stella o encarou. — Você precisa fazer esse menino aceitar o pagamento e assinar o termo, o mais rápido possível.

— Como? Ele está no Ceará!

— Assim que ele voltar, dê um jeito nisso. Não podemos nos arriscar. Hoje, ele acha que está apaixonado, amanhã pode ir para a internet e falar tudo do plano.

— Não acho que ele vá fazer isso.

— Vocês, jovens, são tão imprudentes. — Stella balançou a cabeça. — Não podemos nos arriscar. Isso acabaria com a carreira do seu irmão. Pense no filme que vai sair, na série, nos próximos livros. Ele precisa aceitar o dinheiro, assinar o "de acordo" e pronto. Estaremos seguros.

— Ok — respondeu Thales, ficando em dúvida se deveria ter realmente procurado a mãe.

— Não podemos nos arriscar, Thales. Faça o pagamento assim que ele voltar de Fortaleza.

Thales havia entrado na sala disposto a falar também sobre as incertezas de Erick, mas desistiu. Saiu da sala tendo a certeza de que não devia ter contado à mãe, mas precisava dividir aquela angústia com alguém, e apenas ela e Erick sabiam do plano.

E Leonardo.

Antes que a fila de autógrafos terminasse, Zeca e Vicente deixaram a sala, e Erick agradeceu por isso, silenciosamente. Estava se sentindo tão leve e feliz, com o carinho dos leitores cearenses, e não queria que a presença de seu ex estragasse o dia.

Quando a última pessoa se despediu e saiu da sala abraçada aos livros, ele se levantou, esticando os braços acima da cabeça, para alongar o corpo todo.

— Cansado? — perguntou Leonardo, se aproximando dele e dando um beijo em sua bochecha.

— Um pouco. — Erick olhou em volta e algumas pessoas sorriam para os dois. Ele abraçou Leonardo, que envolveu sua cintura e enterrou o rosto em seu pescoço, trazendo a festa rave de volta para o seu peito. — Mas feliz. O povo daqui é tão aberto e simpático, e todo mundo faz mil perguntas interessantes. Alguns me perguntaram coisas do meu primeiro livro que eu nem lembrava mais que acontecia. Quase te chamei para responder no meu lugar.

Leonardo riu, um riso abafado porque sua boca estava tampada pelo pescoço de Erick, e a respiração dele, misturada à risada, fez uma corrente elétrica, maior que a que sentira na praia, percorrer a sua espinha.

— Que bom. — Leonardo tirou o rosto do pescoço de Erick, se soltando dele, e o escritor quase pediu que ele voltasse para os seus braços. — Quer dar uma volta pela feira agora?

— Sim. Seria legal tomar um sorvete.

— Aposto que tem de cajá.

— Bobo.

Eles caminharam até a porta da sala de mãos dadas, e pararam para conversar rapidamente com Irene.

— Encontro vocês dois na festa da Casa do Livro, logo mais no hotel — disse ela, saindo.

— Nós não vamos — comentou Erick, sem ter a certeza de que sua editora escutara.

— Sobre isso... — Leonardo ficou de frente para Erick, e o modo como a voz dele soou e o jeito com que se moveu fez um alarme disparar dentro do peito do escritor, ocupando o lugar da rave. — Não me odeie, por favor, mas eu meio que fui encurralado pelo Zeca...

— O que foi? — Erick franziu a testa. — Eu vi vocês conversando.

— O Vicente comentou da festa e eu não sabia de nada. Aliás, por que não me contou sobre ela? Eu devia saber os próximos passos a seguir aqui.

— Não é importante, nós não vamos. — Erick deu de ombros.

— Bem, agora vamos. Por isso não quero que me odeie.

— O que você fez? — Erick sentiu um pânico tomar conta do seu corpo. — Você disse a ele que nós vamos?

— Eu meio que fiquei sem reação, e sem ter o que falar.

— Ah, meu Deus.

— Desculpa. — Leonardo pegou as mãos de Erick e apertou contra as suas. — Eu não sabia da festa, e ele ficou provocando, dizendo que você ia fugir, como se você estivesse com medo dele, ou de ficar no mesmo lugar que ele. E aí eu não aguentei, e acabei soltando que você tinha me contado e que estava animado para ir.

— Tudo bem — disse Erick, soltando uma das mãos da de Leonardo e pressionando o nariz na divisa dos olhos. Sua cabeça latejava.

— Eu não devia ter feito isso, né?

Ele encarou Leonardo, que estava visivelmente arrependido, e se sentiu mal pelo rapaz, que não tinha feito nada além de ajudá-lo desde que chegaram a Fortaleza.

— Tudo bem, de verdade. Só fui pego de surpresa.

— Desculpa. Eu também fui pego de surpresa. E não consegui improvisar bem, não desta vez.

— Conseguiu. Eu que me assustei, mas já passou. — Erick sorriu e Leonardo sorriu de volta. — Você fez bem, se ele acha que vou fugir da festa, então nós vamos.

— Assim que se fala. — Eles voltaram a caminhar de mãos dadas, rumo ao Salão Mundaú. — Talvez não seja tão ruim assim.

— Talvez não — comentou Erick, embora tivesse suas dúvidas.

— Na pior das hipóteses, a gente dança, come algo, se tiver o que comer, e bebe um pouco. E talvez eu tenha que levar um cara tagarela para o quarto.

Erick disparou a rir.

— Ah, não prometo não falar muito, caso eu beba.

— Pode beber. Você fica divertido quando bebe.

— Você acabou de falar que eu não sou divertido? — questionou Erick, olhando Leonardo com o canto do olho.

— Eu não disse isso. — Leonardo piscou para ele, e a rave voltou ao seu peito com força total. — Só disse que fica mais divertido quando bebe.

— Não me lembro de ter ouvido a palavra "*mais*" na sua frase.

— Pare de encher. — Leonardo encostou nele, empurrando seu ombro de leve. — Vem, tem um sorvete de castanha aqui que tomei ontem e é maravilhoso — disse, puxando Erick.

CAPÍTULO 13

E o olhar estaria ansioso esperando
E a cabeça ao sabor da mágoa balançando
E o coração fugindo e o coração voltando
E os minutos passando e os minutos passando...
O Olhar Para Trás, Vinicius de Moraes

Incerteza era o que povoava a cabeça de Erick. Estava nervoso com a festa, já que o encontro com Zeca e Vicente, no coquetel duas noites atrás, não tinha ido muito bem. Ele pensara que conseguiria lidar com aquela situação, mas bebera um pouco a mais do que estava acostumado.

Leonardo insistia que ele podia beber o que quisesse, que tinha achado ele divertido e falante – falante não, tagarela – e engraçado.

— Gostei da sua sugestão de hoje termos vindo comer pizza na lanchonete, ao invés de irmos para o restaurante — disse Leonardo, quando eles se sentaram.

Eles ocupavam uma mesa próxima à piscina, sentados um de frente para o outro. O clima estava agradável, com uma leve brisa.

— É bom variar — comentou Erick.

— Será que fica estranho a gente tomar vinho com pizza na lanchonete da piscina?

— Por quê? — perguntou Erick, olhando o cardápio.

— Não sei se o ambiente combina. — Leonardo deu de ombros.

— Pensei que não se importava com o que os outros pensam.

— Sim, não me importo. — Leonardo abriu um sorriso e a festa

GRACIELA MAYRINK

rave voltou ao peito de Erick. — Vinho, então. — Ele fez um sinal para um funcionário, que se aproximou e anotou os pedidos.

— Traz uma jarra de suco de cajá também, por favor — pediu Erick, antes que o funcionário se afastasse.

— Vinho e suco de cajá juntos não combinam — comentou Leonardo, quando o funcionário saiu de perto deles. — Que mistura estranha.

— Disse aquele que mistura cuscuz com vatapá.

— É sarapatel, e você devia experimentar minha mistura, fica ótima. — Leonardo piscou um olho.

— Quem sabe amanhã — sugeriu Erick, e o sorriso de Leonardo ficou ainda maior. Eles ficaram se encarando por alguns instantes, e Erick sentiu aquele clima estranho voltar. Ele pigarreou, tentando entender o que acontecia. — Desculpa ter surtado quando você falou da festa.

— Você não surtou. Só teve um leve momento de pânico, é natural. Ele é o seu ex, você ainda gosta dele.

Leonardo parou de falar para acenar para algumas pessoas que conhecera no coquetel, que passaram por eles. Erick o acompanhou no cumprimento e os dois ficaram vendo o grupo se dispersar. Logo depois, três garotas que trabalhavam na Casa do Livro apareceram e cumprimentaram Erick de longe.

— Elas trabalham com o Zeca — sussurrou Erick, quando elas se afastaram.

— Ah. — Leonardo viu as jovens se sentarem em uma das mesas da lanchonete, afastadas deles, mas, mesmo assim, no ângulo de visão dos dois. — Posso? — Ele perguntou, indicando a mão de Erick, que estava em cima da mesa.

— Sim.

Leonardo tocou sua mão, e o peito de Erick pareceu explodir. Leonardo puxou a mão de Erick, dando um beijo na ponta de um dos dedos, e depois entrelaçando todos e apoiando as mãos unidas na mesa. Com o canto do olho, Erick viu uma das colegas de trabalho de Zeca observando.

— Elas viram?

— Sim — sussurrou Erick.

— Tudo bem, então. — Leonardo manteve as mãos dos dois unidas.

O funcionário do hotel trouxe o vinho e a jarra de suco e, quando saiu, os dois continuaram se encarando. Erick sentiu que era um momento um pouco constrangedor, mas também de cumplicidade. Parecia que o mundo havia parado e eles estavam ali, juntos, dividindo todos os sentimentos que os consumiam, e ele percebeu que sabia pouco de Leonardo.

— Como você percebeu que era bi? — perguntou Erick, quase se arrependendo imediatamente. — Desculpa, fui invasivo. Mas é que você parece saber tudo de mim e eu sei pouco de você.

— Tudo bem. — Leonardo deu de ombros. — Eu já te contei sobre um cara chamado Harry Styles? — provocou Leonardo, e os dois começaram a rir. — Não sei ao certo, acho que quando eu tinha uns quatorze anos, quando um carinha da escola meio que se tornou interessante para mim. Isso nunca foi tabu na minha casa, sempre conversamos abertamente sobre tudo. — Leonardo tomou um gole do vinho e Erick o observou. As mãos deles continuavam unidas. — Desde pequeno, entendi que cada pessoa é diferente da outra, e que está tudo bem amar quem você quiser. O que importa é ser feliz. E, bem, normalmente o que me chama mais a atenção é a pessoa em si. — Leonardo olhava fundo nos olhos de Erick, parecendo ler a sua alma, mas de um modo bom. — Meus pais são muito mente aberta, sempre deixaram claro que o importante é ser feliz. E tenho uma irmã mais velha que já teve uma namorada.

— Sério? — Erick arregalou os olhos, feliz.

— Sim. Atualmente, minha irmã namora um cara, mas meus pais adoravam a ex dela, e ficaram tristes quando elas terminaram.

— Que máximo!

— Aham. Então, cresci sabendo que isso é algo natural. E passei a adolescência admirando artistas pelo que eles representavam, não porque eram garotas ou garotos.

— E seus pais sabem o que você veio fazer aqui?

— Eles sabem que estou envolvido com você. — Leonardo deu outro gole no vinho.

— E o que eles acham? — Erick estava curioso e tentou não demonstrar a ansiedade na voz.

— Acharam legal. Eles sabem que eu gosto dos seus livros, e que vou participar do filme. — Leonardo o encarou e sorriu com o canto da boca. — Minha mãe quer te conhecer.

Erick quase pode ver Leonardo ficar envergonhado, se é que isso um dia fosse possível com o ator.

— Vou adorar conhecê-la. — Erick sorriu, com sinceridade. Com a mão livre, ele serviu um copo de suco e bebeu um pouco, para ganhar tempo antes de tentar descobrir mais sobre a vida particular de Leonardo. — E você... Já se relacionou com algum homem?

— Além de você? — Eles riram e isso amenizou ainda mais o clima entre os dois. — Já dei uns beijos em uns caras aí, mas nada sério. Com um deles, eu saí durante algumas semanas, mas não deu em nada. O único relacionamento sério que tive foi com uma garota do meu curso.

— A da foto que tem nas suas redes sociais.

— Ela mesma. — Leonardo o encarou, parecendo pensar sobre o assunto. Ele se inclinou um pouco para a frente. — Você está perguntando isso por causa do que o Zeca falou ontem?

— Não — mentiu Erick.

— Ah, não, você acreditou nele?

— Não. — Erick balançou a cabeça. Como explicar o que estava acontecendo dentro dele? — Eu não acreditei nele, não assim. Não acho que esteja me usando para subir na carreira, mas é que... Eu não sei.

— Agora é minha vez de dizer: caramba.

— Desculpa, eu...

— Para de pedir desculpas, Erick. — Leonardo soltou a mão deles e passou a sua pelo cabelo. — Você realmente acha que estou aqui, me aproveitando da situação? Que eu sou hétero, mas estou fingindo ser bissexual para me promover?

Leonardo falava baixo, mas batia com o indicador na mesa, como que para pontuar um argumento. Erick sentiu todo o ar sair de seu pulmão, enquanto tentava clarear a mente.

— Não, eu... Caramba, não, eu só fiquei curioso, pensando em como você soube que era bi, e se já tinha se relacionado com outro cara, e...

— O que quer saber? — perguntou Leonardo, franzindo a testa. — Não estou te usando, nem fingindo ser bi porque aceitei o trabalho. Já beijei três caras, e não me importo com rótulos. Não vou te usar para construir uma carreira, não preciso disso. Posso não ganhar um Oscar na vida, mas não uso as pessoas.

— Não foi o que eu quis dizer.

— Então o que foi? — Leonardo respirou fundo e voltou a pegar na mão de Erick. — Você deixa o Zeca te afetar muito.

— Eu sei. Desculpa, eu não pensei que você estava me usando. Só... Eu não sei... Está tudo acontecendo rápido demais. E ele falou aquelas coisas, e não vou negar que a dúvida passou rapidamente pela minha cabeça, mas não que você estava me usando.

— Você achou que eu podia ser hétero, mas estava atuando?

— Sim, não. Meu Deus, não sei! Para você, tudo parece ser fácil.

— Não é fácil, nem sempre.

— Eu sei.

— Não, não sabe. — Leonardo se controlou para manter a voz baixa. A pizza chegou e eles soltaram as mãos, e esperaram o funcionário deixar a comida na mesa e se afastar. — Eu sei que é difícil gostar de alguém que não está mais com a gente, que isso afeta de mil maneiras diferentes, mas você não pode deixar ele entrar na sua cabeça.

— Eu sei, eu sei. — Erick se controlou para não deixar que lágrimas tomassem conta do seu rosto. Ele estava se sentindo mal pela insinuação de que Leonardo havia mentido e, naquele momento, odiou Zeca por ter plantado aquela dúvida nele. — Eu não duvido de você, é sério. Sei que não está me usando, sei disso, de verdade. E talvez eu tenha tocado no assunto de maneira errada.

— Tudo bem. — Leonardo respirou fundo, comendo um pedaço de pizza. Erick fez o mesmo. — Eu não estou com raiva. Imagino o quanto está sendo difícil para você isso tudo. E estou aqui, desde o começo tenho repetido isso, mas é verdade. Estou aqui para te ajudar.

— Obrigado. Como falei mais cedo, estou feliz por você ter vindo. É bom ter alguém comigo.

— Sei que você preferia que fosse o Thales, mas estou aqui como amigo, mesmo que esteja trabalhando. Não estou fingindo ser seu amigo. Sou de verdade.

— Eu sei — comentou Erick, sentindo a tristeza ocupar o lugar da rave em seu peito quando Leonardo mencionou a palavra amigo. Ele balançou a cabeça, para espantar qualquer pensamento. — Você já se apaixonou muito por alguém? Do tipo de achar que nunca mais vai superar a perda daquela pessoa?

— Não, ainda não. Acho que não.

— É estranho, porque em um instante está tudo perfeito, e ela é o seu mundo e tudo parece encaixado, e aí logo depois tudo desmorona. E você se sente perdido e acha que nunca mais vai se recuperar. — Erick sentiu um aperto no peito ao se lembrar do término com Zeca. — Parece que nada mais faz sentindo.

— Mas um dia vai voltar a fazer.

— Sim, vai. — Erick sorriu e Leonardo sorriu de volta.

— Você só precisa encontrar alguém que goste de você de verdade — sussurrou Leonardo, e a rave voltou para dentro de Erick.

— Ele gostava de mim de verdade.

— Sim, até pode ser. Ele pode ter gostado de você durante o namoro, mas não foi o suficiente.

— Eu não fui o suficiente.

— Não é isso. — Leonardo serviu outra fatia de pizza e encarou Erick. — Você vai encontrar um cara que vai te fazer sentir como se o mundo fosse só você e ele. Só tenha a certeza de escolher alguém que te ame como você o ama, e que esta pessoa te escolha entre todas as outras que estão em volta dela.

— Eu sei que isso vai passar. No momento, parece que não, mas eu quero que passe. Quero parar de ficar balançado quando o vejo. E estou com raiva porque ele conseguiu entrar na minha cabeça. Não posso deixar isso acontecer.

— Não, não pode. Porque ele não pode ter esse controle sobre você, não pode deixar dúvidas sobre os outros aí dentro — comentou Leonardo, indicando a cabeça de Erick. — O que ele quer é isso, fazer você duvidar de mim ou de qualquer outro cara que se aproximar de você. — Leonardo respirou fundo. — Você namorou um cara e aprendeu muito com ele, e com o relacionamento que tiveram. Talvez pensasse que fossem ficar o resto da vida juntos, mas não aconteceu, e agora não pode deixar isto dominar a sua vida. Você é novo e não pode deixar o relacionamento que teve com o Zeca te dominar e moldar. O que aconteceu com você tem que te ensinar, te fazer crescer, te dar uma perspectiva de como é sofrer e amadurecer, mas você não pode ficar preso ao passado, porque tem um mundo à sua frente, e vários carinhas interessantes para conhecer. Ou apenas um carinha, aquele que vai te completar e que vai ser suficiente para você porque ele é o certo. Não permita que o que te aconteceu e te machucou te faça ser alguém que você não é. Não deixe que isto te marque para sempre e estrague algo bom que possa acontecer com outra pessoa. — Leonardo sorriu. — Desculpa pelo discurso.

— Não peça desculpas. Eu precisava ouvir isso.

Erick sorriu de volta, sentindo o coração explodir, e um gosto amargo surgiu em sua boca. Ele queria esquecer Zeca, e queria gostar de Leonardo. Ele já gostava de Leonardo? Ele queria que o ator gostasse dele, e que fosse aquela pessoa que ele falara. Naquele instante, ele queria que tudo aquilo fosse real.

Sua cabeça estava confusa, não conseguia pensar com clareza, não enquanto estivesse no Ceará, envolvido naquele clima de namoro falso. Não enquanto estivesse naquele plano maluco.

— Você gosta de alguém? — sussurrou Erick.

— De onde saiu isso? — Leonardo pareceu confuso.

— Como falei, não sei muito sobre você. E quero saber se estou te atrapalhando. Se tem alguém de quem você gosta, mas que esse plano maluco pode ter afastado de você.

— Não. — Leonardo balançou a cabeça e Erick notou que o semblante dele mudara. Pela primeira vez desde que começaram a passar um tempo juntos, Leonardo parecia genuinamente triste. — Não desse jeito.

— Então tem alguém.

— Sim. — Leonardo respirou fundo, encarando sua pizza e voltando a pegar na mão de Erick, que estava em cima da mesa. Erick apertou de leve, encorajando-o a falar, se quisesse. — Tem alguém sim, mas não tenho a menor chance.

— E essa pessoa... — Erick hesitou. — Essa pessoa é...

— Ela não sabe que eu gosto dela.

perar. — Erick sentiu um aperto no peito ao se lembrar do término com Zeca. — Parece que nada mais faz sentindo.

— Mas um dia vai voltar a fazer.

— Sim, vai. — Erick sorriu e Leonardo sorriu de volta.

— Você só precisa encontrar alguém que goste de você de verdade — sussurrou Leonardo, e a rave voltou para dentro de Erick.

— Ele gostava de mim de verdade.

— Sim, até pode ser. Ele pode ter gostado de você durante o namoro, mas não foi o suficiente.

— Eu não fui o suficiente.

— Não é isso. — Leonardo serviu outra fatia de pizza e encarou Erick. — Você vai encontrar um cara que vai te fazer sentir como se o mundo fosse só você e ele. Só tenha a certeza de escolher alguém que te ame como você o ama, e que esta pessoa te escolha entre todas as outras que estão em volta dela.

— Eu sei que isso vai passar. No momento, parece que não, mas eu quero que passe. Quero parar de ficar balançado quando o vejo. E estou com raiva porque ele conseguiu entrar na minha cabeça. Não posso deixar isso acontecer.

— Não, não pode. Porque ele não pode ter esse controle sobre você, não pode deixar dúvidas sobre os outros aí dentro — comentou Leonardo, indicando a cabeça de Erick. — O que ele quer é isso, fazer você duvidar de mim ou de qualquer outro cara que se aproximar de você. — Leonardo respirou fundo. — Você namorou um cara e aprendeu muito com ele, e com o relacionamento que tiveram. Talvez pensasse que fossem ficar o resto da vida juntos, mas não aconteceu, e agora não pode deixar isto dominar a sua vida. Você é novo e não pode deixar o relacionamento que teve com o Zeca te dominar e moldar. O que aconteceu com você tem que te ensinar, te fazer crescer, te dar uma perspectiva de como é sofrer e amadurecer, mas você não pode ficar preso ao passado, porque tem um mundo à sua frente, e vários carinhas interessantes para conhecer. Ou apenas um carinha, aquele que vai te completar e que vai ser suficiente para você porque ele é o certo. Não permita que o que te aconteceu e te machucou te faça ser alguém que você não é. Não deixe que isto te marque para sempre e estrague algo bom que possa acontecer com outra pessoa. — Leonardo sorriu. — Desculpa pelo discurso.

— Não peça desculpas. Eu precisava ouvir isso.

Erick sorriu de volta, sentindo o coração explodir, e um gosto amargo surgiu em sua boca. Ele queria esquecer Zeca, e queria gostar de Leonardo. Ele já gostava de Leonardo? Ele queria que o ator gostasse dele, e que fosse aquela pessoa que ele falara. Naquele instante, ele queria que tudo aquilo fosse real.

Sua cabeça estava confusa, não conseguia pensar com clareza, não enquanto estivesse no Ceará, envolvido naquele clima de namoro falso. Não enquanto estivesse naquele plano maluco.

— Você gosta de alguém? — sussurrou Erick.

— De onde saiu isso? — Leonardo pareceu confuso.

— Como falei, não sei muito sobre você. E quero saber se estou te atrapalhando. Se tem alguém de quem você gosta, mas que esse plano maluco pode ter afastado de você.

— Não. — Leonardo balançou a cabeça e Erick notou que o semblante dele mudara. Pela primeira vez desde que começaram a passar um tempo juntos, Leonardo parecia genuinamente triste. — Não desse jeito.

— Então tem alguém.

— Sim. — Leonardo respirou fundo, encarando sua pizza e voltando a pegar na mão de Erick, que estava em cima da mesa. Erick apertou de leve, encorajando-o a falar, se quisesse. — Tem alguém sim, mas não tenho a menor chance.

— E essa pessoa... — Erick hesitou. — Essa pessoa é...

— Ela não sabe que eu gosto dela.

— Ah. — Erick suspirou. — Ela.

— Não, é ele. A pessoa, ela é ele. Eu estou gostando de um cara, mas ele é comprometido.

— Ah, caramba, que droga — comentou Erick, sem saber se preferia que Leonardo gostasse de uma mulher ao invés de um homem. Não que fizesse diferença, já que ele não estava a fim de Erick. — E ele sabe?

— Que eu gosto dele? Não. Ele está apaixonado. Não consegue ver um palmo na frente do nariz que não seja o cara que ele ama. Assim como você.

— Eu não sou comprometido.

— Mas não consegue pensar com clareza por causa do Zeca, então é como se fosse.

— Sim. — Erick suspirou de novo. — Mas estou mudando e você tem ajudado. Esse plano todo tem ajudado, por mais maluco que seja.

— Que bom.

Eles voltaram a ficar em silêncio e soltaram a mão, terminando de comer a pizza.

Leonardo se perguntava o que passava na cabeça de Erick. Queria confessar que, a cada minuto ao seu lado, se apaixonava cada vez mais, mas não seria certo jogar isso em cima dele ali, em Fortaleza. Erick ainda gostava de Zeca, mesmo que, às vezes, parecesse que um clima surgia entre eles. Leonardo queria acreditar que estava conseguindo fazer o escritor esquecer um pouco seu ex, mas podia ser tudo fruto do plano de Thales e do clima romântico do resort.

— Quer ir para a festa agora? — perguntou Leonardo, tentando parar de pensar no que acontecia entre os dois.

— Daqui a pouco. Quer mais vinho?

— Vamos ficar bêbados? — Leonardo riu.

— Para criar coragem, porque sei que o Zeca vai me infernizar hoje.

— Não se a gente infernizar ele antes — comentou Leonardo, fazendo Erick rir. Ele adorava fazer Erick rir. — Acho que, por enquanto, prefiro ficar só no suco de cajá.

— Ok. Quem sabe hoje não é o seu dia de ficar bêbado? — brincou Erick.

— Quer me ver bêbado? — provocou Leonardo.

— Não faço ideia de como isso seria. — Erick balançou a cabeça, rindo.

— Bom, provavelmente eu diria umas verdades na cara do Zeca.

— Acho que você já faz isso sóbrio.

— Sim. — Leonardo ficou calado, pensando no que mais poderia dizer a Zeca que ainda não tinha dito.

— E como você é bêbado? — perguntou Erick.

— Não sei. Acho que sou a mesma coisa ampliado. Talvez mais desinibido.

— Mais? — Erick arqueou uma sobrancelha, arrancando uma gargalhada de Leonardo.

Eles terminaram o vinho. O que ele faria com Erick se ficasse bêbado? Se declararia? O beijaria? Gritaria para todos na festa que amava Erick sim, que não tinha nada de mentira no relacionamento deles? A última opção provavelmente não, mas não podia afirmar que não se declararia para o escritor.

— Não fique pensando que estou mentindo para você — disse Leonardo, depois de um tempo, quebrando o silêncio e voltando a pegar a mão de Erick.

Ele gostava de tocar em Erick, parecia a coisa certa a fazer a cada momento. Parecia lhe dar segurança, e ele esperava que Erick também se sentisse seguro quando os dois davam as mãos.

— Não estou pensando isso — disse Erick, parecendo não saber a qual mentira Leonardo se referia.

Ele decidiu ser mais claro. Erick pensava muito e Leonardo era prático, então resolveu esclarecer de uma vez aquela situação, antes que Zeca colocasse mais besteiras na cabeça de Erick.

— Você quer saber o motivo de eu ter aceitado o trabalho? — perguntou Leonardo, servindo um pouco de suco de cajá.

— Acho que sim.

— Devia ter perguntado isso desde o começo.

— Sim, devia, mas nem sempre penso com clareza. — Erick sorriu e Leonardo retribuiu. O escritor pareceu ler sua mente. — Como falei, minha cabeça é cheia e, às vezes, não sei me manifestar de forma clara.

— Entendi. — Leonardo deu um gole no suco, analisando quais palavras usar. — Não aceitei para me promover por causa do filme, e sim porque amo os seus livros, tudo o que cria, seus personagens, suas tramas.

— Você já disse isso.

— Então devia ter se apegado a isso. — Leonardo piscou o olho, percebendo que o vinho o deixara mais solto. Será que Erick percebera também a leve mudança no comportamento dele? — Eu sempre quis te conhecer melhor.

— Por que nunca se aproximou de mim na faculdade? Ou em algum evento?

— Eu fui ao lançamento do seu segundo livro. A gente conversou rapidamente, eu falei que estudava na Universidade da Guanabara e você achou isso legal. Falou para conversar com você quando te visse lá.

— Eu me lembro de você! — O rosto de Erick demonstrou felicidade com a lembrança. — Por que não falou comigo depois?

— Você estava sempre com o Zeca na faculdade, e nunca tive a chance de falar contigo sozinho. Ficava meio receoso de me aproximar. — Leonardo deu de ombros. Ele havia pensado em mil formas de puxar assunto com Erick na faculdade, mas todas sempre lhe pareceram ridículas. — E um pouco sem graça.

— Você, sem graça? Não consigo visualizar isso.

Leonardo apertou a mão de Erick, e só então ele se deu conta de que passaram quase a noite toda com as mãos unidas.

— E aí eu comecei a namorar. — Leonardo deu de ombros.

— Podíamos ser amigos.

— Sim, mas cada hora eu estava envolvido com algo, e você sempre pareceu um cara distante. — Leonardo o encarou, se lembrando de como Erick era na faculdade, sempre parecendo alguém fechado e sério. — Eu tinha um certo medo de me decepcionar. Como dizem: nunca conheça seus ídolos.

— Eu não sou ídolo de ninguém.

— Eu sempre te admirei. Admirei seu texto. Até quis te conhecer, pelo menos quando descobri seus livros. Mas você tinha namorado, e estava sempre com ele, e sempre tinha um monte de gente à sua volta na faculdade. Fiquei com medo de você ser um bestinha metido porque era famosinho.

— Uau. Pensei que eu fosse simpático com os leitores.

— Você é, sim, mas isso podia ser uma fachada.

— Caramba. Você acha que tudo é atuação? — Erick tentou não parecer ofendido e Leonardo achou aquilo muito atraente.

— Achei que era você quem pensava que eu atuava o tempo todo.

— Ok, eu mereci isso. — Erick sorriu. — E agora que me conheceu? Sou tudo o que pensou?

— É melhor. Você é bem mais legal do que pensei.

— Você também.

— Então já tinha pensando sobre isso?

— Já pensei sobre a maior parte do elenco do filme — comentou Erick, fazendo uma careta, o que fez o coração de Leonardo derreter dentro do peito. Ele amava quando Erick fazia caretas, ele ficava tão fofo! — Isso soou meio esnobe e desinteressante, mas é que tive um pouco mais de contato com o ator que vai fazer o Paolo, logo após os testes. Eu meio que acho ele lindo — confessou Erick, parecendo um pouco sem graça.

— Ah, bom saber que meu namorado acha outro cara lindo — brincou Leonardo.

Erick disparou a rir.

— Ele é meio metidinho, e me decepcionou neste sentido.

— Como falei, nunca conheça seu ídolo — disse Leonardo, piscando e rindo.

CAPÍTULO 14

Mas quem foi, a Flauta disse
Que no meu quarto surgiu?
Quem foi que me deu um beijo
E em minha cama dormiu?
Trecho, Vinicius de Moraes

A Casa do Livro, uma das maiores editoras do país, organizou uma festa na mesma tenda em que acontecera o coquetel de boas-vindas do Festival, dois dias atrás. A diferença foi que eles cercaram a área e um DJ comandava o som, com luzes piscando na pista de dança. A editora convidou os participantes do Festival, assim como alguns influenciadores e profissionais do livro de Fortaleza e região.

Erick e Leonardo chegaram quando o lugar já estava cheio. Eles cumprimentaram várias pessoas e foram até um bar improvisado, na extremidade da tenda. Leonardo pediu vinho e Erick, caipirinha.

— Alguma regra para hoje? — perguntou Leonardo.

— Hoje não temos regras — disse Erick, piscando, e Leonardo percebeu que o vinho do jantar já fizera efeito no escritor.

— Tudo bem.

Leonardo sorriu e se virou para a pista, vendo Zeca imediatamente. Ele podia apostar que o ex de Erick fora para aquele lugar de propósito, porque estava dançando com Vicente praticamente em frente a eles. Leonardo ficou feliz porque Erick olhava o barman preparar seu drink, e ainda não vira Zeca.

Antes de entregar a caipirinha para Erick, o barman, um rapaz de cerca de vinte e poucos anos, disse alguma coisa no ouvido do escritor, que riu e balançou a cabeça. Leonardo parou de prestar atenção em Zeca para ver o que acontecia ao seu lado.

— Ele é meu leitor — disse Erick, um pouco alto no ouvido de Leonardo.

— Ah, legal — comentou Leonardo, vendo o barman entregar um guardanapo e uma caneta para Erick, que escreveu alguma coisa ali.

— Valeu — disse Erick, para o barman, que se afastou. O escritor deu um longo gole na caipirinha e olhou Leonardo. — Só dei um autógrafo, não precisa ficar com ciúme.

— Eu não disse nada — comentou Leonardo, rindo.

— Que fofo. — Erick deu um beijo na bochecha de Leonardo, que teve a certeza de que ele já bebera o suficiente para entrar no modo falante. — Você fica fofo com ciúmes.

— Eu não estou com ciúmes — disse Leonardo, ainda rindo.

— Ok. — Erick piscou novamente, bebeu metade do copo e procurou seu leitor dentro do bar, fazendo um sinal para o próprio copo, pedindo outro.

— É para eu te controlar na bebida?

— Não precisa. — Erick terminou a caipirinha e finalmente se virou para a pista de dança.

Imediatamente, Leonardo envolveu a cintura de Erick com um de seus braços. Assim que o escritor viu Zeca, seu corpo ficou tenso, e Leonardo pressionou sua mão na cintura dele.

— Tudo bem? — sussurrou Leonardo, no ouvido de Erick, fingindo dar um beijo em sua bochecha para disfarçar a pergunta.

— Tudo ótimo! — gritou Erick, fazendo Leonardo afastar um pouco a cabeça, rindo.

— Você quer dançar? — perguntou Leonardo, vendo Zeca e Vicente na pista.

— Sim e você?

— Estou por sua conta.

— Não diga isso. — Erick o olhou, e Leonardo quase viu malícia em seus olhos. — Quero mostrar a ele que estou bem e feliz. Deixa só eu tomar uns cinco copos de caipirinha, e aí vamos.

Erick não precisou de cinco copos. Depois do vinho no jantar, bastaram duas caipirinhas e ele estava mais solto do que nunca.

O escritor puxou Leonardo para a pista, animado. Erick dançava muito bem. Ele se movia despretensiosamente, de um modo sexy, mas como se fosse algo natural. Era hipnotizante, e Leonardo só queria mergulhar em seus braços. Não que Leonardo não dançasse bem, ele já fizera aulas de dança, para melhorar sua expressão corporal por causa do teatro, mas Erick levava a dança a outro patamar. Era impossível desviar o olhar e não se envolver pela cena.

Parecendo notar que Leonardo o admirava, o escritor colocou os braços em volta do pescoço do ator, que sentiu o coração acelerar. Ele envolveu a cintura de Erick, que dançava, pulava, ria, cantava.

— Você dança bem — disse Leonardo, no ouvido de Erick.

— Quem diria, né?

Erick deu um beijo na bochecha de Leonardo e o soltou. Ele parecia não se lembrar mais de Zeca, e Leonardo ficou feliz com isso. Erick avistou Célia e Danny dançando perto deles, e as puxou, fazendo uma rodinha com os quatro.

Elas tiraram algumas *selfies*, e Erick falava algo que as fazia rir o tempo todo. Leonardo se afastou e pegou mais uma taça de vinho no bar.

— Ele parece ser um cara incrível — disse o barman, o leitor de Erick, para Leonardo, indicando o escritor na pista.

— Ele é.

— Eu queria tirar uma foto com vocês dois, se não se importarem — comentou o barman, se inclinando um pouco além do que precisava na direção de Leonardo.

— Claro! A hora que quiser.

O rapaz olhou para os lados e baixou o tom de voz.

— O pessoal do trabalho fica meio em cima da gente, para não confraternizar muito com os hóspedes. Mas amanhã vou ao evento dele — disse o barman, indicando Erick na pista de dança. — E, se não se importarem lá...

— Claro que não — confirmou Leonardo.

— Valeu — agradeceu o rapaz, sorrindo e se afastando porque alguém o chamara.

Leonardo ficou parado, observando Erick dançando com Danny e Célia. Ele tinha uma desenvoltura incrível, e Leonardo agradeceu por estar ali como acompanhante dele, pois não conseguia tirar os olhos dos movimentos que o escritor fazia. De vez em quando, Erick o via e jogava um beijo para ele, de longe. O peito de Leonardo se encheu de amor e felicidade.

Ao ver que Zeca vinha até o bar, Leonardo voltou para a pista antes que o ex de Erick se aproximasse e começasse a falar besteiras. Estava feliz, e não deixaria que Zeca envenenasse sua noite.

Quando chegou na pista, Erick envolveu sua cintura e começou a dançar mais devagar, com o corpo grudado no de Leonardo, que passou seus braços pelos ombros de Erick, puxando-o mais para perto. Leonardo sentia como se estivesse sonhando, e não queria mais acordar. Respirou fundo, absorvendo todo o cheiro de Erick, aproveitando cada instante que tinha antes que tudo acabasse.

Eles se abraçaram, balançando de leve em contraste com a música rápida. O coração de Leonardo estava acelerado, batendo em uma velocidade maior do que o ritmo do som, e ele entendeu o sentido da expressão *"explodir de felicidade"*. Erick deu um beijo em seu pescoço, e o corpo de Leonardo se arrepiou todo, principalmente quando Erick passou a traçar um caminho do pescoço até seu queixo com beijos.

Leonardo tentou se lembrar da última vez que fora tão feliz. Ele pressionava os ombros de Erick, envolvendo-os com os braços, mantendo-o junto a si, sentindo os lábios do escritor contra sua bochecha. Eles se encararam por um instante, até Leonardo fechar os olhos, indicando a Erick que a escolha do que aconteceria em seguida era toda dele.

Quando os lábios de Erick tocaram os seus, Leonardo não hesitou e os abriu, convidando Erick, que o puxou ainda mais para perto. Eles se abraçaram e se beijaram, e parecia que não existia mais ninguém ali. Mas Leonardo sabia que havia uma multidão em volta deles, e que Erick se arrependeria das demonstrações de afeto em público, no dia seguinte, quando se lembrasse que todos viram o beijo.

Ele afastou sua boca da de Erick, roçando o nariz no dele.

— Quer sair daqui? — sussurrou Erick, no ouvido de Leonardo, que apenas assentiu.

O escritor o puxou pela mão, em direção ao quarto.

A porta do quarto se abriu e Erick impediu Leonardo de acender a luz. Ele apenas balançou a cabeça, dando um sorriso torto, e fechou a porta, empurrando Leonardo contra ela e pressionando seu corpo no dele. O beijo foi ficando mais intenso, com uma fúria que Erick sentia vir de dentro dele. Leonardo beijava muito bem, e Erick não conseguia pensar em nada quando estava nos braços dele. Parecia que só existiam os dois no mundo, e que o mundo fora feito apenas para eles.

E, mais uma vez, sem pensar muito, Erick empurrou Leonardo para a cama. O ator caiu de costas, rindo, e Erick subiu no colchão, colocando um joelho de cada lado do quadril de Leonardo, que se inclinou, puxando o pescoço de Erick, trazendo seu rosto para perto do dele.

Eles voltaram a se beijar, desta vez com mais intensidade, e com pressa e paixão e atração e Erick simplesmente parou de pensar. Ele tirou sua camisa e beijou o pescoço de Leonardo.

— Tem certeza? — sussurrou Leonardo, e Erick só deu um gemido de concordância.

Leonardo o virou na cama, ficando por cima dele e tirando a própria camisa. Quando o tecido passou por sua cabeça, seus cabelos ficaram bagunçados e Erick levou as mãos ali.

— Eu amo seu cabelo — disse Erick.

Leonardo apenas sorriu e o beijou de novo, enquanto Erick se perdia em seus lábios e enfiava os dedos pelas mechas do cabelo loiro do ator, como sempre quis fazer. Quando Leonardo passou a beijar seu pescoço, parecia que faltava algo nos lábios de Erick, e ele já não conseguia discernir o que acontecia. Sua cabeça fervilhava e seu peito parecia se incendiar. Há muito não sentia uma felicidade como aquela, uma serenidade e uma sensação de que tudo se encaixava. Desde que estivera com Zeca.

E então Zeca passou a ocupar todos os seus pensamentos, e ele se lembrou de todos os momentos bons do namoro, do tempo em que passaram juntos, e sua cabeça estava ainda mais confusa do que antes. Ele sentiu alguém beijando sua barriga, fazendo cócegas e dando uma sensação boa dentro do seu peito, e Erick encarou a varanda, e se lembrou da casa de Zeca, em um condomínio na Barra da Tijuca, no Rio de Janeiro e, por um momento, era como se ele tivesse voltado para lá, para o quarto de Zeca. Para a cama de Zeca. Para os braços de Zeca.

Ele sentiu mãos mexendo no botão da sua bermuda e sorriu.

— Não para, Zec... — Erick parou de falar antes de completar a palavra, mas já era tarde demais. Era tarde demais quando percebera que não estava no quarto de Zeca, na cama de Zeca, nos braços de Zeca. Ele olhou para baixo no mesmo instante em que viu Leonardo congelar e encará-lo e, mesmo com uma névoa em sua mente provocada pela bebida, ele enxergou decepção no olhar de Leonardo. E algo mais que ele não conseguiu discernir. — Ah, caramba, Léo, desculpa.

Leonardo se levantou no mesmo instante em que Erick se sentou na cama, chorando. Ele não conseguiu segurar as lágrimas porque elas vieram todas de uma vez, em um turbilhão que saiu de seu peito, liberando tudo o que vinha guardando desde o término do namoro. Porque Erick sabia que Zeca continuava estragando seus dias, mesmo não estando perto dele.

— Não fica assim — disse Leonardo, com uma voz preocupada, e isto fez Erick se sentir ainda pior.

O ator se sentou ao lado de Erick, colocando a mão em seu ombro. O carinho e a preocupação dele fizeram com que o escritor chorasse ainda mais.

Leonardo o puxou para perto, abraçando-o, e Erick se sentiu um monstro.

— Desculpa, Léo, me perdoa, eu... — Erick não conseguiu falar porque as lágrimas vinham uma seguida da outra, e um aperto dominou seu peito, quase que o impedindo de respirar.

— Não tem problema.

— Claro que tem! — gritou Erick, se afastando um pouco de Leonardo. Ele encarou o ator, sentindo vergonha pelo que aconteceu, e só conseguiu ver compreensão e tristeza em seu olhar, e algo dentro de Erick se quebrou. — Eu estraguei tudo, droga.

— Eu sei que você ainda ama o Zeca.

— Não era para isso acontecer. — Erick escondeu o rosto entre as mãos, e Leonardo voltou a puxá-lo para perto, abraçando-o. — Desculpa, eu sou um idiota — disse Erick, com a voz abafada pelo corpo de Leonardo.

— Não é. Isso acontece.

— Caramba, não. Não e não e não.

Erick não conseguiu mais falar, só chorar, chorar, chorar, molhando o ombro de Leonardo.

Levou um tempo, mas Erick finalmente parou de chorar. Leonardo o colocou deitado de lado e se deitou de frente para ele. Os dois ficaram de mãos dadas e, na penumbra, Leonardo não conseguia ver as lágrimas escorrendo pelo nariz de Erick e pingando no lençol, mas sabia que elas caíam.

— Como você está? — perguntou Leonardo, depois que Erick se acalmou e sua respiração pareceu voltar ao normal.

— Um lixo.

— Vai melhorar.

— Quando?

— Não sei. — Leonardo balançou a cabeça, sem saber se Erick conseguia ver. — Mas um dia vai passar. Como falei mais cedo, um dia você vai encontrar alguém e nem vai mais se lembrar que o Zeca existiu.

— Eu não quis que isso acontecesse — sussurrou Erick.

— Eu sei.

E era verdade. Leonardo sabia que Erick não tinha trocado seu nome pelo do ex de propósito.

— Eu não estava pensando nele.

— Eu sei.

E era mentira, porque Leonardo sabia que Erick pensava sim no ex quando estava nos seus braços, e isso partira seu coração, mas era um risco que ele sabia que ia correr desde o momento em que decidiu participar do plano de Thales.

— Você me odeia? — perguntou Erick, depois de um tempo.

— Não. Não mesmo.

— Que bom.

Leonardo achou que Erick sorriu, mas não teve certeza, por causa da escuridão. Ele sentiu Erick apertar de leve sua mão, e os dois continuaram de frente um para o outro, as mãos unidas juntas com o silêncio entre eles.

Depois de um tempo, Leonardo percebeu que Erick dormiu, mas não soltou a sua mão. E se sentiu infinitamente triste por tudo. Por não ter conquistado o coração de Erick, por ter acreditado que poderia fazer isso, por ter se deixado envolver pelo escritor e seu carisma. Mas não se arrependeu de nada, nem de ter ido para o Ceará, nem de ter beijado Erick naquela noite, muito menos pelos amassos que os dois deram. E não se sentiu traído nem magoado quando Erick o chamou de Zeca, de modo algum. Ele apenas se sentiu... Sem esperanças.

Ele estava em um quarto de hotel no Ceará, deitado na mesma cama que o cara por quem se apaixonara.

Mas estava tudo errado.

CAPÍTULO 15

Tomara
Que a tristeza te convença
Que a saudade não compensa
E que a ausência não dá paz
Tomara, Vinicius de Moraes

O sol entrava pelas extremidades da cortina. Erick ainda estava sonolento, despertando aos poucos de um sonho onde Zeca corria atrás dele na praia e, quando o alcançava, segurava seu braço e dizia que ainda o amava, que sempre o amara.

E, ao acordar, ele sentiu braços envolvendo seu corpo e sorriu, ainda de olhos fechados. Seu sonho havia se tornado realidade.

Seu rosto estava enterrado no pescoço do cara que amava, e ele abraçou a cintura de Zeca, sentindo os braços fortes ao redor de seu corpo retribuir na mesma intensidade. Erick começou a beijar o pescoço de Zeca.

— Erick?

Ele parou com os beijos. Porque aquela não era a voz de Zeca.

E então Erick se deu conta de onde estava, e se lembrou de tudo o que aconteceu na noite anterior. E sentiu vergonha misturada a frustração e tristeza. Ele se soltou da pessoa que estava ao seu lado, se sentando na cama.

— Desculpa, Léo. — Leonardo o encarou e Erick desviou o olhar — Desculpa por ontem. E por agora, eu... Acho que ainda não acordei direito.

— Você não precisa pedir desculpas — disse Leonardo, se virando de lado na cama, ainda deitado. Ele apoiou a cabeça em uma das mãos.

— Tenho sim. — Erick respirou fundo e encarou Leonardo. Precisava olhar para ele e tentar mostrar que realmente estava arrependido — Eu me sinto muito mal por ter te chamado pelo nome dele.

— Tudo bem. Sei que é muita coisa na sua cabeça, que essa situação toda está te deixando confuso.

— Não estou confuso. — Erick balançou a cabeça. Ele precisava deixar claro que ficar com Leonardo não fora um erro. — Eu quis ontem, te beijar. Foi bom. — Erick sorriu, sem graça, e Leonardo retribuiu.

— Só... Talvez precise me afastar dele, é muita coisa para processar.

Erick buscou a mão livre de Leonardo, e eles entrelaçaram os dedos. Ele amou a sensação da mão do ator na sua, parecia que Leonardo estava lhe dando coragem e segurança.

— Sim. Vai ser bom ir embora e deixar ele para trás.

— Eu tento não pensar nele, mas aqui é um pouco difícil.

— Eu entendo.

— Eu não queria te magoar — explicou Erick. Ele sabia que não podia dizer a Leonardo que seus sentimentos realmente estavam confusos, porque ainda não sabia exatamente o que sentia, e não era justo jogar isso em cima do rapaz, ainda mais sabendo que ele gostava de alguém.

— Não magoou — respondeu Leonardo, e Erick não teve certeza se a voz dele tremera ao dizer aquilo.

— Espero que um dia o cara que você gosta perceba o quanto especial você é.

Leonardo sorriu.

— Também espero. E um dia você também vai encontrar alguém especial.

PROJETO NAMORO FALSO

— Sim, eu sei disso — disse Erick, sentindo um aperto no peito ao pensar em Leonardo com o cara que ele gostava.

Leonardo se sentou na cama, cruzando as pernas e pegando a outra mão de Erick. Eles ficaram de frente um para o outro, com as mãos unidas, e o coração de Erick disparou no peito.

— Você precisa se permitir esquecer o Zeca — disse Leonardo.

— Talvez, precise extravasar tudo o que passou, e aí conseguirá seguir adiante.

— Acho que sim. Acho que este fim de semana está servindo para isso, porque estou tendo overdose de Zeca, mas ainda está tudo muito confuso.

— Pensei que não estava confuso — comentou Leonardo, com um sorriso torto no rosto, e o coração de Erick pareceu derreter dentro do peito.

— Não sei exatamente como estou. Antes, eu achava que não conseguiria seguir adiante, e meu objetivo era ter o Zeca de volta. Só que, cada dia que passa, vejo que não vou ter ele de volta.

— E você não quer seguir adiante?

— Quero. Acho que quero. Talvez eu tenha medo de seguir adiante e sofrer ainda mais.

— Você não pode ter medo de sofrer, ou então nunca será feliz de verdade. — Leonardo o olhava com seriedade, e aquela sensação, de que ele conseguia ver fundo em sua alma, envolveu Erick novamente. — Como te falei ontem, você namorou uma pessoa, e não era a pessoa certa. Deu certo por um tempo, mas depois você sofreu e isso fica em você, mas não pode te moldar. Isso tem que fazer você crescer.

— Hoje foi você quem acordou inspirado — comentou Erick, sorrindo.

— Digamos que você me inspirou. — Leonardo piscou um olho e Erick ficou na dúvida sobre qual inspiração ele falara. O beijo? O soneto recitado no dia anterior? Ou o caos em que ele se encontrava? Ficou encarando a boca de Leonardo, com vontade de puxá-lo e beijá-lo novamente, mas já havia feito muito estrago na noite passada. E o ator parecia um pouco perdido em seus pensamentos, e Erick quis saber o que ele pensava e o que achava daquela confusão toda, mas ficou com medo de perguntar. — Está tudo bem deixar que outra pessoa te ame — disse Leonardo, puxando o escritor de seus pensamentos de volta para o quarto.

Erick sentiu um carinho e um amor imenso por Leonardo. Sorriu e se aproximou do ator, levando uma de suas mãos à bochecha dele, dando um beijo de leve nos lábios de Leonardo, que retribuiu.

— O que acha de repetirmos ontem? Praia, almoço lá e depois meu evento? Ou prefere piscina hoje? — perguntou Erick, se afastando e quebrando o clima, antes que fizesse alguma besteira. Depois de tudo o que passaram na noite anterior, não era justo envolver Leonardo ainda mais em suas dúvidas.

O ator estava ali a trabalho, sendo pago para fingir ser o namorado dele, e a última coisa que Erick queria era que ele se sentisse obrigado a também ter que fingir gostar dele quando os dois estivessem sozinhos.

— Piscina — respondeu Leonardo.

Acordar com Erick beijando seu pescoço estava no topo da lista dos melhores momentos que Leonardo poderia sonhar. Acordar com Erick beijando seu pescoço, pensando que ele era Zeca, estava no topo da lista das piores coisas que Leonardo poderia sonhar.

Ele sabia que o escritor havia confundido quem estava com ele no quarto, naquela manhã. Não precisava ser nenhum gênio para notar a mudança na atitude de Erick, quando Leonardo o chamou pelo nome.

E isso poderia ter deixado Leonardo magoado, mas só o deixou triste. Ele fora para Fortaleza sabendo o que o aguardava. Não que esperasse beijar Erick, mas sabia que voltaria de lá para o Rio apaixonado pelo escritor. A única chance de isto não acontecer era se Erick fosse um babaca metido. Só que Erick era um cara legal, muito legal, e romântico, e reservado, e tudo o que Leonardo gostava em uma pessoa. Ele fora sincero quando respondera o escritor no jantar, afirmando que Erick era muito melhor do que esperava.

E agora, que sua certeza se confirmara, e que ele estava ali, apaixonado sem ser recíproco, Leonardo não se sentia mal. Apenas tinha o coração partido e estava desolado, e tentava não deixar que isso o perturbasse. Ele queria curtir cada segundo que ainda passaria ao lado de Erick. Queria aproveitar os momentos dos dois juntos, para levar de lembrança em sua mente, quando voltasse para o Rio de Janeiro.

É claro, precisava conversar melhor com Thales ao voltar para casa, e descobrir até quando o romance falso precisaria continuar. Leonardo ainda tinha esperanças de ficar ao lado de Erick até o lançamento do filme, e que este tempo ajudasse o escritor a perceber o cara que estava ao seu lado. Alguns dias no Ceará poderiam não ser o suficiente, já que Zeca ainda dominava o pensamento de Erick, mas se Thales quisesse que a farsa continuasse, com a aprovação de Erick, talvez Leonardo conseguisse conquistar o coração do escritor aos poucos.

Ele queria ficar o máximo possível ao lado do cara que gostava, e precisava tentar. Afinal, as chances de Erick passar o resto da vida apaixonado por Zeca não eram tão altas assim.

— No que você está pensando? — perguntou Erick, olhando o ator com o canto do olho.

— Em nada — mentiu Leonardo.

— Em nada? Você jura que me engana, né? Eu conheço quem está distante do presente, com a cabeça ocupada por mil pensamentos.

Leonardo sorriu. Os dois ocupavam uma das tendas com sofazinho. Erick lia o livro de Bernard Cornwell que trouxera, Sharpe alguma coisa, e Leonardo encarava a piscina. Já havia nadado um pouco, e queria voltar a nadar, mas antes precisava conversar com Erick.

Não iria confessar que estava gostando dele, mas precisava que o clima entre eles voltasse ao que era antes da noite passada. Desde que saíram da cama, estavam um pouco tensos um com o outro, o que poderia atrapalhar o plano.

— Eu... — Leonardo respirou fundo. — Eu não quero que fique um clima estranho entre a gente.

— Ah. — Erick fechou o livro e o colocou em cima de uma mesinha que havia ao seu lado. — Não vai ficar.

— Já está.

Erick deu uma risada fraca, sem graça.

— Desculpa, acho que é tudo minha culpa.

— Não. Eu não fiz nada obrigado.

— Você está aqui a trabalho.

Leonardo virou o corpo um pouco para Erick, que olhava a piscina.

— Ontem, eu não te beijei a trabalho. Rolou um clima, e eu estava a fim.

Ele percebeu o ar sair forte dos pulmões de Erick, que o encarou.

— Ainda bem. — Erick sorriu e Leonardo quis acariciar sua bochecha, mas permaneceu parado, como estava. — É muita coisa acontecendo em pouco tempo.

— Sim. Mas não é de todo ruim. Foi bom porque nos aproximamos, e agora somos amigos, e estamos aqui curtindo alguns dias juntos — explicou Leonardo, percebendo o semblante de Erick mudar um pouco, mas sem conseguir decifrar o rosto do escritor. — Quero dizer, não que a gente tenha que se pegar a todo momento. — Leonardo tentou explicar melhor, e Erick começou a rir, e o clima entre eles ficou mais ameno. — Mas foi legal. A gente se pegar. — Leonardo piscou um olho, fazendo Erick gargalhar. — Você é um cara legal, e estou gostando de passar um tempo com você.

— Eu também. Foi bom ter vindo para cá com alguém que se tornou um amigo meu — disse Erick, um pouco rápido.

Leonardo ficou triste ao perceber que o escritor quisera deixar claro seu papel ali. Ele fora para o Ceará a trabalho, ficara amigo do seu *"chefe"* e eles se beijaram, mas agora tudo voltava ao que era antes. Mensagem recebida.

— Sim. Somos amigos que se beijaram, mas isso não é motivo para estragarmos a amizade. Continuarei te ajudando enquanto você quiser, porque te ajudar a mostrar para o Zeca que a vida é mais que ele meio que virou uma missão pessoal minha — completou Leonardo, fazendo Erick rir ainda mais. — Você só precisa aguentar mais um dia.

— Obrigado. — Erick se aproximou de Leonardo, que pensou que receberia um beijo nos lábios, como mais cedo, mas tudo que o escritor fez foi beijar a sua bochecha. — Só mais hoje. Amanhã a gente volta para o Rio.

O segundo evento de Erick no *Festival Literário de Fortaleza* foi sobre *Adaptação de Livros Para Cinema e TV*. Quem conduziu a conversa foi novamente Danny Moraes, e Erick se sentiu mais confortável. Ele começara a desenvolver um carinho muito grande por ela. Eram apenas os dois no palco, e Erick se sentiu em um programa de entrevistas, onde Danny perguntava e ele respondia, e se surpreendeu por não estar nervoso.

Leonardo mais uma vez ocupava a primeira fila da plateia, com a sala novamente cheia. Erick olhava as pessoas presentes ali, e reconheceu algumas do evento do dia anterior. Reconheceu também o barman bonitinho, que pedira seu autógrafo na festa da Casa do Livro.

E reconheceu, no meio de todos, Vicente abraçado a seus três livros, com Zeca ao seu lado. Seu ex estava com o braço ao redor dos ombros do namorado, e os dois o encaravam; Vicente com o semblante feliz, Zeca com o semblante... indecifrável.

Erick não manteve contato visual muito tempo com seu ex. Desviou o olhar rapidamente, voltando a encarar Leonardo, que o fotografava.

— Antes de abrirmos para perguntas, eu fiquei sabendo que há alguém especial aqui — disse Danny, piscando para Erick e olhando Leonardo.

— Ah, sim. — Erick sorriu, sentindo suas bochechas arderem. Esperava que o público não notasse que elas estavam vermelhas.

— Podemos chamar seu namorado ao palco? — perguntou a jovem, arrancando gritos animados da plateia.

Erick acenou para Leonardo, que parecia um pouco sem saber o que fazer, o que o deixou mais adorável. O escritor quis pular na plateia e envolver o namorado falso em um abraço e um longo beijo. Ao invés disso, pegou o microfone e se surpreendeu ainda mais com a sua iniciativa.

— Vem cá, Fofuxo — disse Erick.

A plateia foi ao delírio e Leonardo arregalou os olhos, subindo ao palco às gargalhadas.

— Pensei que era eu quem te chamava de Fofuxo — brincou Leonardo, no microfone, se sentando ao lado de Erick em uma cadeira que fora trazida rapidamente para ele.

— Acho que eles não se importam — comentou Erick, dando um beijo na bochecha de Leonardo, fazendo o público gritar ainda mais.

Erick olhou a plateia, sorrindo, e viu Zeca fechar a cara, o que o deixou mais feliz. Vingança era realmente algo estranho.

— Ah, que coisa mais fofa, não é mesmo? Mas acho que todos preferimos Lerick em vez de Fofuxo — comentou Danny, arrancando risos de todos.

Ela começou a ler sobre a carreira de Leonardo, passando informações sobre o ator para quem ali não o conhecesse.

— Desculpa roubar seu momento — sussurrou Leonardo, no ouvido de Erick.

— Está brincando? Isso está ótimo! — sussurrou Erick, de volta, dando outro beijo na bochecha de Leonardo.

Quando Leonardo foi chamado para o palco, ele quase se engasgou, porque era algo que não esperava. Quando Erick o chamou de Fofuxo no microfone, Leonardo ficou na dúvida se o escritor ainda estava sob o efeito da bebida da noite anterior.

Para uma pessoa que não gostava de demonstrações de afeto em público, Erick se mostrou um pouco contraditório, mas ao subir no palco e ver Zeca na plateia, Leonardo entendeu o comportamento do escritor. O ator poderia ter se sentido ofendido, mas ele estava mais preocupado em Erick não gostar de ele estar ali em cima do palco também.

— Desculpa roubar seu momento — sussurrou Leonardo, no ouvido de Erick, realmente se sentindo um pouco perdido.

Ele não havia ido para Fortaleza para dar entrevistas, e estava totalmente despreparado, naquele sábado de tarde, para participar de uma conversa com duzentas pessoas assistindo.

— Está brincando? Isso está ótimo — sussurrou Erick, de volta, beijando sua bochecha.

Leonardo relaxou e Erick segurou sua mão, entrelaçando os dedos. O ator viu o rosto de Zeca ser tomado por uma fúria, e tentou controlar o riso, levando a mão de Erick até sua boca e dando um beijo nela, fazendo a plateia delirar.

As perguntas foram basicamente as mesmas que Danny havia feito na entrevista de quinta: como os dois se conheceram, como o namoro começou, como estava sendo para Leonardo participar do filme baseado no livro de Erick.

Depois que algumas pessoas da plateia acrescentaram outras perguntas, a jovem encerrou o bate-papo e a fila para autógrafos se formou. Leonardo se levantou e ficou novamente afastado, como fizera no dia anterior.

Mais uma vez, alguns leitores se aproximaram, pedindo fotos e autógrafos, e Leonardo atendera a todos.

— Eu amei o bate-papo — disse Irene, parando ao lado de Leonardo. — Foi tão despojado e divertido. E bem descontraído.

— Foi legal — respondeu Leonardo, observando Zeca com o canto do olho. O ex de Erick estava na fila com Vicente, e Leonardo se perguntou se deveria ir até a mesa onde Erick autografava quando chegasse a vez deles.

— Foi sim. Ainda bem que estão gravando tudo, porque o pessoal da Papiro vai querer usar algumas cenas, para a divulgação do filme — comentou Irene, se afastando para falar com alguém da organização do Festival.

Leonardo se encontrou sozinho, e viu Zeca falar algo com Vicente e deixar o namorado na fila, e caminhar em sua direção.

— Ah, droga — reclamou Leonardo, baixinho, para ninguém.

— Que encenação foi aquela? — perguntou Zeca, ocupando o lugar onde Irene estivera poucos segundos antes.

— Não sei do que você está falando — respondeu Leonardo, sem esconder a impaciência na voz.

— Essa coisa ridícula de Fofuxo, e vem aqui em cima, e pulseirinha com um nome brega, e nós nos amamos até a morte. Isso não cola, não com o Erick.

— Olha, não estava planejado de a Danny me chamar para o palco. — Leonardo se virou para Zeca, que tinha um sorriso no rosto. — O resto não te devo explicações, mas posso afirmar que vou amar o Erick até a morte.

— Ainda não descobri qual é a sua, mas vou descobrir.

— Que bom que fico ocupando boa parte dos seus pensamentos — disse Leonardo, piscando um olho.

O sorriso de Zeca sumiu, dando lugar a uma expressão de raiva.

— Você se acha muito.

— Eu não me acho nada. Estou aqui, sempre no meu canto, quieto, e é você quem sempre chega e começa a me perturbar. Se não gosta de mim, não fica perto. — Leonardo cerrou os olhos e sorriu com o canto da boca. — Ou então é isso, você se sente tão atraído por mim que não consegue ficar longe.

— Como você é irritante. Não sei como o Erick te aguenta.

— Bom, talvez, com ele, eu não seja irritante, não é mesmo?

— Eu vou descobrir o que me incomoda nesse relacionamento de vocês.

— Talvez o que te incomoda é que o Erick está vendo que consegue viver longe de você. Está percebendo que há outros caras interessantes por aí, e que você não vale uma noite mal dormida. A não ser que a noite mal dormida seja comigo — comentou Leonardo, piscando novamente e deixando Zeca sozinho.

A fila diminuiu e Erick tentou não demonstrar nervosismo quando Vicente parou na sua frente, entregando seus três livros. Ele sorria, parecendo um pouco nervoso, e isso fez Erick relaxar.

— Oi — disse Vicente, um pouco sem graça. — Eu... Eu amo seus livros e, espero que não seja estranho, mas gostaria de ter eles autografados.

— Claro, não é estranho, não — disse Erick, achando estranho sim. O que ele ia escrever na dedicatória? *"Espero que viva um amor como os que eu criei?"* Ou *"Seja feliz e seja amado por um cara maravilhoso?"*.

Qualquer coisa que ele escrevesse poderia soar como algo de duplo sentido, ou uma alfinetada em Zeca. Ou uma prova de que ele não seguira adiante. Ou que estava com ciúmes.

Erick autografou os livros de Vicente tentando pensar que ele era como os outros leitores, e não o atual do seu ex. O rapaz não tinha culpa do que acontecera entre ele e Zeca.

— Aqui — disse Erick, entregando os livros para Vicente.

— Obrigado. — Vicente pegou os três exemplares e abraçou, e Erick achou a cena fofa, e seu coração se partiu com isso. — Posso tirar uma foto com você?

— Claro que sim — respondeu Erick, se levantando.

Vicente foi para o seu lado e abraçou a cintura de Erick, que achou aquilo tudo muito constrangedor e estranho. Ele não sabia como agir, mas abraçou Vicente de volta.

— Obrigado por criar histórias tão lindas — disse Vicente, dando um abraço forte em Erick e se afastando, no instante em que Leonardo parou ao lado do escritor.

— Tudo bem aí? — comentou Leonardo.

— Ainda não sei. — Erick balançou a cabeça e voltou para a mesa.

A filha de Adenor se aproximou, acompanhada de algumas amigas. Elas conversaram com os dois e se afastaram, dando espaço para o barman da festa da Casa do Livro.

— Meu nome é Juliano — disse o barman, corando. Erick o achou ainda mais fofo e bonitinho. — O mesmo nome do seu personagem — completou ele, encarando Leonardo por mais tempo do que o normal. E Erick sentiu algo dentro dele, uma sensação estranha que não soube explicar.

— Sério? Que legal — comentou Leonardo, cumprimentando o rapaz.

— Eu quero muito uma foto com você — disse ele, ainda encarando Leonardo, e Erick se sentiu invisível ali. — Com vocês — corrigiu ele, olhando Erick.

— Claro — respondeu Erick, levantando os olhos e percebendo que Leonardo sorria para o jovem.

Seu peito se apertou e ele se sentiu sobrando na conversa.

E não gostou disto.

CAPÍTULO 16

O poeta desaparece
Envolto em cantos e plumas
Enquanto a noite enlouquece
No seu claustro de ciúmes.

O Poeta e a Lua, Vinicius de Moraes

A festa de encerramento do *Festival Literário de Fortaleza* acontecia na mesma tenda que as outras festas do evento, com uma banda de forró ocupando o lugar que o DJ estivera tocando na noite anterior. Erick teve um *déjà vu* quando entrou ali e seguiu Leonardo até o bar.

— Parece que voltamos para ontem — comentou Leonardo, sorrindo, tirando os pensamentos da cabeça de Erick.

— Estava pensando a mesma coisa.

— Caipirinha de novo? — perguntou Leonardo, chegando ao bar e se apoiando no balcão. Erick parou ao lado dele.

— Só água hoje.

Leonardo ergueu a sobrancelha.

— Pode beber, prometo não te agarrar.

— Acho que eu que te agarrei, mas não é isso — mentiu Erick.

Ele não queria beber porque as duas últimas vezes que bebera não saíram como planejara. Na verdade, não planejara nada, mas naquela noite, queria ter controle total de tudo o que fizesse. E, caso beijasse Leonardo, queria ter a certeza de que não trocaria o nome dele pelo de Zeca.

— Beleza, então. — Leonardo se virou para o bar e viu Juliano, o barman da noite anterior.

Erick também o viu e sentiu um bolo se formar em seu estômago, principalmente quando Juliano se aproximou, sorridente e encarando Leonardo.

O ator e o barman trocaram algumas palavras, e rapidamente Erick estava com uma garrafa de água na mão e Leonardo com uma cerveja.

— Acho que ele gostou de você — sussurrou Erick, no ouvido de Leonardo, quando Juliano foi atender outra pessoa.

— É? Bem... — Leonardo deu de ombros e o escritor não soube decifrar o significado do gesto. Os dois ficaram observando as pessoas dançando. Erick sentia o olhar do ator nele. — Espera aí! Acho que tem alguém com ciúme — brincou Leonardo, rindo, quando Erick o encarou.

— Não é nada disso. Só não quero estragar o disfarce, agora que a viagem está acabando.

— Ah, tá... — Leonardo pressionou os lábios. — Não se preocupe, sou profissional.

Erick sentiu o peito apertar com as palavras de seu namorado falso. Não queria soar como um idiota, mas não conseguiu se segurar. Ele realmente pensou estar sentindo um pouco de ciúmes dos olhares de Juliano para Leonardo, mas disse a si mesmo que era apenas por causa do plano do namoro falso.

— Desculpa.

— Para de pedir desculpas — disse Leonardo, empurrando o braço de Erick com o seu. Eles ficaram um tempo em silêncio, com Erick ainda se sentindo mal pela forma como falara.

— Quer dançar? — perguntou Erick, depois de um tempo.

— Dançar forró? — Leonardo o olhou novamente com o canto do olho. — Você sabe dançar forró?

GRACIELA MAYRINK

— Sei — respondeu Erick, sentindo as bochechas arderem com uma lembrança antiga.

— Ah, meu Deus, olha a sua cara! — Leonardo se colocou na frente dele. — O que tem por trás dessa história? Não me diga que foi o Zeca quem te ensinou.

— Não. — Erick começou a rir. — Na verdade, eu o ensinei — sussurrou ele.

— Vamos, me conte tudo.

— Não há muito que contar. — Erick deu de ombros, levando sua mente para alguns anos atrás, quando estava no colégio. — Tinha esse carinha no meu ensino médio, e ele era muito fofo. E quando digo muito fofo, quero dizer MUITO fofo mesmo. E, bem, eu descobri que ele sabia dançar forró, e aí pedi a ele para me ensinar.

— E você ainda tem coragem de dizer que não há muito que contar! Aposto que vocês namoraram um tempo e foram felizes, até a universidade separar os dois.

— Não. — Erick balançou a cabeça e tomou alguns goles de água, tentando criar um clima de suspense. Ele conseguia sentir a ansiedade saindo do corpo de Leonardo. — Ele me ensinou, e muito bem, mas ele me disse que é hétero. Eu até que suspeitava, mas ele podia ser bi, né?

— Sim. — Leonardo sorria, e Erick se perdeu naquele sorriso. Leonardo o encarava, fazendo-o novamente sentir como se só existissem os dois no mundo.

— Quando ele percebeu o que eu queria, abriu o jogo que era hétero e eu não tinha chance alguma. Rimos muito, eu fiquei com muita vergonha, viramos melhores amigos e ele me contou que gostava de uma amiga minha. Eu apresentei os dois, e eles estão juntos até hoje.

— Uau. — Leonardo bebeu um pouco da cerveja e voltou a ficar ao lado de Erick. — Devia usar isso em um livro seu.

— Ah, sim. O personagem que foi atrás do outro para aprender a dançar forró, aprendeu, mas ficou sem o carinha fofo, que é hétero e virou seu amigo. Que livro lindo.

— Você pode colocar um final feliz para o seu personagem. Ele vai para a faculdade e conhece um ator loiro e atraente, por quem todos são apaixonados e suspiram quando ele passa, desfilando sua beleza pelo campus universitário — disse Leonardo, empurrando novamente o braço de Erick com o seu.

— Que personagem mais humilde.

— Não é? Seus leitores vão amá-lo. — Leonardo terminou a cerveja e tirou a garrafa de água vazia das mãos de Erick. — Vem, vamos, eu não sei dançar forró e você vai me ensinar.

Leonardo o puxou para a pista, e Erick sentiu qualquer preocupação que ocupava a sua cabeça ir embora. Ele adorava o fato do ator levar tudo numa boa e conseguir mudar completamente o clima entre eles, quando ficava ruim ou estranho.

E gostava da companhia do rapaz. Erick começou a pensar em como seria voltar para casa e não ter Leonardo ao seu lado, fazendo piadas bobas, ou rindo, ou fazendo ele se sentir melhor. O ator parecia ter a capacidade de fazer Erick se sentir uma pessoa especial apenas com o olhar, mas ele não sabia se isso também era parte do profissionalismo dele ou não. O mundo não parecia o mesmo quando o escritor pensava nisso, que tudo, ou quase tudo, o que Leonardo fazia era parte do acordo.

E se perguntava se ele agiria da mesma forma, daquele jeito despojado que estava agindo em Fortaleza, se fossem namorados de verdade.

Apesar de a pista estar cheia, Leonardo e Erick encontraram um espaço em uma das extremidades. Leonardo queria aprender a dançar, mas também queria muito segurar a cintura de Erick e o puxar para perto, e o forró foi a desculpa perfeita para sentir o calor e o cheiro do corpo dele o envolvendo.

— É mais fácil eu te guiar. Coloca a mão no meu ombro — indicou Erick, abraçando a cintura de Leonardo, que sentiu uma eletricidade pelo corpo quando o escritor segurou forte a base de suas costas.

— Assim? — perguntou Leonardo, envolvendo os ombros de Erick com uma das mãos e encaixando a outra na do escritor.

— Sim, mas relaxa um pouco. Você está muito tenso — gritou Erick, por cima da música.

Ele começou a dar instruções e Leonardo tentou seguir, mas não dançava tão bem quanto Erick. Ele não conseguiu acompanhar de imediato o ritmo da música, nem os passos e instruções do escritor. Tudo bem que o fato de Erick ter um gingado incrível, com movimentos precisos e sensuais, não ajudava em nada. Os dois riam muito, e Leonardo pisou no pé de Erick algumas vezes.

— Acho que não nasci para isso — comentou Leonardo, no ouvido de seu namorado falso, quando a música terminou.

— Você não vai aprender de uma vez, aos poucos vai melhorar. Nada que umas aulas quando voltarmos para casa não ajudem.

Leonardo sentiu o coração acelerar quando Erick mencionou "algumas aulas" e "voltarmos para casa". Era uma indicação de que pretendia continuar se encontrando com ele.

Os dois ficaram parados na extremidade da pista, vendo alguns casais dançando, entre eles Danny e um rapaz. Ela era muito boa naquilo.

— Um dia vou dançar igual a ela — disse Leonardo, indicando a digital influencer. — E igual a você.

Erick sorriu e pegou a sua mão, entrelaçando os dedos. Isto deixou Leonardo feliz, porque ele estava com medo de que Erick poderia ter se soltado mais, e se aproximado dele nas outras festas, só por causa da bebida.

Ele sabia que o escritor não o beijara só porque estava bêbado, deu para perceber que era o que queria. É claro, eles se beijaram, *"se pegaram"* como havia dito naquela manhã, mas talvez, se não tivesse bebido um pouco, Erick não o tivesse beijado.

E Leonardo não se importava com isso, só queria beijá-lo de novo. E abraçá-lo, e dizer que tudo ia ficar bem, que ele esqueceria Zeca e poderia se apaixonar pelo cara que estava ali, ao seu lado, e que este cara gostava dele e queria fazê-lo feliz.

Ao invés disso, só avisou a Erick que ia ao bar enquanto Danny se aproximava deles.

— Vou pegar outra cerveja. Quer algo?

— Não, valeu! — respondeu Erick.

Leonardo se afastou, deixando Erick conversando com Danny.

Ao chegar ao bar, Leonardo viu Juliano sorrindo com a sua aproximação. Ele pediu uma cerveja e, enquanto o barman pegava uma *long neck*, ficou pensando no que Erick falara, sobre Juliano ter gostado dele.

O barman era bonitinho, e talvez Leonardo o olhasse com outros olhos se não estivesse ali, naquela festa, ao lado do cara que gostava.

— Aqui — disse Juliano, entregando a *long neck* e tocando a mão de Leonardo. — Espera um minuto.

O jovem se afastou e pegou um guardanapo, escrevendo algo nele. Leonardo sentiu o sangue gelar, antevendo o que viria a seguir.

Juliano se aproximou e entregou o guardanapo, onde havia um número de telefone anotado.

— Cara, valeu. — Leonardo sorriu de forma simpática, mas sem dar muita abertura. — Mas se eu dei a entender algo, foi sem querer. Eu amo o Erick.

— Eu sei — comentou Juliano, baixinho, próximo do rosto de

Leonardo. — Mas se um dia não estiverem mais juntos e você voltar em Fortaleza... — Ele se afastou um pouco e deu de ombros.

Alguém o chamou e Juliano foi atender a pessoa, deixando Leonardo sozinho, encarando o número de telefone. O que faria com aquilo? Ele não queria Juliano, nem agora, nem nunca. Ele queria Erick, para sempre.

Leonardo balançou a cabeça, deu um gole na cerveja e enfiou o guardanapo no bolso.

Depois que Leonardo se afastou, indo para o bar, Erick ficou conversando com Danny. Ela aparecera sozinha e ele quis saber sobre o carinha com quem dançava.

— Ele trabalha em um canal de televisão local — respondeu ela.

— Ele parece gostar de você — comentou Erick.

— Ele vem me rodeando há algum tempo. — Danny sorriu e Erick percebeu que ela se divertia com aquilo.

— E cadê ele, agora?

— Foi beber algo. Igual seu namorado.

Erick sentiu o coração acelerar com aquela palavra. Cada vez que alguém a citava, se referindo a Leonardo, ele se enchia de amor e tristeza.

Quando o rapaz que dançara com Danny voltou, segurando uma garrafinha de água e parando ao lado deles, Erick percebeu que sobrava.

— Eu preciso beber algo, estou com sede — mentiu Erick, para a garota.

— Ah, tá. — Ela sorriu, piscando o olho, e ele a deixou ali, na pista, feliz com o carinha com quem estava... *flertando*?

Caramba, isso era uma palavra que Zeca amava usar, pensou Erick,

PROJETO NAMORO FALSO

e isto o deixou um pouco melancólico. Zeca amava dizer flertando. Ele tentava encaixar a palavra em todas as frases que podia.

— Flertar é uma palavra sexy, Erick, você deveria usá-la mais nos seus livros — dizia seu ex, entre beijos, abraços e sussurros. — Olhe o som dela: *flertar*... Eu estou *flertando* com você.

Erick apenas ria, perdido nos encantos de Zeca. Encanto era outra palavra que seu ex amava usar.

Ao se aproximar do bar, o escritor balançou a cabeça, tentando tirar Zeca dos pensamentos. Mas antes de chegar ao balcão, Erick parou, sentindo o corpo congelar ao ver Leonardo e Juliano conversando, com as cabeças próximas. Ele engoliu em seco, e pareceu como se o seu mundo desabasse quando viu Juliano entregar um guardanapo para Leonardo, falar algo mais em seu ouvido e se afastar. E seu coração se apertou quando Leonardo dobrou o guardanapo e o guardou no bolso.

Erick não precisava ser um gênio para saber o que havia naquele guardanapo. Mas queria ser um, para tentar decifrar todo aquele turbilhão de sentimentos que o invadiu. Estava confuso, sabia disso, mas não devia se importar com o fato de Leonardo pegar o telefone de Juliano. Ele era solteiro, podia sair com quem queria, desde que fosse discreto, certo? Por que isto incomodava Erick? Seria por ele não querer que as pessoas pensassem que seu namorado o estava traindo? Ou por ele não querer que Leonardo ficasse com alguém?

Antes mesmo de deixar a festa, o escritor sentiu lágrimas surgindo em seus olhos, mas conseguiu segurá-las. Não queria chorar ali. Não ia chorar ali.

E assim que saiu da tenda, escutou alguém chamar seu nome, alguém vindo atrás dele. E seu coração ficou ainda menor quando percebeu que não era Leonardo quem o seguia.

— Espera, Erick, eu preciso falar com você — disse Zeca, tocando em seu ombro e o virando.

205

— Agora não, estou cansado — mentiu Erick, tentando não encarar seu ex.

— Por favor. — Zeca olhou para trás, como se verificasse se alguém os seguira. — Eu... Vem cá.

Ele puxou Erick para longe da tenda, na direção do restaurante, que não estava mais cheio àquela hora. Pararam próximos de algumas árvores, em um local um pouco escuro e reservado.

Os dois ficaram frente a frente, mas distantes, e Erick olhava o chão, piscando várias vezes para impedir que as lágrimas fugissem. O que menos precisava era que Zeca o visse chorando e percebesse que algo estava errado.

Até porque Erick não sabia o que estava errado.

— O que você quer, Zeca? Já não me disse tudo o que pensava de mim? — perguntou Erick, irritado.

— Eu não penso aquilo de você.

— Não foi o que pareceu.

— Desculpa, eu me excedi. Não consegui te ver com outra pessoa, estava com ciúmes e magoado.

— Ciúmes e magoado? De quê? Foi você quem me largou! — disse Erick, um pouco alto, levantando o rosto, se sentindo frustrado e sem forças para lidar com Zeca naquele instante.

— Eu sei. Eu meio que pirei quando o Leonardo falou aquelas coisas, que tive a minha chance e te larguei. E o quanto você é incrível, e ele tem razão, você é. E não devia ter desistido tão fácil. — Zeca respirou fundo, encarando Erick. — Eu descobri o que está errado no seu relacionamento.

— O quê? — sussurrou Erick, assustado.

A forma como ele perguntou deve ter soado errada, porque Zeca deu um passo à frente, talvez pensando que Erick estava lhe dando uma abertura. A verdade é que Erick estava apavorado.

— Vocês não se gostam, não da forma como estão tentando

demonstrar. Há algo errado aí, e fiquei o fim de semana todo pensando nisso, e juntando as peças de tudo o que vocês me disseram.

— Como é que é? Você acha que é tudo armação? — comentou Erick, tentando não gaguejar, nem soar ainda mais em pânico.

— Não, claro que não. Já disse que nem tudo é um livro seu, Erick. Não tenho a mente tão fértil para achar que você arrumou um namorado falso — explicou Zeca, dando outro passo na direção de Erick, que não conseguia se mover, ainda preenchido por pavor, pânico, medo, o que quer que fosse. Ele sabia que precisava sair dali antes que falasse algo errado, ou antes que Zeca se aproximasse ainda mais. — O que eu percebi é que você o está usando para me esquecer. E que ele está te usando para alavancar a carreira dele. É um relacionamento de benefício mútuo.

Erick piscou algumas vezes, mas não para espantar mais lágrimas, e sim para ter a certeza de que ouvira direito. E disparou a rir. Ele começou a rir descontroladamente.

— Você está errado, já disse isso. Eu amo o Leonardo.

— Não ama. Pode até gostar, mas eu sei que você não o ama e sabe por quê? Porque sei que você ainda fica balançado com a minha presença.

— Caramba, Zeca, o que você quer? — disse Erick, já sem paciência.

— Você.

Zeca não deu tempo a Erick de entender o que falara. Ele o puxou pela cintura, trazendo-o para mais perto, e levou uma das mãos à nuca do escritor, beijando-o. Erick demorou poucos segundos para reagir ao que acontecia, e empurrou seu ex quase que imediatamente.

— Você está maluco? Você tem namorado!

— Você também — comentou Zeca.

— Sim, e por isso não saio beijando os outros por aí. Porque eu tenho um namorado que amo.

— E onde ele está agora?

Erick respirou fundo, antes de responder.

— Está na festa, se divertindo. Eu pedi que ele ficasse lá, porque não queria estragar a noite dele. — Erick balançou a cabeça. — Que droga, não tenho que me justificar para você.

— Erick... — Zeca voltou a se aproximar do escritor, que deu um passo para trás.

— Eu não acredito que você me beijou, depois de tudo o que você me fez, depois de tudo o que me disse. E você está com alguém que diz amar... Como você pôde fazer isso? — Ele parou de falar e arregalou os olhos, esticando uma das mãos entre os dois, para impedir que Zeca se aproximasse quando se deu conta de algo. — Você fazia isso quando estava comigo?

— O quê? Não, claro que não! Eu te amava. Eu ainda te amo. — Zeca tentou se aproximar novamente, mas Erick o impediu.

— Eu não te amo mais. Agora, eu amo outra pessoa — disse Erick. — Caramba, vê se para de me seguir e me deixa ser feliz em paz — completou ele, saindo e deixando Zeca sozinho.

CAPÍTULO 17

Volta, ó alma, ao lugar de onde partiste
O mundo é bom, o espaço é muito triste...
Talvez tu possas ser feliz um dia.
Revolta, Vinicius de Moraes

Fazia um tempo que Leonardo estava no bar. Ele tentava não olhar Juliano, mas o fato de o jovem perguntar se ele queria mais alguma coisa a cada dois minutos não ajudava.

A cerveja estava quase acabando quando Irene se aproximou, e eles conversaram um pouco, o que Leonardo agradeceu silenciosamente, pois manteve Juliano longe. Depois que ela saiu, ele pegou outra cerveja, que o barman trouxe rapidamente, tentando engatar uma conversa, mas o ator foi salvo por Célia, que apareceu perguntando se ele precisava de algo. Ele questionou se ela não descansava nunca.

— Quando acabar o Festival, eu descanso — brincou a *promoter*, pegando uma cerveja com Juliano, que observava os dois enquanto trabalhava.

Leonardo tentou ignorar os olhares do barman, procurando por Erick e Danny na pista de dança. Ele não viu seu namorado falso, mas encontrou Danny dançando com o mesmo carinha de antes. O ator olhou ao redor, tentando ver Erick, sem sucesso.

E quando ele viu Vicente conversando com algumas pessoas da Casa do Livro, sem Zeca ao seu lado, Leonardo sentiu um aperto na boca do estômago. Ele pediu licença a Célia e deu uma volta pela tenda, sentindo o coração acelerar a cada passo.

Ele não encontrou Erick. Nem Zeca. E já não sabia se seu coração estava acelerado de preocupação, medo, ciúme, tristeza. Só queria encontrar Erick sem Zeca ao seu lado.

Ao chegar próximo da entrada da festa, Leonardo conseguiu se acalmar um pouco ao reconhecer Zeca entrando, mas o semblante do editor não estava muito bom, e o ator já não sabia mais se podia ficar aliviado ou não. Era óbvio que ele havia estado com Erick.

Leonardo deixou a festa e parou ao lado de fora da tenda, tentando imaginar onde Erick estaria. Provavelmente no quarto. Foi até lá e não encontrou ninguém. Pegou seu celular, mas não havia mensagens de Erick. Tentou ligar, mas o escritor não atendeu. Ele enviou uma mensagem e esperou um tempo, sem resposta.

Sentindo-se impotente e um pouco desesperado, Leonardo decidiu sair do quarto. Não iria ficar ali esperando por Erick, sem saber o que aconteceu ou que horas ele voltaria. Embora o resort fosse grande, não havia muitos lugares onde se esconder.

Então, Leonardo se lembrou da praia e decidiu procurar lá primeiro. E se sentiu aliviado ao reconhecer a silhueta de Erick na penumbra, assim que pisou na rampa de acesso à areia. Ele estava sentado em uma espreguiçadeira, igual fizera na quinta à noite.

— Erick? — chamou Leonardo, baixo.

O escritor olhava o mar, sem se mexer. Leonardo se aproximou devagar e percebeu que Erick chorava. Respirou fundo e se sentou ao seu lado, em silêncio, e Erick segurou sua mão, sem olhá-lo. Leonardo decidiu ficar quieto, dando espaço a ele.

— Como você me achou? — perguntou Erick, depois de um tempo.

— Fui até o quarto e não te vi lá. Decidi dar uma volta e me lembrei daqui. — Leonardo respirou fundo e apertou a mão de

PROJETO NAMORO FALSO

Erick. — Eu vi o Zeca entrando na festa. — Erick apenas balançou a cabeça e não falou nada. — Vocês conversaram?

O escritor não respondeu de imediato, e Leonardo sentiu uma apreensão tomar conta dele. Estava com medo do que poderia escutar.

— Ele veio atrás de mim, quando saí da festa.

— O que aconteceu? Quer falar sobre isso?

— Não. — Erick enxugou uma lágrima, que escorreu pela bochecha. — Parece que vim para Fortaleza só para chorar.

— Você veio para se encontrar com seus leitores incríveis, e participar de um evento bem legal. E para esfregar na cara do idiota do seu ex que você é o máximo e ele perdeu.

Erick deu uma risada seca.

— É mais ou menos por isso que estou chorando.

— Por que esfregou na cara dele que ele perdeu?

— Sim. — Erick soltou a mão de Leonardo e a passou nos cabelos. — Ele veio atrás de mim, falando que percebeu que me perdeu.

— Que bom! — comentou Leonardo, tentando soar feliz. Por dentro, estava em pânico.

— Não, não foi bom. — Erick encarou Leonardo pela primeira vez desde que o ator chegara ali. — Ele me beijou.

— Sério? — disse Leonardo, porque não sabia o que dizer.

— Como ele fez isso comigo? E com o Vicente? Como ele faz o que faz e depois vem atrás de mim, dizendo que ainda me ama, e me beija com o namorado dele há metros de distância da gente? — Erick balançou a cabeça novamente, enterrando-a nas mãos, e Leonardo ficou em silêncio, deixando-o desabafar. — Eu quis tanto que isso acontecesse — sussurrou o escritor, com a voz abafada pelas mãos. — E agora que aconteceu, não foi como eu queria. — Erick levantou o rosto, que estava molhado e vermelho de tanto chorar.

— Eu pensei que você ia ficar feliz, se ele viesse atrás de você.

— Eu também. Mas algo se quebrou dentro de mim, quando

GRACIELA MAYRINK

ele me beijou. Eu não esperava que ele fizesse isso. E agora estou me perguntando se ele já me traiu, se fazia isso sempre.

— Não sei o que dizer — comentou Leonardo, porque realmente não sabia o que dizer. Erick ficou em silêncio. — Eu não conheci vocês antes, não sei nada sobre ele além do que vi aqui e do que você me contou.

— Eu sei. — Erick suspirou alto. — Sempre confiei nele, sabe. Acho que relacionamento é isto, confiar na pessoa. E ele sempre pareceu fiel e apaixonado, mas ele parecia ser assim com o Vicente também. — Erick voltou a olhar Leonardo. — Como ele pôde fazer isso? Depois de tudo...

Erick voltou a chorar e Leonardo o puxou para perto, abraçando-o. Ele deixou que Erick esgotasse as lágrimas, até ficarem os dois ali, quietos, em silêncio, em um abraço triste.

A mão esquerda de Leonardo pressionava as costas de Erick, e a direita alisava seus cabelos. Ele sentiu a respiração do escritor desacelerar, até ele se acalmar completamente.

Ainda ficaram mais um tempo abraçados, e Leonardo não queria soltá-lo nunca mais.

— Eu estou aqui — sussurrou Leonardo, depois de um tempo. — Pode contar comigo.

Ele apertou Erick contra seu corpo e seu rosto buscou o do escritor. Erick o encarou, ainda com olhos vermelhos, e Leonardo o beijou sem se importar com o que ele iria pensar.

Erick retribuiu o beijo e Leonardo levou a mão esquerda para dentro da camiseta que o escritor usava, no mesmo segundo em que começava a beijar seu pescoço. Erick gemeu e Leonardo sorriu, para no instante seguinte sentir Erick o soltando.

— Eu não vou te usar — disse Erick, se levantando.

— Eu não me importo.

— Eu me importo, principalmente depois de tudo o que aconteceu. — Erick balançou a cabeça. — Eu mereço alguém que me ame de verdade, e você também. E mereço alguém que esteja ao meu lado porque quer, não porque está sendo pago para isso.

— É isso que você pensa? Que estou te beijando porque estou sendo pago? Eu quero te beijar — disse Leonardo, tentando controlar a voz para ninguém escutar, embora os dois estivessem sozinhos na praia.

— E eu também quero te beijar. Mas também quero algo real, não algo planejado ou... contratado.

— É sério isso? Você realmente acha que não tem envolvimento aqui? — perguntou Leonardo, indicando os dois, um pouco irritado.

— Nós nos envolvemos porque estamos o dia todo juntos. E você está meio que trabalhando.

— Uau, acho que nunca fui tão ofendido na vida! — comentou Leonardo, se levantando e ficando de frente para Erick.

— Desculpa, as palavras saíram um pouco erradas. O que quero dizer é que nós nos envolvemos porque estamos convivendo o tempo todo. Você é um cara legal, mas gosta de outra pessoa. E eu mereço algo real, e você também.

— Então isso não é real?

— Você acha que é? Porque, até onde eu sei, você gosta de outra pessoa. E eu estou aqui envolvido com você e o meu ex. E eu vi o jeito que o barman te secou com os olhos.

— O quê?

— O cara do bar.

— Você está com ciúmes? — perguntou Leonardo, tentando não rir.

— Não. Só que eu sei que, se não fosse por mim, a uma hora dessas você podia estar nos braços dele. Mas está aqui comigo porque é o seu trabalho.

Leonardo respirou fundo, tentando se controlar. Ele fora ali porque pensara que Erick havia brigado com Zeca. E descobrira que o que acontecera era pior: Zeca havia beijado Erick. E ele o consolara, e depois o beijara, e agora já se perguntava se havia passado dos limites. Mas Erick também estava passando dos limites e, naquele instante, ele estava muito bravo com o escritor.

— Você podia ser menos babaca, hein, Erick?

— Estou sendo sincero.

— E agora vou ser também. Eu não quero aquele barman. Eu quero te beijar. — Leonardo deu um passo para a frente, mas Erick recuou. — E você? O que quer?

— Quero alguém que goste de mim de verdade. Não alguém que precisa ser pago para fingir isso.

— E quem disse que eu não sou esta pessoa?

— Eu vi o Juliano te entregando um guardanapo com o número de telefone dele — disse Erick, cruzando os braços.

— Aquilo não significou nada.

— Então por que você guardou no bolso?

A noite estava longe de sair como Erick pensara. Na verdade, toda a viagem fora completamente diferente do que imaginou. Ele saiba que ir para Fortaleza com um namorado falso era um erro, mas não encontrara outra solução em poucos dias. Jamais viajaria para lá sozinho.

E agora que estava ali, com Leonardo, e passara alguns dias ao lado dele, Erick tinha a certeza de que estava certo desde o começo. Aquele plano tinha tudo para dar errado, e deu. Assim como no seu livro, ele se envolvera com seu namorado falso, mas diferente de lá, a pessoa contratada não se apaixonara. O escritor tivera a certeza disto ao ver Leonardo guardando o número de Juliano.

Claro, Leonardo queria beijá-lo, *"dar uns pegas nele"*, como ele mesmo falara, mas só isso. Provavelmente também queria *"dar uns pegas em Juliano"*, se tivesse a chance.

A pulseirinha em seu braço parecia arder quando Erick olhou para baixo. Ele se lembrou de Leonardo a colocando em seu pulso. Naquele dia, achou o gesto do ator atencioso. Agora, se sentia triste porque ele era o cara perfeito, aquele com o qual Erick sonhara, mas estava ali apenas fingindo gostar dele. E percebeu que queria que Leonardo gostasse dele de verdade.

Erick balançou a cabeça, afastando os pensamentos. Já machucara muito Leonardo com suas palavras, e queria um pouco de paz. Ele precisava se afastar, precisava se distanciar de Leonardo e Zeca e Vicente e Juliano.

— Então por que você guardou no bolso? — perguntou, encarando Leonardo, mas não esperou uma resposta, porque não queria nenhuma. — Quer saber o que quero mesmo? Quero alguém que esteja ao meu lado porque realmente quer, não porque foi pago para dizer palavras bonitas, fazer ciúmes no meu ex e fingir que gosta de mim. Quero um amor completo, não uma pegação de fim de semana ou migalhas que alguém pode me dar porque está sendo pago para isso, como você vem me dando estes dias. — Leonardo abriu a boca, espantado, parecendo um pouco chocado, e Erick sentiu que conseguiu o que queria. Mas também se sentiu triste. Antes que Leonardo falasse algo, ele se afastou e, quando chegou na base da rampa de acesso ao resort, olhou para trás. — Eu mereço isso e você também. — Ele se virou e saiu da praia, mais uma vez deixando o cara que o beijara para trás.

Raiva era o que Leonardo sentia. Raiva de tudo. De ter concordado com aquele plano, ter aceitado aquele trabalho, ter pensado que poderia conquistar Erick, quando o escritor não queria ser conquistado. E raiva de Zeca, por não deixar os dois em paz naquela viagem. Se Zeca tivesse se mantido à distância, talvez Erick conseguisse se envolver com o ator, mas a cada passo que eles davam, lá estava Zeca, cercando o escritor por todos os lados.

Também estava com raiva de si mesmo, por não ter reagido de imediato às palavras de Erick. Ele ficara surpreso com a reação do escritor. Tudo bem que Erick estava machucado, mas não precisava descontar em Leonardo. E aí ele sentiu mais raiva por ter guardado o número de Juliano no bolso. Como ia saber que Erick veria e entenderia tudo errado? Ele não queria contato com o barman, só colocara no bolso para não jogar fora na cara do rapaz, mas o que devia ter feito era recusado o guardanapo.

Erick também poderia ser menos cabeça dura e teimoso, e escutar e entender melhor o que Leonardo queria. Só que em momento algum ele falara abertamente para Erick que o escritor era o que ele queria.

E aí a raiva o dominou completamente, e ele deixou a praia com pressa, em busca de Erick. Devia contar tudo a ele, mas será que era a melhor solução? Ou devia esperar voltar para o Rio, para ver como tudo ia ficar? E como tudo ia ficar? Sua cabeça fervia.

Ao seguir para o quarto, Leonardo ponderava o que fazer. Abrir o jogo logo e correr o risco de ficar um clima estranho até voltarem para casa, mesmo a viagem para o Rio sendo no dia seguinte? Ou esperar eles deixarem Fortaleza para trás e toda aquela confusão, dando tempo de Erick organizar seus pensamentos e sentimentos? Mas que sentimentos? Ele estava se enganando ao pensar que, ao chegar ao Rio, Erick perceberia que amava Leonardo e não queria deixá-lo nunca mais. O mais provável é que, ao voltar para casa, Erick perceberia que deveria ter aceitado o pedido de Zeca e reatado o namoro.

Quando rodeou a piscina, viu a festa ao longe. Sentiu angústia e tristeza ao observar as pessoas felizes, cantando e dançando. E sentiu a raiva voltar ao reconhecer Zeca deixando a festa, abraçado a Vicente. Leonardo deu um sorriso que classificaria como diabólico e foi até eles.

— Fica longe do meu namorado! — disse Leonardo, parando na frente dos dois.

Vicente o encarou, confuso, mas Leonardo reconheceu medo no rosto de Zeca.

— Do que você está falando? — perguntou Vicente, soltando a cintura de Zeca.

— Seu Coração aí foi atrás do Erick e o beijou — respondeu Leonardo, olhando Zeca. — Vê se fica longe dele. Não percebeu que ele não te ama mais? Se você beijá-lo novamente, juro que quebro essa sua cara perfeita.

— Não acredito que você beijou seu ex! — reclamou Vicente.

Leonardo não ficou perto para ver a discussão dos dois. Ele se afastou, escutando Zeca soltar desculpas esfarrapadas, e seguiu para o quarto se sentindo um pouco mais calmo. Era melhor descontar em Zeca do que em Erick.

Ao entrar no quarto, encontrou Erick deitado na cama, de costas para a porta e de frente para a varanda. Estava tudo escuro, mas ele sabia que Erick ainda não dormira, porque fazia poucos minutos que discutiram na praia. E, ao entrar no banheiro, teve a certeza de que o escritor estava acordado, pois o ambiente ainda estava preenchido de vapor do banho que Erick tomara.

O ator fechou a porta do banheiro e se enfiou embaixo do chuveiro, dando um tempo para se acalmar. A água pareceu limpar toda a raiva, e Leonardo voltou para o quarto alguns minutos depois, mais tranquilo.

Deitou na cama, encarando a nuca de Erick na penumbra do quarto.

— Está acordado? — perguntou Leonardo.

— Não — sussurrou Erick.

Leonardo sorriu e tocou o ombro de Erick.

— Eu sei que você acha que tudo o que faço é porque fui contratado, mas estou sendo sincero quando digo que estou aqui para você, para o que precisar. Não estou fingindo que sou seu amigo, isso é real.

Ele ficou em silêncio, esperando Erick falar alguma coisa, mas o escritor permaneceu quieto. Leonardo tirou a mão do ombro do rapaz e estava prestes a se virar de costas quando Erick se mexeu na cama.

— Só... me abraça — pediu o escritor.

O coração de Leonardo se encheu de ternura e ele envolveu Erick, encostando seu corpo nas costas dele. Erick abraçou a mão de Leonardo, colocando-a contra seu peito, e Leonardo percebeu a respiração de ambos ficar pesada.

Erick se aninhou nele, como se fosse uma criança, ainda encarando a varanda, ou pelo menos era o que Leonardo pensava, já que só conseguia ver sua nuca. Ele roçou seu nariz ali, beijando o local em seguida, e sentiu o cheiro do escritor invadir seu corpo. Erick ofegou.

— Está bom assim? — sussurrou Leonardo.

— Sim, obrigado. — Erick apertou o braço do ator que estava de encontro ao seu corpo. — Pode me soltar quando eu dormir. Só preciso de apoio por um tempo.

— Tudo bem — respondeu Leonardo, passando o nariz mais uma vez pela nuca do escritor.

Ele não soltou Erick quando o escritor dormiu.

CAPÍTULO 18

Eu deixarei...
tu irás e encostarás a tua face em outra face
Teus dedos enlaçarão outros dedos
e tu desabrocharás para a madrugada
Ausência, Vinicius de Moraes

Diferente de sábado, quando Erick acordou no domingo, ele sabia exatamente quem o abraçava na cama. E sorriu ao sentir o braço de Leonardo pesando em seu corpo.

Apesar de nem tudo ter sido como esperava, de não ter sido totalmente como deveria ser, o fato de Leonardo estar ali, o apoiando, fez toda a diferença. E agora Zeca pensava que ele estava feliz com o cara que amava.

E pensar em Zeca o deixou chateado, não porque não era ele quem estava na cama com Erick, mas por causa da atitude do ex na noite anterior. E na quinta, na piscina, quando Zeca dissera coisas cruéis a Erick.

— Bom dia — sussurrou Leonardo, em seu pescoço.

E mais uma vez ele beijou sua nuca e esfregou o nariz ali. Erick sentiu um arrepio da raiz do cabelo até a ponta do pé. E percebeu que queria sentir aquilo mais vezes.

— Desc... — Erick apertou a mão de Leonardo, que ainda o envolvia. — Prometi que ia parar de pedir desculpas, mas não paro de falar besteiras.

— Tudo bem, chega de pedir desculpas. Você não tem motivos para isso.

Leonardo falava próximo ao ouvido de Erick, que precisou se controlar para não virar e beijá-lo. Ao invés disto, o escritor ficou encarando a porta da varanda à sua frente.

— Tenho sim. Eu fui um babaca ontem à noite. E te trouxe para cá, para você me aguentar reclamando de tudo e chorando o tempo todo.

— Você não fica reclamando de tudo. E tem chorado, mas é normal devido ao que aconteceu, mas, pelo menos, colocou os sentimentos para fora. — Leonardo parou de falar e Erick se soltou dele, se virando para ficar de frente e encarar seus olhos. O ator se afastou um pouco, ajeitando o travesseiro embaixo da cabeça. — Eu gostei de vir para cá, passar um tempo ao seu lado, me aproximar de você... Eu gostei de ficarmos amigos — continuou Leonardo, fazendo o coração de Erick doer um pouco. — E o fim de semana foi um sucesso.

— Acho que sim.

— Sim. — Leonardo pegou a mão de Erick e deu um beijo. — Eu vim para mostrarmos ao Zeca que você seguiu com a sua vida e está feliz, ao lado de um cara por quem é apaixonado. Ele está indo embora com esta certeza.

Erick pensou nas palavras do ator e, por mais que soubesse que ele tinha razão, não conseguia sentir a tranquilidade que esperava quando o plano desse certo.

— Então por que não me sinto vitorioso?

— Porque você se decepcionou com ele. O cara que você gosta falou coisas que te magoaram, e agiu de um jeito que você não esperava. Então, você está começando a ver que o Zeca não era exatamente como você imaginava.

— Por que não vi antes?

— Porque você estava envolvido e apaixonado. Agora que não está mais com ele, consegue ver melhor.

— Mas ele não foi um namorado ruim.

— Você já disse isso. Só que ele não era o que você precisava. Ele pode ser o namorado perfeito para outra pessoa, mas não para você.

— O Thales vive me falando algo parecido. — Erick sorriu ao se lembrar do irmão, e se perguntou o que ele pensaria ao saber de tudo o que acontecera em Fortaleza. — Estou tentando sentir que o fim de semana foi bom.

— Está brincando? Conseguimos o que planejamos, comemos muito vatapá, tomamos suco de cajá, nadamos, você conheceu leitores maravilhosos e se divertiu. Foi um fim de semana maravilhoso.

Erick queria falar que também o beijara algumas vezes, e isso tornou o fim de semana ainda mais maravilhoso. Mas não queria entrar naquele tipo de assunto, não agora, que o clima entre eles estava melhor após a discussão na praia.

— Obrigado. Por toda a ajuda. — Erick se virou para pegar o celular na mesinha de cabeceira, sem soltar a mão de Leonardo. — Você se importa se tomarmos o café da manhã no quarto? Não quero encontrar ninguém antes de irmos embora.

Leonardo pareceu entender quem era *"ninguém"* e sorriu, concordando e apertando a mão dele.

Na sala de embarque, Leonardo mostrou a Erick uma mensagem de sua mãe, avisando que iria pegá-los no aeroporto. E que aguardassem lá, caso ela se atrasasse.

— Ela quer te conhecer — explicou Leonardo, um pouco

sem graça, e Erick achou aquilo adorável. O ator raramente ficava sem graça.

— Ok — respondeu Erick, apreensivo.

Como seria conhecer sua sogra falsa? Ela não sabia que era tudo uma armação, e agora estava empolgada para conhecer o cara que pensava estar namorando seu filho. Ele se sentiu mal por isso.

Como falara com Leonardo alguns dias atrás, no começo do plano: ele não pensara em todas as variáveis.

Erick amou a mãe de Leonardo.

Ela era uma pessoa alegre, divertida, assim como o filho. E o abraçou forte quando o conheceu, dizendo que estava tão contente pelo filho dela estar tão feliz, o que só deixou Erick ainda pior.

— Eu quase coloquei o Léozinho de castigo por ele ter escondido o relacionamento de vocês da gente — disse ela, deixando Leonardo sem graça, quando entraram no carro.

— Léozinho? — questionou Erick, rindo, no banco de trás.

— Bem-vindo à família Fernandes, onde nós adoramos fazer o outro passar vergonha — disse Leonardo, no banco da frente, virando o rosto para trás e piscando um olho para Erick.

— Sei como é, eu tenho o Thales em casa — brincou Erick.

— Quem é Thales?

— Meu irmão — respondeu Erick.

— Ah, já quero conhecê-lo! — disse a mãe de Leonardo. — Aliás, vamos marcar um almoço para as famílias se conhecerem, o que acham?

— Não! — gritou Leonardo. Sua mãe o encarou. — Calma, mãe, vamos devagar.

— Tudo bem. — A mãe dele sorriu e levou a mão direita ao rosto de Leonardo, quando o carro parou em um sinal fechado. — Sabe, Erick, depois que meu filho viajou, eu fui no quarto dele e peguei os seus livros. Já li o primeiro e estou na metade do segundo. Amei tudo.

— Que bom. — Erick sorriu, se sentindo ainda pior por toda a mentira que envolvera o filho dela. E isto fez com que tomasse uma decisão que esperava não ser precipitada.

Quando o carro estacionou em frente ao seu prédio, Erick deu um abraço meio sem jeito na mãe de Leonardo, por cima do banco. Ele desceu do carro e Leonardo o acompanhou.

— Desculpa todo o interrogatório aí — pediu o ator, indicando a mãe dentro do carro.

— Não tem problema. Só me sinto mal porque ela realmente acredita que a gente se ama. — Erick respirou fundo, percebendo o rosto do ator mudar um pouco. — Olha, eu sei que concordamos com tudo, mas agora que voltamos, não precisamos mais fingir.

— Como assim? — perguntou Leonardo, claramente confuso.

— Estou te liberando do acordo. Não precisamos mais disso, o plano já deu certo e acho melhor cada um seguir seu caminho. Não tem mais sentido te prender nessa armação, o melhor é terminar tudo agora.

As palavras de Erick ali, na rua, não eram o que Leonardo esperava. Ele imaginou que o escritor seguiria com o acordo e, quando descessem do carro eles iriam se abraçar, se beijar e marcar algo para dali alguns dias.

Jamais pensou que Erick terminaria tudo, embora não houvesse o que terminar.

— Eu concordei em continuar até quando você e o Thales acharem melhor. Não prefere conversar com ele antes? — perguntou Leonardo, tentando controlar o pânico.

Precisava continuar ao lado de Erick, sendo seu namorado falso. Não conseguia nem podia pensar em não estar mais com o escritor no dia seguinte.

Erick o puxou, abraçando-o e, por um momento, Leonardo pensou que ele voltaria atrás e o beijaria.

— Não, de verdade — sussurrou Erick, em seu ouvido. — O plano funcionou e percebi que não precisamos mais continuar. Não quero atrapalhar a sua vida. Se ficar ao meu lado, fingindo que é meu namorado, você vai perder muita coisa, e não quero isso.

Erick o soltou, mas o ator agarrou sua mão antes que ele saísse de perto. Leonardo não estava pronto para dizer adeus. Ele não queria dizer adeus, nunca.

— É melhor a gente conversar com calma — disse ele, sem saber se conseguia esconder o medo na voz, olhando a mãe dentro do carro, que não prestava atenção a eles. — Podemos marcar algo hoje, mais tarde. Ou amanhã.

— Não precisa. Vá ser feliz, Léo, siga a sua vida e seja feliz. Corra atrás da sua felicidade.

Erick sorriu, soltando sua mão e se afastando sem dar tempo de Leonardo reagir. Ele ficou parado na rua, apenas observando o escritor entrar no prédio, e voltou para o carro.

— Tudo bem? — perguntou sua mãe, dando a partida no carro.

— Não. O Erick terminou comigo — respondeu Leonardo, caindo no choro.

Ao entrar em casa, Erick fechou a porta, deixou suas coisas em um canto e se sentou no sofá. Ele encarava o vazio, sem entender as emoções que tomavam conta do seu peito.

E começou a chorar, descontroladamente.

— Erick? — perguntou Thales, vindo do quarto. — Meu Deus, Erick o que aconteceu?

Thales foi até o irmão, se sentando ao seu lado, abraçando seu corpo.

— Não sei.

Erick deitou a cabeça no ombro de Thales, agarrado ao irmão, chorando sem parar.

— Por favor, me diga o que aconteceu.

E Erick o soltou e contou. Ele contou a Thales tudo o que acontecera durante a viagem, nos mínimos detalhes. Contou sobre Zeca, o que ele falara, fizera, sobre o beijo. Contou sobre Leonardo, a amizade entre os dois, a atração, a pegação. Sobre Juliano. E sobre suas dúvidas.

— Eu não sei até onde o trabalho terminava e começava a atração sincera.

— Você acha que ele mentiu o tempo todo?

— Não sei. — Erick balançou a cabeça e se levantou. — Não quero complicar ainda mais a vida dele.

Thales ia falar algo, mas desistiu. Ele ficou encarando o irmão, parecendo ponderar suas palavras, e Erick se perguntou em que ponto se tornara a pessoa para quem os outros precisavam analisar antes o que iam dizer.

— Eu acho que você devia conversar com ele, com calma.

— Ele falou mais ou menos a mesma coisa.

— Então, conversa com ele e diz o que sente.

— O problema é que eu não sei exatamente o que sinto por ele. Não sei se estou gostando de verdade, ou se é o envolvimento do fim de semana que está falando mais alto, dentro de mim. O que eu preciso é ficar um pouco longe dele, para descobrir.

— E o que você sente quando pensa nisto? Em ficar longe dele?

— Sinto angústia, mas deve ser porque eu acabei de deixá-lo. Erick se levantou e andou até o corredor, parando antes de entrar no quarto. — Ah, eu liberei ele do plano. Não estamos mais namorando.

— Você o quê? — gritou Thales, para o nada, porque Erick já havia fechado a porta do quarto.

Depois de tomar um banho, Leonardo só queria ficar no quarto, quieto. O interrogatório da mãe no carro, depois que deixaram Erick em casa, não ajudou. Ela queria saber o que acontecera, porque eles tinham terminado, porque Leonardo chorava tanto e não dizia nada.

Ele não dizia nada porque não podia dizer nada, mas ele não podia dizer isso a ela, então não disse nada. E se sentiu péssimo por isso.

O banho não ajudou a lavar as lágrimas. Elas continuaram caindo quando ele fechou a porta do quarto e se deitou na cama. Nunca estivera naquela posição. Nunca sofrera tanto por alguém. Nunca se envolvera tanto e tão rápido com alguém. Ele já namorara, mas nunca experimentara algo naquela intensidade, e se sentiu ridículo porque foram poucos dias ao lado de Erick, ele não deveria estar assim. Por que parecia que um buraco havia se aberto em seu peito? Por que estava tão triste? Leonardo sempre fora alguém que sabia lidar com qualquer tipo de situação, mas agora não sabia o que fazer, e detestava não saber o que fazer. Então era assim que alguém apaixonado se sentia? Ele pensara já ter se apaixonado antes, mas nunca daquele jeito. E não gostava de como estava se sentindo. Aquela sensação de vazio e impotência não combinava com ele.

Ainda perdido, pegou o celular e pensou em enviar uma mensagem a Erick, mas não sabia o que escrever. Talvez, no dia seguinte, o escritor pensasse melhor e voltasse atrás. Talvez, quando conversasse com Thales, o irmão o convenceria a seguir com o plano.

Leonardo checou as horas e se perguntou se Thales já encontrara Erick. Será que já dera tempo de eles conversarem? Será que Thales o convenceria a continuar com o plano? SERÁ QUE THALES IRIA QUERER SEGUIR COM O PLANO?

A cabeça fervilhava, e ele ficou com raiva de si mesmo porque não era esse tipo de pessoa, que se deixava derrotar no primeiro obstáculo. Mas ele estava tão cansado que não conseguia pensar em nada, e podia se dar ao luxo de, por algumas horas, apenas deitar e chorar.

E sua cabeça continuava doendo, e seu peito apertado, e nada melhorou quando recebeu uma mensagem de Thales.

> **THALES**
> Reunião confirmada amanhã
> Vá na agência assim que puder
> Precisamos conversar

O que aquilo significava? Que ele concordava com Erick e o plano já era? Ou concordava com Leonardo e precisavam chegar a um acordo para convencer Erick? Ou Thales já convencera o irmão e agora precisavam combinar os próximos passos?

O sono veio muito tarde, quando parecia que a cabeça de Leonardo ia explodir.

Apesar de insistir que não estava com fome, Thales fez Erick se levantar da cama e comer algo. O irmão precisava sair do quarto e conversar com ele. Thales quase enlouquecera desde que Erick dissera que dispensara Leonardo do plano.

Quando Erick apareceu na cozinha, de banho tomado e rosto triste, eles se sentaram na mesinha que havia ali. Enquanto tirava da geladeira ingredientes para montarem sanduíches, Thales decidiu que era hora de contar tudo a Erick, por mais que sua mãe tivesse pedido para manter segredo. O irmão precisava saber sobre sua conversa com Leonardo enquanto os dois estavam no Ceará.

— Já enviei uma mensagem ao Leonardo, ele vai amanhã até a Maestria — comentou Thales, abrindo o pacote de pão de forma, e indo por um caminho neutro.

— Fazer o quê?

— Conversar. Eu tenho que ver direitinho com ele o que vamos fazer agora. E você tem que me explicar porque o liberou do contrato.

— Porque não preciso mais de um namorado falso — explicou Erick, passando requeijão no pão.

— Claro que precisa! Quem vai acreditar que, após a viagem para Fortaleza, vocês não estão mais juntos? O Zeca vai pensar que conseguiu separar vocês.

— Não estou mais me importando com o Zeca.

— Está sim. Você só está sendo teimoso.

Erick encarou o irmão e bufou, e Thales revirou os olhos.

— Eu não posso fingir namorar alguém por quem, talvez, eu tenha sentimentos além de amizade.

— Que lindo, maninho, coloque isso em um livro. — Thales

pegou o queijo e encarou Erick. — Você é teimoso demais, viu? Vamos fazer o seguinte. Amanhã eu converso com ele e vamos manter o plano. Pelo menos até o seu lançamento aqui no Rio.

— Isso é sábado, daqui a alguns dias!

— Sim, eu sei. Até lá, você organiza suas ideias aí na sua cabecinha. Não precisa encontrar o Léo estes dias, e isso pode te ajudar a decidir o que você quer.

— E se eu decidir que quero ele?

— Aí você conversa com ele.

— E se ele não me quiser?

Thales encarou Erick e respirou fundo.

— O Léo me ligou quando vocês estavam em Fortaleza, para conversar sobre o plano. E... — Thales respirou fundo novamente, tentando encontrar as palavras certas. Não queria confundir a cabeça do irmão, ele precisava decidir por si só o que sentia, mas também não podia esconder o que sabia. Talvez isso ajudasse Erick. — E ele me falou sobre os sentimentos dele...

Erick encarou Thales, que se sentiu ridículo e invasivo contando aquilo. Não era um segredo dele, e sabia que não tinha o direito de falar sobre os sentimentos de Leonardo, mas Erick era seu irmão, e ele não conseguia mais vê-lo sofrendo por amor. Esperava que Leonardo o perdoasse por aquilo.

— Ele te contou sobre o cara que ele gosta? — perguntou Erick, diante da hesitação de Thales.

— Bem, sim. Você sabe sobre isso? — Thales ficou um pouco confuso ao perceber que Erick não estava surpreso.

— Sim, ele falou. — Erick deu de ombros. — Disse que gosta de um cara comprometido.

— Comprometido? — Thales ficou ainda mais confuso.

— Sim, caramba, sobre o que você está falando?

— Eu...

— Ele não te contou do cara que ele gosta? Do cara que tem um namorado?

— Um namorado? — Thales piscou algumas vezes. — Ele gosta de um cara que tem um namorado?

— É por isso que eu não quero complicar ainda mais a vida dele. O Léo é muito gente boa, ele merece um pouco de paz, né? E gostar de alguém que tem um namorado... Eu sei bem como é isso.

— Erick deu uma mordida no sanduíche, enquanto Thales tentava entender todas as informações que o irmão lhe passava. — Ele está meio que na mesma situação que eu, então nada mais justo do que liberá-lo do plano e deixá-lo seguir com a sua vida. Não vou manter o acordo para ele ainda ter que lidar com isso.

— Então o cara que ele gosta tem um namorado?

— Sim. Ele não te contou isso?

— Digamos que ele omitiu esta parte.

Thales estava incrédulo. E se sentiu enganado por Leonardo. Por que ele inventara que gostava de Erick, se na verdade gostava de outro cara? Um cara que tinha um namorado.

Tentou não demonstrar a raiva que sentia.

— Bom, ele falou comigo que o cara que ele gosta é comprometido.

— Ok. — Thales tentou pensar no que fazer. Ele estava disposto a contar a Erick que Leonardo gostava dele, mas agora descobria que talvez Leonardo tivesse mentido. — Olha, vamos fazer o seguinte. Eu converso com ele amanhã, para decidirmos se seguimos com o plano. Talvez o melhor, por enquanto, seja continuar até sábado, por causa da proximidade com a viagem para Fortaleza. Se você não quiser mais depois de sábado, aí a gente termina esse namoro falso e ninguém sai ferido. Combinado?

— Combinado.

CAPÍTULO 19

De repente da calma fez-se o vento
Que dos olhos desfez a última chama
E da paixão fez-se o pressentimento
E do momento imóvel fez-se o drama.
Soneto de separação, Vinicius de Moraes

O saguão da Maestria era simples. Apenas alguns sofás e poltronas para as pessoas esperarem serem chamadas, tudo disposto em frente e ao lado de uma mesa onde ficava uma recepcionista. As paredes eram recheadas de cartazes de filmes e peças de teatro dos agenciados, e Leonardo pensou que, em breve, haveria o cartaz do filme *Encontro Às Escuras* ali, e se sentiu feliz e orgulhoso por Erick.

E aí se sentiu triste e apreensivo, porque não sabia o que encontraria na sala de Thales, quando entrasse lá.

Ele não precisou esperar. Assim que a recepcionista avisou a Thales que Leonardo chegara, ele foi encaminhado para a sala de seu cunhado. Falso cunhado.

— E aí, como foi em Fortaleza? — perguntou Thales, sentado atrás da mesa, e Leonardo teve a impressão de que ele também estava nervoso.

— Acho que o plano deu certo.
— Que bom.

Thales indicou a cadeira em frente à sua mesa e Leonardo se sentou. Os dois ficaram se encarando, em silêncio.

— Você conversou com o Erick ontem? — perguntou Leonardo, sentindo seu peito apertar.

— Conversei. — Thales balançou a cabeça, de forma negativa, inclinando o corpo para próximo da mesa, na direção de Leonardo. — Que história é essa de você gostar de um cara que tem namorado?

Leonardo congelou diante das palavras. Ele percebeu que Thales não estava muito amistoso.

— Ele te contou isso?

— Sim. E que surpresa a minha, não é mesmo? Já que você me disse que gosta do meu irmão. Afinal, de quem você gosta?

— Do Erick — disse Leonardo, tentando controlar a voz.

— Que eu saiba, meu irmão não tem namorado.

— Mas é como se tivesse! — disse Leonardo, um pouco alto. — Desculpa.

— O que você quer dizer com isso?

— Que parece que seu irmão ainda considera o Zeca namorado dele. Droga, ele ainda ama muito aquele cara, então, para mim, é como se ele tivesse um namorado. — Leonardo suspirou. — O que você queria que eu dissesse a ele, quando me perguntou se eu gostava de alguém? *"Sim, Erick, gosto de um cara que ainda ama o ex, e quer voltar para ele mais do que tudo na vida. Isso lhe soa familiar?".*

— Sem sarcasmo. — Thales se encostou na cadeira. — Então é verdade? Você realmente gosta do Erick?

— Sim. Eu gosto dele. Mais do que gosto, eu queria que o que aconteceu fosse verdade. — Leonardo respirou fundo. — Estou gostando muito do seu irmão.

— Você devia dizer isso a ele, não a mim.

— O Erick ainda gosta do Zeca.

Thales apertou os lábios.

PROJETO NAMORO FALSO

— Ele está confuso. Acho que o fim de semana foi demais para ele, e eu não previ isso.

— Eu sei. E acho que o Zeca não cooperou. Acho que ninguém imaginou que ele ia ficar cercando o Erick o tempo todo.

— Ele me contou. — Thales cruzou os braços. — Eu também não imaginei que isso ia acontecer. Pensei que o Zeca não gostasse mais do Erick, de verdade.

— É impossível não gostar do seu irmão. — Leonardo deu de ombros.

— Que fofo. — Thales riu e Leonardo o acompanhou. — Meu irmão é teimoso demais, viu. Mas ele me disse que o plano deu certo. E também me disse que te liberou do contrato.

— Sim. Mas estou disposto a continuar.

— Porque você gosta dele.

Leonardo sorriu, feliz por Thales não ficar rodeando a conversa. Era bom conversar com alguém direto como ele.

— Eu queria ter contado a ele sobre...

— Você gostar dele.

— Isso.

— Eu quase contei ontem.

— Sério? — perguntou Leonardo, com o coração disparado.

— Sim. Mas aí ele veio com essa conversa de você gostar de um cara comprometido.

— Que confusão. — Leonardo sorriu, se sentindo frustrado. — Você vai contar a ele? Agora que sabe que eu realmente gosto dele?

— Você quer que eu conte?

— Não sei. — Leonardo balançou a cabeça. Ele queria que Erick gostasse dele, mas não sabia se queria que ele soubesse disso.

— Não sei o que fazer. Ele ainda ama o Zeca.

— Que tal dar um tempo ao Erick, para que assimile tudo o que aconteceu na viagem? — propôs Thales, e Leonardo não soube o que dizer. — Meu irmão viajou com um cara que mal conhecia, precisou dormir várias noites na mesma cama que ele... E ainda teve o Zeca o cercando, falando um monte de besteira, e depois indo atrás, o beijando. E sei que ele te beijou, e deram uns amassos – e realmente não preciso saber de detalhes –, e agora você está aqui, me dizendo que gosta dele. — Thales se inclinou para a frente novamente, apoiando os braços na mesa. — É muita coisa para jogar em cima dele de uma vez. O Erick precisa decidir por si só o que sente.

— Você acha que ele não gosta mais do Zeca? — Leonardo sentiu o coração acelerar por um momento, ao pensar no que aquilo podia significar.

— Ele está confuso, e não sei direito como se sente após a viagem. Acho que nem ele sabe. Deixe-o pensar, dê espaço a ele. O Erick foi para o Ceará apaixonado pelo Zeca e o querendo de volta. Não sei o que ele está sentindo, neste momento. O que meu irmão mais precisa, agora, é de um tempo sozinho.

— Tudo bem. — Leonardo ficou calado porque não sabia o que dizer. Ele queria ficar perto de Erick para tentar conquistá-lo, e não sabia se se distanciar era uma boa.

— Mas eu conversei com o Erick e o convenci a continuar com o plano, pelo menos até o lançamento no sábado.

Leonardo conseguiu respirar aliviado pela primeira vez desde que entrara na sala.

— Que bom. Eu quero muito ficar perto do seu irmão, mas não se preocupe, vou continuar sendo profissional o tempo todo.

— Você reconheceu firma no *"de acordo"*? Eu preciso disto — pediu Thales, mudando de assunto.

PROJETO NAMORO FALSO

— Bem... — Leonardo abriu a mochila. — Eu não assinei, nem vou assinar. — Leonardo mostrou o *"de acordo"* para Thales. — Eu gosto do seu irmão, não vou receber para ficar ao lado dele. Não vou aceitar nenhum dinheiro poque não quero ser pago para passar um tempo com ele.

Thales balançou a cabeça, um pouco assustado.

— Eu preciso que você assine isso, para não termos nenhum problema depois.

— Não vou dar problema algum a vocês. Eu gosto do seu irmão, e não é pouco. Quero que ele se apaixone por mim, quero tentar conquistá-lo. Não quero mais ver isso como um trabalho porque não sinto que seja. Em momento algum senti que era. Eu aceitei ir para Fortaleza porque já gostava um pouco dele.

Leonardo se levantou, pegou o *"de acordo"* e rasgou ao meio, jogando em cima da mesa de Thales, que ficou observando os dois pedaços de papel rasgado.

— Você sabe que é só eu imprimir isso de novo, não sabe? — perguntou Thales.

— Eu sei, mas pensei que jogar na sua mesa daria uma emoção à cena. — Leonardo riu, sem graça. — Minha veia dramática falou mais alto, mas agora me sinto ridículo. Talvez, se tivesse mais folhas, causasse mais impacto. Ou talvez a cena na minha cabeça tenha sido mais dramática, com os pedaços caindo, uma música forte tocando ao fundo...

— O que vale é a intenção. — Thales sorriu.

— Eu gosto de você.

— Eu também gosto de você. — Thales pegou os dois pedaços de papel e guardou em um envelope. — Acho que você deve conversar com o Erick, mas não por agora. Vocês vão se ver no sábado, então dê esta semana de tempo para ele organizar os sentimentos.

— Tudo bem. Vou dar o tempo que ele precisa, embora ache que ele ainda ama o Zeca. — Leonardo levou uma das mãos ao cabelo, mexendo ali nervosamente. — Espero estar errado.

— Eu acho que ele desencantou um pouco, após tudo o que aconteceu no fim de semana.

— Eu percebi isso. Mas acho que o sentimento ainda é forte, acho que ainda há amor ali.

— Como falei, dê um tempo a ele. O Erick precisa de alguns dias sozinho, longe de tudo o que representa a viagem. Ele precisa decidir o que sente, e só vai conseguir isto se distanciando de tudo. Vai ser bom ele ficar quieto estes dias em casa, sem ver o Zeca.

— E sem me ver. — Leonardo deu um sorriso triste, e Thales concordou. — Porque eu lembro a ele tudo de Fortaleza.

— Não exatamente, mas sim, é bom ele ficar longe de tudo. Meu irmão... Ele é todo emoção, sentimentos, pensamentos, mas guarda tudo dentro dele e, às vezes, fica difícil decifrar o que está pensando ou sentindo. Então, é bom se afastar e dar esse tempo a ele.

— Tudo bem. — Leonardo se levantou. — A gente se vê no sábado.

O apartamento estava silencioso quando Thales entrou, mas ele sabia que o irmão estava em casa. Assim que fechou a porta, foi até o escritório e encontrou Erick em frente ao computador.

Thales ficou parado na porta, encostado no batente, observando o irmão digitar freneticamente no teclado.

— Vai ficar aí, encarando as minhas costas? — perguntou Erick, sem parar de digitar.

— Não quis te atrapalhar. — Thales se aproximou do irmão e deixou sua pasta em cima da bancada, ao lado do computador onde Erick trabalhava.

— Você nunca atrapalha. — Erick parou de digitar e se virou para Thales. — Como foi hoje?

Thales suspirou e se sentou na cadeira que havia ali para ele. Antes de responder Erick, deu uma olhada na pasta, presente de sua mãe de Natal. Ele odiara, porque se sentia um executivo usando, mas Erick amara e dissera que ele parecia o James Bond. Thales passou a ir trabalhar com ela.

E agora a pasta guardava o *"de acordo"* rasgado por Leonardo. Mas Thales não podia mostrar nem contar sobre isso a Erick, pelo menos não até ele ter certeza sobre os seus sentimentos.

— Foi tudo bem — respondeu Thales, sabendo ao quê o irmão se referia. — O Léo vai sábado no seu evento.

— Ok. — Erick respirou fundo. — Ele falou algo de mim? Perguntou sobre mim?

— Você quer mesmo saber? Ou quer pensar no Zeca?

— Caramba, quem falou em Zeca?

Thales sorriu.

— Nós conversamos rapidamente, eu disse que te convenci a continuar com o plano, e ele vai sábado ao seu evento.

— Só isso? — Erick ergueu uma sobrancelha.

— Também falamos mal do Zeca. — Thales sorriu e Erick o acompanhou. — Dê um tempo dele, da viagem, do Zeca, de tudo. Pense com calma, com clareza e sem nada para interferir.

— Que coisa mais fria — comentou Erick, fazendo uma careta.

— Maninho, sua cabeça está uma confusão só e eu não vou piorar. Estou te dando espaço, e dê espaço para o Léo e, principalmente, para você. Não entre em contato com ele enquanto não souber o que você quer.

Erick apertou os lábios por um momento, ficando em silêncio. Thales ficou receoso de que o irmão pudesse insistir em saber mais sobre a sua conversa com Leonardo.

— Ok. Eu não vou falar com ele. Nem com o Zeca, não se preocupe.

— Você vai à universidade esta semana?

— Não. — Erick balançou a cabeça. — Tenho apenas o trabalho final para fazer, não preciso ir lá.

— Então sábado você encontra o Léo e conversa com ele. — Thales se levantou. — Agora vamos jantar e conversar sobre seu livro novo. Quero saber como está a história.

Na segunda-feira, quando Erick acordou, a primeira coisa que fez foi virar para o lado e encarar o vazio. Leonardo não estava ali. Na terça, idem. Na quarta também e, apesar de saber que Leonardo não estaria de novo ao seu lado, na cama, ao acordar, na quinta, ele se virou, como se esperasse ver o ator dormindo.

Havia um tempo que ele não se sentia como naquela tarde de quinta-feira. Frustrado, triste, sem inspiração. A única coisa que Erick queria fazer era se entupir de sorvete e biscoito e assistir filmes românticos o dia todo.

E foi o que ele fez, até começar a escurecer e seu celular apitar, avisando que recebera uma mensagem. Enquanto pegava o aparelho para ver quem enviara, Erick sentiu uma pontada de esperança de que fosse Leonardo. Para sua surpresa, era outra pessoa.

PROJETO NAMORO FALSO

> **ZECA**
> Está sozinho?
> Podemos conversar agora?

> **ERICK**
> Acho que já conversamos o suficiente

> **ZECA**
> abre a porta, por favor

Erick franziu a testa e escutou a campainha tocar. Seu corpo gelou quando ele viu, pelo olho mágico, Zeca parado no corredor.

— Como você entrou no prédio? — perguntou Erick, ao abrir a porta.

— Ainda estou cadastrado como convidado para o apartamento de vocês — disse Zeca, dando de ombros. — Os porteiros me conhecem.

— Bem, isso vai mudar, vou tirar seu nome da lista. — Erick deu um meio sorriso ao ex, se sentindo um pouco perverso.

— Tudo bem. — Zeca enfiou as mãos no bolso da calça. Estava lindo, como sempre. — Posso entrar? Podemos conversar?

Erick fez sinal para que Zeca entrasse e fechou a porta. Os dois se encararam por alguns segundos, e o frio na barriga, que Erick sentia toda vez que Zeca o olhava, não estava mais lá. A única coisa que estava dentro dele era a mágoa por tudo o que aconteceu no fim de semana.

Ficou observando os cachos de Zeca caindo sobre o rosto e os ombros, reparando em como estavam bonitos, e se lembrou de como amava enfiar os dedos ali e enrolá-los. E se lembrou do cabelo de Leonardo, e percebeu o quanto o queria entre seus dedos, naquele momento.

— Ok, o que você quer conversar?

— Sobre nós.

Erick deu uma risada seca.

— Não existe mais "*nós*", você fez questão de deixar isso claro quando me dispensou.

— Eu não te dispensei. Eu só... — Zeca olhou em volta e caminhou até o sofá, se sentando no meio. Erick escolheu uma das poltronas um pouco distante. — Sim, eu te dispensei. E percebi o erro.

— Não, Zeca, não começa, já falamos disso em Fortaleza. Chega, por favor. Eu já sofri muito e agora segui adiante.

— Eu sei. E isso me fez perceber que eu errei. Mas tudo bem, eu sei que você não me quer mais. — Zeca encarou Erick, que ficou mudo. — Certo?

— O que você quer? — perguntou Erick, com um arrepio percorrendo sua espinha ao se lembrar de que fizera a mesma pergunta em Fortaleza, antes de Zeca beijá-lo.

Desta vez, Zeca não o beijou. Ele continuou sentado no sofá, encarando Erick.

— Eu vim tentar mais uma vez, agora com calma, de cabeça fria, longe da confusão do Ceará. Ninguém pode me culpar disso, né? — Zeca deu de ombros. — Eu ainda gosto de você, acho que não é algo que vai embora assim, de forma fácil. Nunca escondi que ainda gosto de você.

— Apenas não estava dando mais certo — disse Erick, e Zeca piscou, enquanto o olhava. — Suas palavras.

— Sim, sim, algo assim. Quando te beijei no sábado e você me empurrou, percebi que você realmente gosta dele e ele de você. Mas decidi vir fazer uma última tentativa. Talvez, após alguns dias depois de voltar para o Rio, as coisas pudessem ter mudado. — Zeca parou de falar, e Erick se perguntou se ele esperava uma confirmação sua de que realmente gostava de Leonardo.

PROJETO NAMORO FALSO

— Pensei que você achava que ele está comigo por interesse.

— Eu sei que não. Eu vi o quanto ele gosta de você no dia que te beijei, e ele foi atrás de mim, tirar satisfação.

— Ele fez isso? — Erick ficou surpreso, sentindo um misto de alegria e orgulho encher seu peito.

— Você não sabia? Pensei que ele ia me bater, de tanta raiva, quando veio falar comigo, me mandando ficar longe de você e não te beijar mais.

— Eu não sabia.

— E ainda falou na frente do Vicente. Acho que ele conseguiu se vingar por eu ter te beijado. — Zeca parou de falar e Erick permaneceu em silêncio, pensando se Vicente havia terminado com Zeca e por isso ele estava ali, querendo voltar. E decidiu não perguntar isto porque realmente não se importava. Zeca respirou fundo. — Neste momento, eu vi no rosto dele o quanto ele está apaixonado. Vi que o que ele sente é sincero. Mas ainda tinha um pouco de esperança de que, se eu viesse aqui te pedir para voltar, você aceitaria.

— Algumas semanas atrás, eu daria tudo para escutar você me pedindo isso. Eu não teria hesitado, teria pulado nos seus braços imediatamente, largando tudo o que estava fazendo — sussurrou Erick, percebendo que não queria mais aquilo.

— Cheguei tarde... — Zeca pareceu triste. — Bem, eu quis tentar. E também quis vir aqui esclarecer que nunca te traí.

— Como posso ter certeza disso?

— É sério. Quando estava com você, eu realmente estava com você.

— Olha, eu não me importo, não mais. — Erick balançou a cabeça, percebendo que suas palavras eram sinceras. — Você é lindo e sexy e charmoso e inteligente. E muito gente boa, um dos caras mais legais que já conheci. Que droga, você é o pacote completo, caramba! Mas nós não combinamos e eu demorei a perceber isso. O que você achava fofo em mim, no começo, depois foi te incomodando.

241

— Eu posso aceitar isso tudo.

— Eu não quero que você aceite — explicou Erick, balançando a cabeça. — Quero alguém que não se importe com os meus defeitos. Alguém que queira ficar comigo, apesar deles. Não alguém que se ajuste para aguentar as partes ruins minhas.

— Você não tem partes ruins — comentou Zeca, sorrindo e se ajeitando no sofá, chegando um pouco para perto de Erick.

— Tenho. Todos temos, mas para alguns essas partes são mais pesadas. Você não aguentou, mas alguém vai aguentar e não vai se importar.

— O Leonardo...

— Eu espero que seja ele. — Erick se levantou quando Zeca se aproximou mais. Ele não queria proximidade, queria conversar com clareza. Decidiu andar pela sala. — A minha visão do que quero em um relacionamento mudou. Antes, eu achava que o mais importante era aquela paixão avassaladora, que me deixasse sem fôlego só de pensar na pessoa, que me fazia perder o chão.

— E agora não quer mais isto?

— Quero, mas apenas isto não me basta. Isso tudo é bom e importante, mas não sustenta um relacionamento a longo prazo. O que quero agora é alguém que me tire sim o fôlego, mas que também esteja ao meu lado para tudo, que me escute, que me entenda, me faça rir e ria comigo, que aceite apenas estar comigo. Que apenas estar comigo seja o suficiente para esta pessoa, e que eu nunca duvide que esta pessoa quer realmente estar comigo.

— E não sou eu?

— Não. E talvez nunca tivesse sido. Você era quem me tirava o fôlego, mas não me entendia. Não sei se ainda me entende.

— E o Leonardo é esta pessoa?

Zeca se levantou, mas se sentou no mesmo instante, novamente no meio do sofá, deixando Erick aliviado. Ele não queria lidar com um beijo inesperado de novo.

— Acredito que sim. — Erick voltou a se sentar na poltrona. — Quando estou com o Léo, posso ser eu mesmo.

— Você está dizendo que eu não te deixava ser você mesmo?

— Não é totalmente isso. Não estou dizendo que você é uma pessoa ruim ou controladora, ou que foi um namorado ruim. Eu amei você e fui feliz ao seu lado, mas às vezes, era exaustivo tudo precisar ter uma explicação.

— O que você quer dizer?

— Às vezes, eu só estou quieto porque quero ficar quieto. Às vezes, meu silêncio não significa nada. Não é porque fico quieto e calado que quer dizer que estou triste, ou com algum problema. Às vezes, só quero ficar quieto mesmo. E, às vezes, o fato de não ter contato com o meu pai é porque ele é um idiota que nos abandonou quando eu era pequeno, e não porque eu tenho algum problema gigantesco com ele.

— Você está dizendo que eu problematizo tudo?

Erick sentiu uma pontada de raiva na voz de Zeca, mas não se importou. Pela primeira vez, conseguia conversar em uma situação de vantagem, onde o ex estava realmente escutando tudo o que ele dizia, e não pensando em mil problemas para enfiar na vida de Erick.

E pensou em como era fácil conversar e conviver com Leonardo, em como o ator deixava seus dias mais leve. Em como Leonardo apenas escutava, realmente ouvindo o que ele tinha a dizer.

— Não necessariamente, mas você gosta de achar uma explicação para tudo. Às vezes, a pessoa só está triste sem motivo.

— Ninguém fica triste sem motivo — reclamou Zeca.

— Pode até ser, mas nem sempre a pessoa quer falar sobre isso. E, às vezes, eu só estou quieto mesmo, mas você ficava insistindo tanto que eu tinha que colocar meus sentimentos para fora. E nem sempre eu quero fazer isso.

— E ele não faz isso com você.

— Não. — Erick sorriu ao se lembrar dos momentos em que passou com Leonardo. — Ele aceita e fica ali, ao meu lado, apenas me fazendo companhia.

— Isso é porque o namoro de vocês ainda está no começo.

— Você já fazia isso no começo. — Erick suspirou. — Eu quero alguém assim, que me aceite sem me pressionar. Porque eu tenho meus momentos e ele tem os dele. E só ficar ao lado um do outro, ou abraçados ou de mãos dadas, é o suficiente. Nem sempre precisamos de palavras. Às vezes, só a presença da pessoa é o suficiente.

— Tudo bem, já entendi — Zeca olhou para os lados e depois para Erick. — Eu te amo.

— Não faz isso. — Erick balançou a cabeça e se levantou quando Zeca foi para perto dele no sofá, mais uma vez, e tentou pegar sua mão. — Você tem um namorado. E fez questão de esfregar na minha cara seu amor por ele.

— Eu... — Zeca se afastou de Erick, voltando para o meio do sofá. — Eu gosto dele, mas você... O que tivemos foi importante.

— Importante? Caramba, você também chama o Vicente de Coração! — gritou Erick, assustando Zeca. — Como você acha que eu me senti quando ouvi? E a primeira foto que você postou, anunciando o namoro, foi em Fernando de Noronha, o mesmo lugar aonde fomos comemorar o meu sucesso. Realmente acredita que temos alguma chance?

— Eu não consegui chamá-lo de outra forma.

— Não sei se acho isso ofensivo ou deprimente. Talvez as duas coisas.

— Eu tentei...

— Você só está aqui, dizendo essas coisas, porque não aceita que eu segui adiante e não te amo mais.

— Você não me ama mais? — Zeca piscou algumas vezes.

— Não — respondeu Erick, sentindo um peso enorme sair de

seu peito ao perceber que isto era verdade. — Eu não te amo mais, e estou falando a verdade. Ainda gosto de você, claro, porque você sempre vai ser uma parte importante de mim. Mas nós dois seguimos adiante e preciso que aceite isso.

— Você ama o Leonardo?

Erick pensou na pergunta e sorriu. E decidiu deixar seu coração responder. Ele queria e sentia que precisava ser sincero com Zeca e, principalmente, consigo mesmo. Fechou os olhos e pensou em Leonardo.

— Eu o conheço há pouco tempo, não sei se amor é algo que já posso afirmar, mas talvez seja isso ou estou me aproximando de amá-lo — explicou Erick. — Quando estou com ele, me sinto em paz, como se fosse meu porto seguro. Ele me acalma e eu consigo ser eu mesmo, como já falei. — Erick abriu os olhos e encarou seu ex, percebendo que ele parecia uma pessoa diferente da que conhecera. — Eu me sinto completo quando estou com o Léo.

Zeca abriu a boca para falar algo quando Thales entrou no apartamento, voltando do trabalho. Ele encarou os dois ali, na sala, e fechou a porta com cautela.

— Tudo bem aqui? — perguntou Thales, colocando a pasta em cima da mesa de jantar e se aproximando de Erick.

— Tudo ótimo. O Zeca já está de saída, não é mesmo? — perguntou Erick, encarando o ex.

— Sim, eu... — Zeca olhou Erick e depois Thales, e se levantou.

— Então... é isso?

— É isso. — Erick respirou fundo. — Espero que você seja muito feliz como estou sendo. De verdade.

Zeca balançou a cabeça e foi até a porta, que Thales abriu com uma rapidez impressionante.

— Tudo bem. — Zeca sorriu para Erick. — Não custava nada tentar, né?

Antes que Erick pudesse falar qualquer coisa, Thales fechou a porta.

— O que foi isso? — perguntou Thales, olhando o corredor através do olho mágico.

— Acho que meu desejo se realizou.

CAPÍTULO 20

E assim, quando mais tarde me procure
Quem sabe a morte, angústia de quem vive
Quem sabe a solidão, fim de quem ama
Soneto de Fidelidade, Vinicius de Moraes

Ao chegar em casa, após um dia exaustivo, vários cenários poderiam passar pela cabeça de Thales sobre o que encontrar na sala. Mas Zeca ali, com Erick, era algo que não imaginou ver novamente.

E quando Zeca foi para o corredor e Thales percebeu o que o ex de seu irmão queria, ele fechou a porta antes que Erick se jogasse nos braços dele.

— O que foi isso? — perguntou Thales, checando o corredor através do olho mágico para ter certeza de que Zeca havia ido embora.

— Acho que meu desejo se realizou.

Thales encarou Erick, espantado.

— Ele te pediu para voltar?

— Sim. Acredita? Caramba, eu daria tudo para ele ter feito isso semana passada, mas agora... — Erick balançou a cabeça e foi até a cozinha.

— O que aconteceu aqui? Você dispensou ele? — Thales se controlou para não gritar de felicidade.

— Algo assim. — Erick bebeu água e encarou o irmão. — O que foi? Pensei que ia ficar feliz.

— E estou. Mas também estou confuso. Pensei que você ainda amasse ele.

— Eu também pensava. Mas também pensava que estava começando a gostar do Léo. — Erick deu de ombros e voltou para a sala, com Thales atrás.

— E não está? Começando a gostar do Léo?

— Sim, estou. Estou gostando dele. — Erick se sentou no sofá e abraçou uma almofada. — Que deprimente, minha vida é gostar de alguém que não gosta de mim.

— Quanto drama, maninho. — Thales começou a rir. — Para um escritor, você devia ser mais aberto à comunicação.

— Não entendi.

Thales piscou um olho para Erick e foi até a mesa de jantar, abrindo sua pasta. Ele sentiu um alívio no peito por poder compartilhar com Erick o que já sabia há alguns dias.

— Você devia conversar melhor com o Léo — disse Thales, entregando um envelope para o irmão.

A cabeça de Erick estava uma confusão imensa, e o fato de Thales entregar a ele aquele envelope não ajudou. Pelo menos a princípio.

A visita de Zeca, as coisas que o ex falara, o que sentira enquanto conversava com ele, aquele misto de emoções, tudo estava afetando Erick. Era o que ele sonhara, mas chegara tarde demais. Ou talvez não, chegara na hora certa. Erick amara Zeca, e muito, mas o tempo que passou ao lado de Leonardo o fez ver que há outras pessoas interessantes no mundo, e que nem todos os amores são para sempre.

Quando Zeca saiu do apartamento, Erick teve certeza de que não o amava mais, não como antes. E teve certeza de que queria realmente seguir adiante, mas não sozinho. Ele sentia falta de Leonardo, mas não sabia o que fazer. Só se sentia vazio e triste por gostar de alguém que gostava de outra pessoa.

E agora Thales estava ali, lhe estendendo um envelope. Erick o abriu e viu um papel rasgado ao meio.

— O que é isso?

— O *"de acordo"* que o Léo não assinou e rasgou — explicou Thales, se sentando ao seu lado.

— Por quê?

— Realmente preciso explicar? — Thales se encostou no sofá, sorrindo.

— Sim, Thales, pare de enigmas. Preciso que me explique porque não consigo pensar.

— Como você cria histórias incríveis, com tramas mirabolantes e reviravoltas de tirar o fôlego, e não consegue enxergar o que está na sua frente? — Thales balançou a cabeça. — O Léo não assinou porque gosta de você. Ele se recusa a receber pelo trabalho de fingir ser seu namorado falso porque ele não quer fingir.

— Ele gosta de mim? — Erick sentiu seu peito se encher de alegria, e seus olhos arderam, mas impediu que lágrimas caíssem porque isso seria ridículo. Ele sentiu o coração acelerar e a rave que enchia seu corpo em Fortaleza voltou. — Calma, ele não gosta de mim, ele gosta de um cara que tem namorado.

— Ele gosta de um cara que é obcecado pelo ex, que é como se ainda estivesse namorando. Ele gosta de você, seu lerdo, só não sabia como dizer isso a você.

— Ele gosta de mim? ELE GOSTA DE MIM?

— Sim. Só que ele ficou com medo porque o seu maior receio no plano era que um de vocês se apaixonasse.

— Mas como ele se apaixonou por mim em poucos dias? Ainda mais comigo falando do Zeca... — Erick levou sua cabeça de volta a Fortaleza, se lembrando de tudo o que aconteceu na viagem.

— Ele foi para lá já gostando de você.

— Caramba. Deve ter sido uma droga para ele.

— Aparentemente, não. — Thales se levantou e deu de ombros. — Acho que chegou a hora de vocês conversarem de forma sincera. E está na hora de você deixar outra pessoa entrar na sua vida, e ser feliz de novo.

A semana tinha sido monótona e triste para Leonardo. Ele só conseguia pensar em Fortaleza e desejava voltar para lá com Erick.

Seus amigos ficaram eufóricos quando ele apareceu nas aulas, todos fazendo várias perguntas. Leonardo respondeu, fingindo estar feliz e apaixonado. Ele estava apaixonado, mas não feliz porque sabia que o namoro não era real.

E o que Leonardo queria era que fosse real. Ele queria continuar ao lado de Erick, se encontrando com Erick, rindo com Erick, saindo com Erick. Dormindo na mesma cama que Erick.

Não queria que fosse daquele jeito, ele ali, na faculdade, posando de namorado de Erick, quando isto não era verdade.

E, por isso, ao ler a mensagem que chegou em seu celular, imaginou mil encontros possíveis, todos com um final onde ele estaria na cama chorando pelo término do namoro falso.

> **ERICK**
> Podemos conversar?
> Pode vir aqui em casa amanhã, depois da aula?

Leonardo confirmou a visita.

E passou o resto da noite de quinta, e a manhã de sexta, se preparando para ficar ainda mais triste.

Quando Erick abriu a porta de casa, na sexta de tarde, e viu Leonardo parado no corredor, ele teve um *déjà vu* da semana anterior, quando o ator fora até lá para viajarem para Fortaleza. Naquele dia, Erick queria mandá-lo embora e desistir do plano. Agora, Erick queria abraçá-lo e beijá-lo, mas apenas indicou a sala, para que ele entrasse.

E, diferente do dia anterior, quando Zeca estava na sua frente e ele não sentiu nada, quando viu Leonardo e seus olhos se encontraram, o coração de Erick bateu acelerado e uma ansiedade tomou conta de seu corpo.

— Como você está? — perguntou Leonardo, se sentando no sofá, e Erick quase sorriu porque ele se sentara no mesmo lugar que Zeca, no dia anterior.

— Bem, e você?

— Bem. — Leonardo olhou o braço de Erick e sorriu. — Você não tirou — disse, indicando a pulseira.

— Claro, foi um presente.

— Era só para fingir.

— Era mesmo? — Erick também indicou, com o queixo, o pulso de Leonardo. — Você também não tirou.

— Não vi motivos para tirar.

GRACIELA MAYRINK

Eles ficaram em silêncio, um silêncio estranho, como se os dois fossem meros desconhecidos em uma sala de espera de dentista. Erick detestou aquele clima entre eles.

— Ok, vamos lá — comentou Erick, se sentando ao lado de Leonardo. Os dois se viraram, ficando um de frente para o outro, e Erick se segurou para não pegar a mão do ator. — Eu te chamei aqui porque quero te perguntar algo. — Ele encarou Leonardo. — Por que você aceitou o trabalho?

O ator pareceu confuso.

— Trabalho?

— De fingir ser meu namorado.

— Eu já te respondi isso em Fortaleza — comentou Leonardo. Erick notou que ele balançava nervosamente uma das pernas.

— Eu quero a verdade.

— Já falei, porque eu gosto dos seus livros e queria te conhecer melhor.

— Por quê?

— Sei lá, porque você poderia ser alguém legal para se ter como amigo.

— Amigo?

— O que foi, Erick? O que está acontecendo aqui?

Erick se levantou e se afastou de Leonardo, indo até a mesa da sala, pegando um envelope que estava ali. Ele o abriu e tirou de lá uma folha rasgada e colocou em cima da mesinha de cabeceira, em frente a Leonardo, que olhou o papel e depois Erick.

— Agora me responde a verdade. Por que você aceitou o trabalho?

Leonardo pegou o papel rasgado, sem conseguir olhar para Erick. Ele levou algum tempo para responder e, quando fez isso, sua voz saiu em um sussurro.

— Porque eu sempre senti uma atração por você. É o que quer ouvir?

— Eu quero a verdade.

— Esta é a verdade. — Leonardo levantou o rosto e encarou Erick. Ele parecia sem graça, frágil e triste, o que fez o coração de Erick ficar pequeno dentro do peito. — Eu gosto de você. Não sei se sempre gostei, mas eu te achava atraente, misterioso, e me apaixonei pelas suas palavras, suas histórias. E cada vez que lia e relia um dos seus livros, eu me envolvia mais. Quando o Thales me fez a proposta, pensei no presente que estava ganhando, de ter a chance de ficar próximo de você. E que poderia fazer você se apaixonar por mim, que eu era o cara mais sortudo do mundo por ter sido escolhido pelo seu irmão.

— Você não pensou que podia se apaixonar?

— Claro que sim!

— E viajou mesmo assim?

— Eu não me importava! E ainda não me importo. Eu precisava te conhecer melhor, não ia jogar essa chance fora.

— Você é um idiota, sabia? Por que não me falou tudo isso?

— Porque você ainda ama a porcaria do seu ex! — disse Leonardo, um pouco alto.

— É mesmo? — Erick sorriu e Leonardo passou a mão no cabelo, nervoso, e Erick queria fazer o mesmo, mas continuou em pé, parado, com a mesinha entre eles. — Sabia que a porcaria do meu ex esteve aqui ontem?

— É? — perguntou Leonardo, e Erick sentiu medo e apreensão em sua voz e achou a cena fofa. E se sentiu um pouco malvado por ainda manter o joguinho com Leonardo.

— É. Ele queria tentar de novo, após Fortaleza. Queria ver se eu ainda o amava para tentar me ter de volta. Acredita nisso?

— Claro que sim, droga. — Leonardo enterrou a cabeça entre as mãos.

— E sabe o que aconteceu? — perguntou Erick, contornando a mesinha e se sentando ao lado do ator.

— Não e nem quero saber — sussurrou Leonardo.

— Ah, é mesmo? Que pena. Pensei que ia gostar de saber que eu o dispensei, e coloquei um ponto final de vez na nossa história. — Erick deu de ombros, mas Leonardo não viu porque só levantou a cabeça depois do gesto feito.

— Hã?

— Pois é, quem diria, né? Enquanto ele estava aqui, nós conversamos um pouco e fui percebendo que não gosto mais dele. Que o amor acabou, de verdade. Acredita nisso?

— Eu... — Leonardo pareceu um pouco confuso e Erick pegou uma de suas mãos.

— Eu fui percebendo que sentia falta de um carinha aí que eu conheci, e convivi durante um tempo, em uma viagem. Mas esse carinha é tão idiota que inventou que gostava de um outro carinha que tem namorado, e aí eu fiquei aqui triste porque ele não gosta de mim.

Leonardo piscou algumas vezes, encarando Erick, ainda confuso.

— Você... Você...

— Caramba, Léo, você devia ter me fala...

Erick não terminou a frase porque Leonardo envolveu seu rosto com as mãos e o puxou para perto, colando seus lábios em um beijo que tirou o fôlego de Erick. Era a primeira vez que eles se beijavam sem esconder os sentimentos, e foi um beijo diferente dos de Fortaleza. Desta vez, foi um beijo de quem parecia retornar para casa após um longo tempo ausente.

— Você está gostando de mim? — perguntou Leonardo, se afastando apenas o suficiente para encarar os olhos de Erick.

— Sim. — Erick sorriu e Leonardo sorriu de volta, abraçando-o forte. — Você devia ter me contado desde o início que estava gostando de mim.

Leonardo voltou a encarar Erick, com as mãos em seu ombro.

— É mesmo? Quando? Quando você me disse que queria o Zeca de volta? Ou quando você ficava olhando ele beijando o Vicente.

— Seu idiota.

— Pare de me chamar de idiota. — Leonardo o soltou, rindo.

— Você sabe o tempo que perdemos porque você não me contou?

— Você sabe como foi lindo ficar ao seu lado vendo você suspirando pelo seu ex? — comentou Leonardo, pegando as mãos de Erick.

— Ok, talvez eu tenha sido um pouco burro no começo da viagem.

— Um pouco?

Erick riu e levou uma das mãos ao cabelo de Leonardo, mexendo ali.

— Mas depois... Eu pensei que estava claro que eu me envolvi.

— É mesmo? Quando? Quando você ficava falando que eu estava atuando e fingindo que gostava de você? Eu pensei que você estava apenas deixando claro que a viagem toda era um trabalho para nós dois.

— E por que você foi inventar que gostava de um cara comprometido?

— O que eu ia dizer? — Leonardo balançou a cabeça e Erick o puxou, se deitando no sofá, o trazendo junto. Leonardo se ajeitou ao lado de Erick, abraçando-o. Os dois entrelaçaram as pernas. — Eu não sabia como te contar a verdade.

— Mas você contou ao meu irmão. — Erick o apertou forte

contra seu corpo, ainda mexendo em seu cabelo. — Caramba, como eu amo seu cabelo, ele é tão macio e gostoso.

Leonardo sorriu, enterrando o rosto no pescoço de Erick.

— E eu amo beijar seu pescoço.

— Eu percebi. Você fez isso umas mil vezes na viagem.

— E queria ter feito mais, mas você sempre me afastava.

— Claro, eu não queria me apaixonar, mas você estava sempre ali, do meu lado, sempre simpático, atencioso, me beijando, me provocando.

— Não percebi que eu fiz isso tudo.

Leonardo beijou novamente o pescoço de Erick, que estremeceu, puxando o ator para cima dele e o beijando. Leonardo retribuiu o beijo quando escutaram uma chave na porta, que se abriu.

— Olá — disse Thales, entrando. Leonardo se levantou e se sentou um pouco afastado de Erick, ajeitando a roupa. — Ops, desculpa atrapalhar.

— Não atrapalhou — comentou Erick, se sentando e puxando Leonardo para seu lado.

— Vejo que tudo se resolveu. — Thales sorriu. — Que bom, assim não preciso ficar mentindo para ninguém mais. — Ele foi até a porta da cozinha e olhou os dois, antes de entrar. — Vou por lasanha no forno, mas podem comer quando... Bem, quando quiserem.

Thales entrou na cozinha e Erick tentou puxar Leonardo para perto, sem sucesso.

— O que foi?

— Seu irmão, na cozinha.

— O que tem? — perguntou Erick, e Leonardo ficou calado, observando Thales sair da cozinha e ir para o quarto, fechando a porta. — Ah, não acredito que você está com vergonha! É sério?

PROJETO NAMORO FALSO

— Não sei. É estranho.

— Por quê? Ele não é meu pai, é só o Thales.

— Eu sei.

— Você sempre pareceu alguém tão seguro de si e no controle da situação.

— E sou. Ou pensei que era. É só que é estranho estar aqui, na sala, te beijando com ele ali.

— Vem. — Erick se levantou e puxou Leonardo para o quarto, fechando a porta. Eles se encararam. — Agora está melhor?

— Sim.

Erick percebeu que Leonardo ainda estava sem graça, o que o deixou ainda mais atraente. Ele se deitou na cama, trazendo Leonardo para seu lado. Eles ficaram abraçados como na sala: Erick encarando o teto, mexendo no cabelo de Leonardo, que enterrou novamente o rosto em seu pescoço.

— Isso é bom, ficar abraçado com você — comentou Erick, dando um beijo na cabeça de Leonardo.

— Sim. — Leonardo deu um beijo no pescoço de Erick. — Qual poema você leu hoje?

Erick sentiu suas bochechas corarem.

— Esta semana fiquei só refletindo sobre o *Soneto de Fidelidade* — sussurrou.

— Ah é? E ficou pensando nele todos estes dias?

— Fiquei. E também pensando em nós.

— É mesmo? E qual frase reflete a gente? *Que não seja imortal, posto que é chama*?

— Claro que não! Não quero que a gente termine. Apenas duas frases ficaram na minha cabeça. — Erick esfregou o nariz, de modo carinhoso, na divisa da testa com o cabelo de Leonardo, antes de continuar. — *Quero vivê-lo em cada vão momento*. E também *que seja infinito enquanto dure*.

— *Que seja infinito enquanto dure* pode ser algo que termina — comentou Leonardo.

— Pare de estragar minhas declarações — disse Erick, tentando soar bravo, mas rindo.

Leonardo beijou o queixo do escritor.

— Quando você percebeu que começou a gostar de mim? — perguntou o ator, levantando um pouco a cabeça. Seus olhos encontraram os de Erick.

— Você é curioso, hein? — Erick riu e bagunçou o cabelo dele. Podia ficar a noite toda mexendo no cabelo de Leonardo. A impressão que tinha era que sua mão nunca mais sairia dali. — Não sei. A viagem foi um pouco... Sei lá, ela me confundiu demais, e em alguns momentos eu não sabia o que pensar ou sentir. — Erick respirou fundo, se lembrando de Fortaleza. — Mas o jeito que você me defendeu perante o Zeca, sua atenção comigo o tempo todo na viagem...

— Eu fui lá para isso

— Não, foi mais que isso. Você foi para fingir ser meu namorado, mas você foi além do fingimento. Eu realmente me sentia seguro e eu mesmo quando estávamos juntos. E passei a perceber que gostava da sua companhia. Você é divertido e eu amava ter você ao meu lado, mas não sabia se era porque você era um grande amigo, ou porque conseguia me deixar calmo. Ou porque eu realmente queria você ali, o tempo todo, porque já estava começando a gostar de você.

— Eu pensei que você só me via mesmo como amigo.

— Eu não queria me apaixonar. Não queria esquecer o Zeca. — Erick balançou a cabeça. — Como fui tão burro?

— Você amava muito ele. É normal ter medo de seguir adiante.

— Acho que tinha medo de você não gostar de mim. E aí eu ia sair de uma furada para outra. Mas naquele dia na praia, quando você me beijou pela primeira vez, eu fiquei balançado, e até queria que você não tivesse se afastado tão rápido.

— Se eu não tivesse me afastado de imediato, não teria me afastado de modo algum.

— Se você não tivesse se afastado, eu não me importaria. Eu não queria que você se afastasse, queria ter te beijado mais.

— Ah, se eu soubesse — disse Leonardo, dando um beijo rápido em Erick e o encarando — No dia... Quando nós nos beijamos, na festa, e depois fomos para o quarto...

Erick sentiu as bochechas arderem um pouco, mas, ao mesmo tempo, a presença de Leonardo o deixava calmo e lhe transmitia confiança. O olhar dele parecia um misto de cumplicidade, sem julgamento, com curiosidade para tentar entender aquele cara que estava na sua frente. E Erick também queria entender e conhecer o cara que agora tinha em seus braços.

— Ah, sim, aquele dia eu já estava meio a fim de você, e queria muito te beijar.

— E mesmo assim me chamou de Zeca? — provocou Leonardo.

Erick sorriu e o puxou para perto, dando um beijo nele. Como ele gostava dos beijos de Leonardo, que pareciam envolvê-lo, fazendo-o esquecer de tudo ao redor.

— Eu estava em uma mistura de sentimentos, e a bebida não ajudou — explicou Erick, quando afastou os lábios dos de Leonardo. Ele voltou a abraçar o ator, que se aconchegou em seus braços. — E você ainda falou que gostava de alguém, e percebi que não tinha chance alguma com você, então só quis te afastar, para não me envolver mais.

— Em momento algum você pensou em tentar me conquistar? — A voz de Leonardo saiu abafada no pescoço de Erick, que sentiu um arrepio percorrer seu corpo, fazendo a rave de Fortaleza voltar para seu peito.

— Acho que não tinha forças para isso. — Erick deu de ombros. — Você é um excelente ator, eu acreditei que não estava se envolvendo comigo e que só sentia amizade por mim.

— Bem, obrigado — disse Leonardo, e Erick sentiu os braços dele o apertando em um abraço gostoso. — Agora, mais do que nunca, estou feliz por ter aceitado o trabalho. Mas não vou te perdoar por ter me feito chorar esta semana.

— Ah, é? Eu te fiz chorar? — perguntou Erick, rindo.

— Meu Deus, que convencido — disse Leonardo.

Erick se ajeitou para olhar Leonardo. E reparou em como ele estava lindo, deitado em seu travesseiro, o cabelo bagunçado, como sempre.

— Ok, vou tentar te compensar — sussurrou Erick, e Leonardo sorriu. — Só que agora eu preciso comer algo. O que acha de irmos até a cozinha ver se a lasanha está pronta?

CAPÍTULO 21

E é bom ficar assim, quieto, lembrando
Ao longo de milhares de poesias
Que te estás sempre e sempre renovando
Para me dar maiores alegrias.
Soneto da Espera, Vinicius de Moraes

Já havia anoitecido e a cozinha estava escura quando Erick entrou. Ele acendeu a luz e levou um susto ao encontrar Thales sentado à mesa, comendo e mexendo no celular.

— O que você está fazendo aqui, no escuro?

— Comendo — respondeu Thales.

— Por que não acendeu a luz? — perguntou Erick, puxando uma das cadeiras e se sentando.

— Ainda não estava totalmente escuro quando eu me sentei. Fiquei com preguiça de me levantar quando anoiteceu. — Thales deu de ombros. — Cadê seu namorado?

— Está no banheiro. — Erick sentiu as bochechas arderem novamente, e uma sensação de felicidade tomou conta do seu corpo. — Ele ficou sem graça quando você chegou.

— Que fofo. Estou feliz por você. — Thales se levantou no mesmo instante em que Leonardo entrou na cozinha. — Olá de novo, cunhadinho.

— Oi — respondeu Leonardo, se sentando ao lado de Erick, que puxou sua cadeira para ficarem grudadas.

— Eu pus a lasanha de volta no forno porque não sabia quando iam comer — comentou Thales, piscando o olho e colocando o prato dentro da pia. — Vou lá para o meu quarto, não se preocupem comigo, não vou atrapalhar vocês.

— Você não atrapalha — respondeu Erick.

— Eu sei, maninho, todos me amam, mas sei quando é a hora de me recolher. Também estou cansado. — Thales se aproximou da mesa e deu um beijo na cabeça de Erick e encarou Leonardo. — Sei que você rasgou o *"de acordo"* e não quer receber o dinheiro. Tudo bem quanto a isto, mas eu gostaria muito que você assinasse o termo.

— Eu não posso — respondeu Leonardo.

— Sim, sim, você gosta do meu irmão e tudo o mais, mas não vou sossegar enquanto você não assinar. É sério, não quero nenhum problema no futuro. Sei que agora você pensa que nada vai acontecer, e espero que realmente não aconteça, mas você tem que assinar.

— Ele vai pensar sobre isso — disse Erick, indicando a porta da cozinha para Thales. — Vou convencê-lo.

— Ok. — Thales sorriu e saiu da cozinha.

— Eu não vou assinar — disse Leonardo, de forma enérgica.

— Não tem problema, de verdade. Eu não me importo que você assine. — Erick se levantou e abriu o forno, tirando a lasanha.

— Não tenho motivos para isso. Eu gosto de você.

— Eu sei. — Erick sorriu e colocou a lasanha no centro da mesa. — E fiquei feliz e lisonjeado por não aceitar o dinheiro, o que acho que devia aceitar, afinal, foi um trabalho.

— Não foi para mim.

PROJETO NAMORO FALSO

— Ok, ok, não vou discutir isso. Mas assine o *"de acordo"* — pediu Erick, tirando dois pratos e talheres do armário.

— Eu me sinto mal assinando algo que representa que eu fingi gostar de você.

— É só um papel. — Erick deu de ombros, colocando os pratos e talheres em frente a eles e voltando a se sentar ao lado de Leonardo. — Não tem nenhum significado. E eu conheço o Thales, ele vai te perturbar até você assinar.

Leonardo deu um suspiro alto enquanto servia a lasanha. Após comer um pouco, encarou Erick.

— Não tem problema mesmo?

— Não, de verdade. Só quero você aqui, comigo. — Erick sorriu e passou a mão na bochecha de Leonardo. — Você vai dormir aqui, certo?

— Eu... Seu irmão está aqui.

— E daí? — Erick começou a rir. — Ainda está sem graça por causa dele? Pensei que fossem amigos.

— Ainda vou me acostumar com isso.

— Não tenha pressa, estou adorando você sem graça — comentou Erick, rindo, e se levantando para pegar suco na geladeira.

— Haha.

— Sério. É algo que pensei que nunca ia ver, você sempre pareceu tão desinibido.

— Que bom que estou te divertindo.

— Você é tão parecido com o Thales que fica ainda mais fofo. — Erick ia colocar a jarra de suco na mesa quando parou. — Ah, não, estou namorando a versão bi do meu irmão.

— Não, não. Porque não somos parecidos. Eu sou único e sou todo seu — disse Leonardo, puxando Erick para se sentar e dando um beijo rápido em seus lábios.

— Nunca pensei que ia te ver meloso também.

— Fico feliz de estar te surpreendendo, e espero te surpreender ainda mais — sussurrou Leonardo, servindo suco para os dois.

— Mal posso esperar. — Erick voltou a sorrir. — Mas você está fugindo da minha pergunta. Você vai dormir aqui, ok? Agora não é mais uma pergunta. E pare de ficar com vergonha do Thales, você vai vê-lo sempre aqui.

— Não é vergonha, mas... Não é só isso. Eu nunca estive em um apartamento de um homem, com o irmão dele ali. Ou alguém ali. Ou ali. Aqui.

— Ah...

Leonardo desviou o olhar do de Erick, que permaneceu quieto, dando espaço para o ator falar.

— Já saí com um, por algumas semanas, acho que te falei isso, mas não passou de amassos inocentes — explicou Leonardo, mexendo na lasanha e comendo um pouco.

— Amassos inocentes. Adorei isso. — Erick começou a rir. — Não precisa acontecer nada, vamos devagar. O que acha?

Leonardo o olhou com o canto do olho, e Erick pensou o quanto ele ficava lindo daquele jeito.

— Não é isso, não sei como explicar. Eu quero muito você, só não estava preparado para o que aconteceu aqui. Não estou inseguro, só não quero te decepcionar, e quero te conhecer melhor. É, bem... Quero te conhecer mais do que qualquer outra pessoa.

PROJETO NAMORO FALSO

— Que lindo, você fazendo declarações.

— Para de me zoar. — Leonardo empurrou de leve o braço de Erick. — Isso soa meio ridículo, depois de quase ter acontecido em Fortaleza.

— Quem disse que ia acontecer algo lá? — provocou Erick.

— Bem, eu pensei que ia. Até você me chamar pelo nome do seu ex.

— Obrigado por me lembrar disso novamente e tentar estragar o clima aqui, mas não vou deixar isso acontecer. — Erick beijou a testa de Leonardo. — Já basta ele ter atrapalhado a gente no Ceará. Caramba, eu achava que ele era perfeito, mas a viagem serviu para enxergar alguns defeitos dele. E me fez perceber que eu gostava mais de ficar ao seu lado do que do dele.

— Gostava? — Leonardo levantou uma sobrancelha e Erick deu um beijo em sua bochecha.

— Gosto. — Erick balançou a cabeça, se lembrando da visita de Zeca. — Eu falei algumas coisas para ele, ontem. Ele gosta de problematizar tudo, acho que te contei na viagem. — Erick parou de falar e Leonardo assentiu. — E você é tão tranquilo. Você parece ter uma força interna, e eu me sinto tão bem e tão calmo ao seu lado. E eu não sentia isso com o Zeca.

— Então o defeito dele é a minha qualidade?

— Acho que sim, mas eu digo isso como um elogio. Isso de ficar problematizando tudo era exaustivo. Mas não gosto de chamar de defeito, porque é uma característica dele e, um dia, alguém não vai se importar com isso. Mesmo que, para mim, seja o maior defeito dele.

— Pensei que o maior defeito dele era ter te largado.

265

GRACIELA MAYRINK

— Caramba, você me elogiou e me depreciou na mesma frase? — Erick olhou Leonardo, fazendo uma careta.

— Acabei de te fazer uma declaração e é isso que você pensa? — Leonardo puxou Erick, abraçando-o. — Não te depreciei — sussurrou.

Erick fechou os olhos e sentiu os lábios de Leonardo em seu ouvido e depois traçando um caminho até a sua boca. Ele abriu os lábios e se perdeu no beijo de Leonardo até ficar sem fôlego.

Beijar Leonardo era bom, e Erick queria sempre mais. Ele conseguia se perder totalmente no beijo e não pensava em mais nada, apenas em ficar ali. Era uma sensação de felicidade e segurança, como se estivesse em outro lugar, longe de tudo e de todos. Era como se o mundo fizesse sentido.

E cada vez que Leonardo o beijava, a rave voltava com força total para seu corpo, fazendo Erick experimentar sensações diferentes de tudo o que já experimentara.

— Seu beijo é muito bom — disse Leonardo, se afastando o suficiente para encarar Erick, que percebeu um olhar e um sorriso malicioso no rosto do ator. — Eu queria te beijar o tempo todo em Fortaleza — comentou Leonardo, voltando a comer a lasanha.

Erick respirou fundo, como se a pequena distância em que os dois estavam era tão grande que parecia um vazio imenso. Ele só queria os braços de Leonardo em volta dele.

— Que tal voltarmos de onde paramos lá? Porque lá parecia que você queria alguns amassos nada inocentes — disse Erick, se recompondo do beijo.

— Eu precisava aproveitar a chance, né? Pensei que nunca mais ia te ter em meus braços.

— Uau, isso soou...

— Estranho né? — Leonardo sorriu, bebendo um pouco de suco. — Mas eu pensei que Fortaleza era o que eu teria. E, lá, eu sentia que era a minha única oportunidade.

— Agora senti como se eu estivesse te usando.

— Eu achei que você estava, para se esquecer dele.

— Você não devia aceitar isso, não é saudável. E eu não quis te usar, desculpa.

— Não, eu me expressei errado. Quero dizer, não no quarto, lá eu senti que você queria de verdade.

— E queria mesmo, e ainda quero. — Erick balançou a cabeça. — Que tal se a gente parar de pensar e começar a falar mais o que sente? Isto teria ajudado muito e causado menos tristeza na viagem. Porque se você tivesse me falado desde o início o que sentia, eu não teria ficado achando que você estava só fingindo e trabalhando.

— Ah, sim, porque se eu falasse que já era meio a fim de você ia dar muito certo para eu participar do plano. — Leonardo beijou o pescoço de Erick, indo até sua orelha, fazendo a rave dentro do peito do escritor ficar ainda mais agitada. — Se eu tivesse contado ao Thales, ele nem me contrataria. E, se tivesse te falado nos primeiros dias, ia ficar um clima horrível entre a gente — sussurrou Leonardo.

— Mas eu já estava meio que te achando fofo.

— Que coisa linda para se falar a alguém. *"Olha eu acho que meio que te acho fofo, então vamos nos pegar um pouco aqui para eu ter certeza de que é você quem eu quero e não o meu ex? Mas se não for você, beleza, pelo menos a gente deu uns amassos"* — comentou Leonardo, fazendo Erick cair na gargalhada.

— Caramba, você transforma tudo em um romantismo de dar inveja a Jane Austen.

Leonardo encarou Erick.

— Você não tinha certeza de que gostava de mim — comentou Leonardo.

— Agora tenho.

— Então foi melhor não falar nada e deixar você ter certeza primeiro. Porque ficar com você, na dúvida, não seria nada perfeito em como está sendo agora.

— Eu adoro como você consegue transformar cada situação em algo melhor e positivo.

— Que bom. Porque vou fazer isso várias vezes.

— Por favor, faça. — Erick se aproximou de Leonardo. — Você vai dormir aqui? — sussurrou ele, no ouvido do ator.

— Vou.

Erick sorriu ao acordar e perceber alguém o abraçando. Ele sabia exatamente quem estava ali, e se sentiu sortudo e bobo porque Leonardo agora estava com ele e tudo parecia certo.

Leonardo se mexeu em seus braços.

— Bom dia, namorado — sussurrou Erick, beijando o topo da cabeça de Leonardo. — Bom dia, Léo. Meu namorado.

— Bom dia, meu Fofuxo — sussurrou Leonardo, de volta. Erick disparou a rir e se engasgou, fazendo um barulho estranho. Ele se levantou, tossindo. — Você está bem?

— Sim, sim. Mal começamos a namorar e você já me vê em

uma situação ridícula dessas — comentou Erick, ainda tossindo e olhando Leonardo deitado em seu travesseiro. Na sua cama. Sorrindo para ele, como se Erick fosse a pessoa mais importante do mundo.

— Bem, eu já te vi de mil maneiras e todas lindas — disse Leonardo, entrelaçando os dedos no do escritor e os levando até seu lábio, dando um beijo de leve, o que fez a rave voltar para o peito de Erick no modo máximo. — Já te vi bêbado, já te vi chorando, já te vi mal humorado, feliz, acordando, dormindo, nadando, dançando, sem graça, um pouco desinibido. Basicamente tudo. Já te vi até cuspindo vinho no seu ex e amei cada segundo. E mal posso esperar para ver de novo e ver muito mais.

— Ah, então vamos ser um casal meloso? Por favor, não.

— Quando estivermos sozinhos, pode apostar que sim. Em público, seremos o casal apaixonado que torce um pelo outro.

— Apaixonado. Gosto desta palavra — disse Erick, sorrindo.

Depois de vários dias acordando com o rosto inchado de tanto chorar, Leonardo se sentiu nas nuvens ao abrir os olhos e encontrar Erick na cama com ele. O dia anterior havia sido carregado de emoções, e ele mal podia acreditar que havia conquistado o escritor.

Desde que fora para Fortaleza, parecia que Erick não esqueceria Zeca tão cedo, mas aconteceu, e o escritor se apaixonou por Leonardo. Tudo estava perfeito e ele não queria que aquela sensação acabasse.

— Apaixonado. Gosto desta palavra — disse Erick, sorrindo.

— Você é muito lerdo para alguém que vive de escrever romances — comentou Leonardo, voltando a beijar os dedos de Erick. — Não sei como não percebeu que eu estava babando por você o fim de semana todo.

— Você é um bom ator.

— Isso é um elogio? Porque não soou como — provocou Leonardo, arrancando uma gargalhada de Erick. Ele amava fazer Erick rir.

— Desculpa. Eu achava que você estava atuando.

— Até quando estávamos sozinhos? — quis saber Leonardo.

— Sozinhos você nunca deu a entender que gostava de mim, pelo menos não como alguém por quem estava apaixonado. Sempre senti que você tinha um carinho por mim, e achava que era porque era meu amigo.

Leonardo pensou nas palavras do escritor. Sabia que era verdade, ele não havia demonstrado a Erick em momento algum que sentia mais do que amizade. E agora se sentia aliviado por não precisar mais fingir.

Agora, ele tinha Erick nos braços e era real.

— Eu fui seu amigo e ainda sou. Só que, desde ontem, sou um pouco mais do que isso.

— Um pouco, não. Muito mais. Meu amigo é meu namorado.

— Que fofo, meu Fofuxo — provocou Leonardo, novamente, fazendo Erick rir ainda mais.

— Sim, Léozinho.

— Ah, não, você não vai me chamar como a minha mãe me chama. Isso corta totalmente o clima.

— Ok, vou arrumar um nome fofo e brega para te chamar — disse Erick, se deitando na cama.

Os dois ficaram de lado, um de frente para o outro, e Leonardo voltou a entrelaçar os dedos deles, como fizeram em Fortaleza. Ele amava fazer isso, parecia lhe dar segurança de que Erick era só seu e de mais ninguém. Até quando Erick ainda não era seu, era esta a sensação que aquele gesto lhe transmitia.

Erick enroscou as pernas dele nas de Leonardo, e um arrepio gostoso subiu pela espinha do ator.

— Que tal Lerick? Seus leitores amam.

— Lerick somos nós, não serve. Você precisa de um nome só seu.

— Já falei. Fofuxo.

— Fofuxo é nossa piada interna. Mas quero algo novo, porque estamos começando algo novo e sincero desta vez.

— Eu fui sincero desde o início — disse Leonardo, dando um beijo na ponta do nariz de Erick.

— Não foi porque eu não sabia.

— Mas meus sentimentos eram sinceros.

— Ok, pare de me destruir com palavras. Sou eu quem devia fazer isso com você.

— Você pode me destruir de outras maneiras — sussurrou Leonardo, puxando Erick até seus corpos ficarem colados. — Não me importo, de verdade. — Erick espremeu os olhos e sorriu. — O que foi?

Erick pareceu hesitante e Leonardo não soube o que sentir. Desde que chegara no apartamento, no dia anterior, que o escritor se mostrou mais confiante e à vontade com toda aquela situação, como se estivesse no controle pela primeira vez. E ele, Leonardo, foi quem se sentiu um pouco perdido e mais inibido. Era como se os papéis tivessem se invertido, e Leonardo adorou aquela sensação de proteção e controle que Erick demonstrara.

— É tão estranho estar aqui com você, agora, no meu quarto, na minha cama.

— Por quê? Já ficamos assim antes — comentou Leonardo, tentando decifrar Erick.

— Não sei, acho que por causa de como começamos. Porque quando ficamos assim antes, era na amizade.

— Eu já gostava de você.

— Vai ficar jogando isso na minha cara sempre?

— Talvez. — Leonardo sorriu, maliciosamente, e Erick fez uma careta.

— Ok, ok, mas não é isso. Acho que ainda não parece real, parece que vou acordar a qualquer momento e descobrir que estou sozinho de novo.

— Você complica muito as coisas. Eu sou real e isto é real.

— Eu sei. É que ficamos amigos. E eu achava que seríamos muito amigos. E aí... Não sei, nunca me envolvi com alguém que era muito meu amigo, e a gente já se conhece, mas, ao mesmo tempo, estou descobrindo coisas novas.

— Como eu disse: você complica muito as coisas.

— Eu sei. Só... é bom. E é estranho porque a gente se conhece tem pouco tempo, mas passamos alguns dias juntos, só nós dois, e aí eu te conheci bem, e agora que estamos começando algo novo, eu me sinto tão à vontade com você.

— E isso não é bom?

— Claro que é! Com os caras que me envolvi antes, eu começava sempre meio que com cautela, porque era um terreno desconhecido e não queria estragar nada. Mas você já viu vários lados meus e ainda está aqui. E sinto que, com você, eu posso ser eu mesmo sem medo de errar e te afastar.

PROJETO NAMORO FALSO

— Nunca deixe de ser você mesmo comigo. Quero conhecer todas as suas camadas, e amar todas elas.

Leonardo aproximou o rosto do de Erick e deu um beijo nele.

— Queria ter te conhecido mais cedo.

— Você me conheceu — respondeu Leonardo. Erick franziu a testa. — Eu te contei que fui em um lançamento seu, não contei? Só que você não tinha olhos para mim porque estava apaixonado. Então, agora, nos encontramos no momento certo.

— Acho que estou gostando muito desse Leonardo romântico — comentou Erick, e Leonardo percebeu o semblante dele ainda tenso. — E se você não gostar de todas as minhas camadas? E se você também perceber que não aguenta o meu jeito? Igual o Zeca.

— Como já disse antes, eu te vi de várias formas e em vários momentos diferentes e ainda estou aqui. Eu não vou fugir.

— Como pode ter tanta certeza?

— Porque estou de olho em você já tem um tempo. Eu passei dois anos com essa paixonite por você, querendo me aproximar, te conhecer melhor. E, quando te conheci, na viagem, só pensava em ter você nos meus braços. Agora que consegui o que queria, não vou deixar você escapar.

Erick sorriu e virou Leonardo na cama, ficando por cima dele.

— Você vai ficar aqui comigo o dia todo, certo? E depois vamos juntos para o meu lançamento.

— Eu preciso ir em casa tomar banho e trocar de roupa.

— Resposta errada. — Erick beijou Leonardo. — A resposta certa é "claro que sim. Eu já vim todo lindo e arrumado porque saiba que ir dormir aqui e ir direto para o seu lançamento".

Leonardo começou a rir.

— Eu não pensei que isso ia acontecer, sério. — Leonardo colocou uma das mãos na nuca de Erick. — Ei, espera aí, você me chamou de lindo? Pensei que não achava loiros lindos.

— Ah, agora é você quem está convencido — disse Erick, beijando o pescoço de Leonardo, que o envolveu com os braços.

— Eu acho, só nunca me senti atraído por nenhum.

— Nunca?

— Até agora — disse Erick, beijando seu queixo.

— Não vim pensando em passar a noite aqui. Juro que não esperava que você fosse falar tudo o que falou ontem, e que eu ia dormir no seu quarto, com você. Eu me arrumei todo porque ia encontrar o cara que gosto.

Erick subiu do queixo para os lábios de Leonardo.

— Você vai ficar aqui comigo hoje?

— Claro que vou.

— Ótimo. — Erick sorriu, beijando Leonardo.

EPÍLOGO

E esquecer tudo ao vir um novo amor
E viver esse amor até morrer
O Verbo no Infinito, Vinicius de Moraes

5 ANOS DEPOIS

O saguão do aeroporto estava cheio de gente conversando. Havia famílias com crianças, casais, pessoas sozinhas. O clima era de empolgação, todos encarando o painel que mostrava os voos com embarques próximos.

Erick sentiu a mão de Leonardo encontrar a sua.

— Você se lembra da primeira vez que viajamos juntos? — perguntou Leonardo.

— Sim. Eu dormi o voo todo — respondeu Erick.

— Sim, sim, mas não é disso que estou falando.

— Eu sei. Você está falando de como tudo começou.

— Tudo começou antes, quando eu te notei, mas quem está jogando na cara do outro?

Erick riu e empurrou o braço de Leonardo com seu ombro.

— Já faz cinco anos e você ainda não se cansou de me lembrar disso?

— Aquela viagem foi o máximo.

— Aquela viagem foi um desastre! Eu chorei e sofri mais do que tudo.

PROJETO NAMORO FALSO

— E também se divertiu.

— E percebi que queria ficar o resto da vida com você.

— Percebeu mesmo? Pensei que só tinha percebido quando seu ex foi te pedir de volta.

— Caramba, você sempre trazendo o Zeca para nossa vida.

— Ele está na nossa vida. Ele é seu editor!

Erick não comentou nada.

Fazia alguns anos que a Papiro havia contratado Zeca, e ele passara a cuidar dos livros de Erick. Na época, Irene conversou abertamente com Erick, deixando claro que, caso não quisesse, Zeca não chegaria perto dele.

Mas Erick não se importou porque sabia o quanto Zeca era profissional, e o quanto ele era bom no que fazia. Desde então, um respeito e uma convivência amigável crescera entre os dois.

— Você disse que não se importava com isso, quando ele foi contratado.

— Não me importo. — Leonardo ficou pensativo. — De verdade, mas nem por isso vou deixar de te perturbar.

Erick sorriu porque sabia que Leonardo realmente não se importava. O escritor nunca fizera nada para que ele duvidasse de seu amor, e Leonardo várias vezes afirmara que sabia que o namorado o escolhera, e não Zeca. Algumas vezes, as afirmações haviam sido feitas pessoalmente, na presença de Zeca. Erick se divertia com isso, não mais do que Leonardo.

E sorriu também porque percebeu o que Leonardo queria: distrai-lo do nervosismo que tomara conta dele desde que souberam da viagem.

— E se eles não gostarem de mim?

— Todo mundo gosta de você — sussurrou Leonardo.

— Estou falando sério. — Erick balançou a cabeça. — É a primeira vez que vou para uma feira em outro país. Eu sei que os meus livros vendem bem lá fora, mas uma coisa é a história, outra é o criador.

— Só seja você mesmo. Lembre-se de todos os eventos que já fez.

— Eu sei. Só que ainda me dá um frio na barriga, ainda mais em um terreno desconhecido. E se eu cometer algum erro de inglês imperdoável?

— Não existe erro em uma língua que não é a sua que não seja perdoável.

— Você entendeu. — Erick deu um beijo rápido em Leonardo.

— Estou empolgado e feliz por ir nessa feira literária na Inglaterra, mas não sei o que os leitores ingleses vão achar de mim.

— Eles vão te amar, assim como amam os seus livros.

— Tomara. — Erick apertou a mão de Leonardo porque sabia que o namorado amava quando ele fazia aquilo. — Mas acho que vão amar ainda mais o meu namorado, o astro de Hollywood, do que eu.

— Eu só fiz uma ponta em um filme estrangeiro. Ainda estou longe de ser um astro internacional.

— Não está, não. Eu sei que o Thales vem negociando um papel importante em um filme lá.

— Era para ser surpresa! — protestou Leonardo, rindo.

Ele apoiou a cabeça no ombro de Erick, depois de dar um beijo rápido no namorado.

— Aqui estamos nós, cinco anos depois indo para outra feira literária juntos — comentou Erick.

— Já fomos a várias ao longo desses anos.

— Eu sei. Mas esta é diferente.

— Por quê?

— Sei que vai ser diferente, que algo vai mudar — respondeu Erick. — Eu te amo, muito, sabia?

— Claro que sim — respondeu Leonardo.

Erick riu e virou um pouco o rosto para cheirar o cabelo do

namorado. Ele amava o cabelo de Leonardo, que agora estava um pouco mais curto do que quando se conheceram, por causa de um trabalho recente que ele fizera.

— Você entrou na minha vida para me ajudar e fez mais do que isto. Você me mostrou que eu podia ser mais feliz do que jamais pensei ser possível, e me deu confiança e espaço para poder ser eu mesmo. Você me ensinou o real significado da palavra amor, e me mostrou que uma vida a dois pode ser sim algo bom. Você entrou na minha vida e me completou.

— Você está tentando me fazer chorar aqui?

— Não foi minha intenção. Apenas... — Erick sentiu a caixinha de joia no bolso da mochila, que abraçava contra seu corpo. — Acho que esta viagem será muito especial.

Este livro foi composto pelas tipografias Palatino Linotype 12 e Trushdex 48 no inverno de 2024.